Estelle'e Vurgun Beyefendi

KİTAPÇI GÜZELLER
KİTAP BİR

CATHERINE BİLSON

EBONY OATEN

Estelle'e Vurgun Beyefendi

Onun büyüleyici yabancılara ayıracak vakti yok. O ise hayatında hiç hayır cevabı almamış. Ve sırlarla dolu bir kitapçı, her şeyi değiştirmek üzere.

Estelle Baxter'ın hayatta tam olarak üç önceliği vardır: Baxter's Fine Books'u ayakta tutmak, üç küçük kız kardeşinin itibarını korumak ve kalbini kimsenin ulaşamayacağı kadar sıkı kilitlemek. Babası, savaş sonrası Fransa'da nadir kitapların peşinde diyar diyar dolaşırken; Crafty adlı yaramaz kedi de tezgâhın arkasına fare kalıntıları bırakıp durmaktadır. Estelle'in günleri zaten yeterince karmaşıktır — ta ki altın saçlı bir yabancı kapıdan içeri süzülüp ona asla satamayacağı bir kitabı talep edene kadar.

Felix Yates, yerel bir baronun çapkın torunu, yıllarını kıta Avrupası'nda istediğini elde etme sanatını kusursuzlaştırarak geçirmiştir. Fakat keskin dilli bir kitapçının, parasının hükmedemeyeceği tek şey olacağını hiç hesaba katmamıştır. Kader ikisini aynı çatı altında buluşturduğunda — üstüne bir de büyükbabası evlilik imaları yapmaya başladığında — Felix, ona hayranlıktan çok sabırsızlıkla bakan bu kadına gerçekten ilgi duymaya başlar. Kolay gülümsemelere ve daha da kolay zaferlere alışmış bir adam için Bayan Baxter'ın kayıtsızlığı başlı başına karşı konulmazdır.

Ne var ki Estelle'in dünyası göründüğünden çok daha kırılgandır. Babasının dönüp dönmeyeceği belirsizdir, kitapçının kasası alarm vermektedir ve şimdi bir de her işe burnunu sokan bir aristokratla, çöpçatanlığa soyunmuş bir baronla ve asla kapılmaya niyetli olmadığı duygularla baş etmek zorundadır.

Hayatını akıl ve sorumluluk üzerine kurmuş bir kadın, ona neden uzak durması gerektiğini unutturan bir erkeğe güvenmeyi göze alabilir mi? Peki Felix, Estelle'in titizlikle koruduğu kalbi kapılarını sonsuza dek kapatmadan önce, cazibesinden çok daha fazlasına değdiğini gerçekten kanıtlayabilecek midir?

İçerik uyarısı

- Akrabalardan gelen düşmanca tavır ve duygusal istismar
- Ebeveynlerin ölümü
- Kadınların ikinci sınıf vatandaş olarak görülmesi nedeniyle yaygın adaletsizlik ve cinsiyetçilik
- Evcil hayvanların kısırlaştırılması henüz icat edilmediği için kedilerin kontrolsüz üremesi

Ayrıca, bu kitaplarda bahsedilen bitkisel ilaçları kullanmamanızı tavsiye ederiz. Bazıları işe yarayabilir, ancak her zaman güvenilir değildirler ve miktarları ile etkinlikleri kişiden kişiye değişebilir. Lütfen bu kitaplarda yer alan hiçbir şeyi tıbbi tavsiye olarak kabul etmeyin.

İlk Sandık

BAXTER'S FİNE BOOKS, HATFİELD,
İNGİLTERE

HAZIRAN SONU, 1814

Hatfield, Hertfordshire'daki Baxter's Fine Books'ın dört Baxter kızının en büyüğü ve kesinlikle en sorumlusu olan Estelle Baxter, merdiven babasının dibine kaba bir çuval bezi parçası çiviledi. Ardından taze kedi nanesi saplarını avuçlarında ezip çuval bezine sürdü; sert kumaşı kahverengimsi yeşil bir renge buladı.

Yumuşak bir pat sesiyle kitaplığın tepesinden siyah bir gölge aşağı düştü. Ailenin kedisi Crafty yukarıdan süzülüp indi ve hemen yenilenmiş oyuncağına yanağını sürterek keyifle mırlamaya başladı. Siyah kedinin göğsündeki kalp biçimli beyaz tüy lekesi, Crafty sırtüstü yuvarlanınca ortaya çıktı. Sonra ön pençeleriyle çuval bezine asıldı, arka ayaklarıyla da onu tekmelemeye başladı; sanki iri av peşindeki atalarının ruhu içine girmişti.

"Aferin kızım, Crafty; direği tırmalıyoruz, kitapları değil."

Estelle, yarı evcilleşmiş sayılabilecek kediye başına hafifçe dokunarak ödülünü verdi, sonra ellerini yıkayıp sabah işlerine koyuldu; kız kardeşlerinin geri kalanı kahvaltılarını ettikten sonra yanına katılacaktı.

Estelle sabahların sakinliğini severdi; müşteriler gelmeden önce pek çok işi halledebilirdi.

Dışarıdaki ana caddeden geçen atların ve insanların sesleri kitapçının duvarlarından içeri sızıyordu. Hemen yanlarındaki hareketli otel ve posta hanı, gece gündüz hiç dinmeyen bir gürültü akışı sağlıyordu. Londra'dan gelen posta arabası vardığında, atlar değiştirilirken Baxter's Fine Books yolculara hoş bir oyalanma sunardı. Saatlerce arabanın içinde oturduktan sonra sıkışıp kalmış bacaklarını açmaları için bir fırsattı bu.

Alt kattaki pencereleri çoktan kitap raflarıyla kapattıkları için kitapçının içi doğal olarak loştu. O devasa kitaplıklar kitaba dair iki sorunu birden çözüyordu; hem ek depolama alanı yaratıyor hem de değerli ve nadir kitapları güneşin zararından koruyordu.

Yine de içeriyi epey karanlıklaştırıyordu. İşte bu yüzden Estelle'in sabahın erken saatlerindeki işlerinden biri de, müşteriler dükkânın içinde yollarını bulabilsin diye koruyucu cam muhafazalarının ardındaki lambaları yakmaktı. Estelle'in de buna ihtiyacı vardı. Gerçi tezgâhın arkasına geçip de ayağının altında ıslak, gevrek bir şeye basınca ve o şey ağırlığıyla yana kayınca, daha iyi bir görüşe onun da epey ihtiyacı olduğu ortaya çıktı.

"Crafty!" diye bağırdı, neye bastığını görmeye çalışarak. Tek ayağı üzerinde aksaya aksaya dükkânın girişine ulaştı, sürgüyü çekip kapıyı açtı. Dükkânın kapı çanı neşeyle şıngırdadı. Güneş ışığı iğrenç gerçeği ortaya çıkardı; ayakkabısının tabanına yapışmış, içi dışına çıkmış bir farenin dörtte birinin kalıntıları.

"Ah Crafty, bunu yapmasan olmaz mı?" dedi Estelle umutsuzlukla.

Sokağın iki yanına göz gezdirdi. İnsanlar bir sonraki posta arabasının gelişini bekleyerek Red Lion'ın önünde telaşla dolaşıyordu. Baxter's Fine Books ile Red Lion arasında, arkadaki ahırlara açılan kemerli geçit vardı. Neyse ki en yakın kapının basamaklarının yanında bir ayakkabı kazıyıcısı duruyordu. Estelle aksaya aksaya oraya gidip ayakkabısının altındaki fare kalıntılarını kazıdı; bunu yaparken yüzünü tiksintiyle buruşturdu.

Ayakkabısını temizlemeyi yeni bitirmişti ki Londra'dan gelen posta arabası çıkageldi; tepesine her türlü sandık ve seyahat çantası bağlanmış, içi de insanlarla tıka basa doluydu.

Hızla kitapçıya geri dönüp kapının camındaki küçük perdeyi bir yana çekti. İçeri, yere düşen bir ışık huzmesi girdi ama hiçbir kitaba vurmadı.

Işık, tezgâhın arkasına uzanan bir fare artıkları izini ortaya çıkardı. Estelle iç çekip tezgâhın altındaki, bu düzenli işle başa çıkmak için hep hazır tutulan temizlik bezine ve faraşa uzandı.

Pisliği temizledikten sonra Estelle, bundan böyle sabahları ilk iş olarak tezgâhın arkasını kontrol etmeye karar verdi. Crafty mükemmel bir fare avcısıydı, ama son zamanlarda gerçekten yüz kızartıcı huylar edinmişti.

Crafty—tam adıyla Wollstonecraft—ne kadar sorun çıkarırsa çıkarsın, kitapçının iyi bir fare avcısına ihtiyacı vardı. Kedi ortaya çıkmadan önce fareleri uzak tutmak için bol bol lavanta ve biberiye dalları kullanmışlardı. Dükkân mis gibi kokuyordu, ama açlıktan gözü dönmüş fareler yine de haftada birkaç kitaba zarar veriyordu. Crafty kendine biçilen role büyük bir şevkle sarılmıştı ve kitapların zarar görmesi artık geçmişte kalmıştı.

Kapının üzerindeki çan şıngırdadı. İçeri, havalı bir seyahat pelerini giymiş uzun boylu bir adam girdi; girerken silindir şapkasını çıkarıyordu. Altın sarısı buklelerine vuran ışık, sanki gökten inmiş bir aşk meleğinin gelişini haber veriyordu.

Yirmi beş gibi epey ileri sayılabilecek bir yaşta Estelle evlilik fikrinden çoktan vazgeçmiş olabilirdi, ama bu, aile dükkânına giren nefis bir erkek örneğini takdir edemeyeceği anlamına gelmiyordu. Adamı baştan aşağı süzdü; üzerine tam oturan ceketinden parıl parıl cilalı Hessian çizmelerine kadar her ayrıntıyı inceledi. Zengin, diye düşündü. Zengin biri posta arabasıyla gelir miydi hiç? Böyle giyinen bir adamın ya kendine ait bir faytonu ya da binecek gösterişli bir atı olurdu.

"Günaydın," diye selamladı müşteriyi.

Adam irkilip sıçradı, sonra kendini toparlayarak sesin geldiği yöne döndü; elini göğsüne bastırdı. "Aman Tanrım, demek buradasınız! İçerisi öyle karanlık ki hiçbir şey göremiyorum."

"Kitapları korumak için," dedi Estelle. Gerçekten de daha çok lamba yakması gerektiğini düşündü. Kendi gözleri alışmıştı ama sokaktan içeri giren birinin daha uzun süreye ihtiyaç duyduğu açıktı.

"Anlıyorum! Şey, yan tarafa onlardan bir sandık geldi; size haber vermemi istediler."

Estelle tezgâhın arkasından çıktı. "Teşekkür ederim. Hemen dönerim. Bu arada isterseniz dükkâna göz atabilirsiniz."

"Memnuniyetle yardım ederim," dedi adam, gereğinden fazla çekici bir gülümsemeyle.

Tuhaf doğrusu; böyle iyi giyimli biri, bir şeyleri oradan oraya taşıyacak türden biri gibi görünmüyordu. Yakışıklı olduğunun farkında, diye düşündü Estelle alayla, adam şapkasını tezgâhın üzerine bırakırken. Eldivenlerini de çıkarmaya başlamıştı; bedensel işe pek alışık olmayan elleri ortaya çıktı.

Yardımsever gibi konuşuyor olabilirdi ama Estelle onun büyük ihtimalle ayak bağı olacağını düşündü. "Crafty'nin sokağa fırlayıp atları ürkütmesine engel olabilirsiniz," dedi.

Adamın yüzüne şaşkın bir ifade yerleşti. "Crafty de kim...?"

"Kedi. Kitapları korumak için elzem olan mükemmel bir fare avcısı. Ne yazık ki atların dev fareler olduğunu sanıp onları da yakalamaya kalkıyor."

"Hayret!" diye güldü adam; mavi gözlerinin kenarları, kolay ve sık güldüğünü ele verecek şekilde kırıştı. Estelle ona gülümsedi, onun hakkındaki alaycı düşüncelerine rağmen biraz etkilenmişti. Gerçekten neşeli bir adama benziyordu ve eğer kıyafetlerinin gösterdiği kadar zenginseydi, birkaç kitap satın alabilirdi.

"İlk birkaç sefer komikti ama doğrusu atlara üzülüyorum. Hemen dönerim." Hanın avlusuna doğru yöneldi; orada iki iri yarı adam bagaj rafından ahşap bir sandık indiriyordu.

"Günaydın, Bayan Baxter," dedi Bay Thomas. Red Lion'ın

sahibinin ağır işlerine bakan adamıydı ve ağır sandıkları ve bavulları merdivenlerde aşağı yukarı taşımaya alışkındı.

"Günaydın, Bay Thomas. Gerçekten çok ağır görünüyor," dedi Estelle.

Adam homurdanarak yanıtladı, "Çünkü içi kitap dolu."

"Yükü hafifletmek için içinden birkaçını çıkarabiliriz—"

Sandık arabanın üstünden devrilip yere çakıldı; tahtaları çatırdayarak paramparça oldu.

"—yükü," diye tamamladı Estelle, acı bir yüz ifadesiyle.

Ne karmaşa! Derin bir iç çekişle öne doğru adım attı ve kitap yığınının en üstünden birini aldı, derisini kıymıklara kaptırmamaya dikkat ederek. Kitapların hiçbirinin fazla hasar görmediğine dair zayıf bir umut besledi. Sonuçta adları Baxter's Fine Bookstı, Baxter'ın Hasarlı ve Hırpalanmış Kitapları değil.

Gürültü insanların etrafta toplanıp ne olduğunu görmelerine neden oldu.

Bay Thomas yukarıdan bağırdı, "Kusura bakmayın, Bayan Baxter."

Estelle aşağı inip etrafa saçılanları toplamaya yardım etmeyi teklif etti. Adam kaba kuvvet kullanıyordu ve bu kitapların bazıları eski görünüyordu. Ve narin.

"İsterseniz onları kollarınıza dizerim; ben de o sırada ayıklarım," dedi Estelle, Bay Thomas'ın onları pek de temiz sayılmayacak elleriyle tutmamasının daha iyi olacağını düşünerek. Adam anlayışla önkollarını uzattı, Estelle de üzerlerine dikkatle birkaç kitap yerleştirdi.

Altın sarısı saçlı beyefendi, belli ki sandığın gürültüsünü duyup kitapçıdan çıktı ve "Aman, yaralanan oldu mu?" dedi.

"Bir şey yok," diye seslendi Estelle.

"Yardım edebilir miyim?" diye tekrar sordu adam.

Pek güçlü görünmüyordu ama birkaç kitabı kaldırıp içeri taşıyabilirdi herhâlde. "Teşekkür ederim," dedi Estelle ve Bay

Thomas'a, kucağındaki kitapları içeri götürmesini başıyla işaret etti.

İyi giyimli adama iki kalın kitap uzattı. Gün ışığında, güneş öpmüş tenini ve çarpıcı mavi gözlerini seçebildi. Aman Tanrım, bir kadını bayıltabilirdi! Teni, ancak sıcak iklimlerde kazanılan o canlı ışıltıya sahipti. Kitapları tutarken hafifçe inledi. Sonra birinin kapağını açtı ve gözleri şaşkınlıkla büyüdü. "Ne harika! Bunu ne zamandır arıyordum!"

Kollarına beş kitap yüklenmiş olan Estelle, adamın hayran kaldığı kitaba göz attı.

Lanet olsun. Başlık sayfasını görür görmez derin bir iç çekti. "Çok özür dilerim ama o, aylardır beklediğimiz özel bir sipariş. Çoktan birine ayrıldı." Nasıl oluyordu da bunca kitabı satmakta zorlanıyorlar, ama belli bir cilt gelir gelmez iki kişi birden ona talip oluyordu?

"Ama ona sahip olmalıyım," dedi adam.

"Kitapların geri kalanını içeri taşıdıktan sonra konuşuruz," diye geçiştirdi Estelle; o kitabı ona satmaya hiç niyeti yoktu. Bu adamla ilgili yavaş yavaş vardığı bir başka sonuç daha vardı: Parası varsa, herhâlde istediğini almaya da alışkındı.

Ama bu kitap çoktan birine ayrılmıştı; gerçek buydu.

Estelle güneşe baktı ve kitapları içeri almak istedi. En azından yağmur ihtimali görünmüyordu. Kalan kitapları güvenle içeri taşıyıp tezgâhın üstüne yığınlar hâlinde dizmeleri uzun sürmedi.

Kız kardeşleri merdivenlerden indi ve hemen işe koyuldu. Marie her başlığı ve fiyatı kaydetmek için hesap defterini açtı. Louise, hangilerinin tamire ihtiyacı olduğunu görmek için her birinin cildini dikkatlice kontrol etti; Bernadette ise kitap bitleriyle güveler gibi istenmeyen misafirlerle başa çıkmak için pamuklu keselere kasımpatı demetleri ve doğranmış limon kabuğu yerleştirdi. Estelle dördünün uyum içinde birlikte çalışma biçiminden zevk aldı. Babalarına o yokken her şeyin kontrol altında olacağını söylemişlerdi ve sözlerini tutuyorlardı.

Bu arada iyi giyimli müşteri bir sandalyeye kurulmuş, kapının yanında pencerenin ışığından yararlanarak oturuyordu. İstediği ama sahip olamayacağı kitaba gömülmüştü.

"Ona özellikle dikkat edeceğinize söz verirseniz burada, dükkânda okuyabilirsiniz," dedi Estelle, orta yolu bulmak istercesine. Kitaba dikkatle davranması hoşuna gitmişti.

Adam başını salladı. "Ne yazık ki bu benim için değil, başkasına hediye."

Estelle ona üzüldü ama bu durum onun elinde değildi. "Tekrar çok özür dilerim ama o kitap çoktan birine ayrıldı, ücreti de öden—"

"Size iki katını veririm. Hayır. Üç katını!"

Estelle ayartmaya teslim olmamak için içinden yalvardı, sonra durumu adama sabırla yeniden açıkladı. "Yapamam. Kendisi en eski ve en kıymetli müşterilerimizden biri."

"Adını söyleyin bana, aklını başına getireyim."

Bu hiç de hayra alamet gelmiyordu! Bir de yabancılara müşterilerin özel bilgilerini vermek, iş için tam bir felaket olurdu. "Hayır efendim, bunu yapamam. Kitabı geri vermenizi ısrarla rica ediyorum."

Tahmin ettiği gibi, istediğini almaya fazlasıyla alışkındı; çenesini inatla öne dikti. Mantıklı davranacağını umarak Estelle, adamın kitabı geri vermesi için elini uzattı.

İnleyerek, "Pekâlâ," dedi ve kitabı uzattı.

Ancak hemen bırakmadı.

Estelle adamın şık kıyafetlerine, saman sarısı buklelerine ve ipek kadar pürüzsüz, yepyeni deri eldivenlerine baktı. Kendisine hayır denilmesine alışık değildi. Hiç.

"Teşekkür ederim," dedi Estelle, adam sonunda cildi elinden bıraktığında. "İlginizi çekebilecek başka bir şey var mı? Gördüğünüz gibi geniş bir seçkimiz var..."

"Hayır. Teşekkür ederim." Beyefendi kibarca başını eğip şapkasını aldı ve çıktı; Estelle de ardından bakakaldı.

İşte yine zengin bir müşteri adayı kaçtı. Ah, şu kitabı ona satabilseydim ya!

⁂

O günün ilerleyen saatlerinde Estelle, yakışıklı ve zengin yabancının istediği kıymetli kitabı yağlı bezle sardı, sonra da seyahat çantasına yerleştirdi. Louise, Bernadette ve Marie, o vedalaşırken işlerine devam ettiler. Crafty dışarı çıkmak için dükkânın kapısında bekliyordu, ama Estelle'in çevik bir ayak hareketi sayesinde kendisi dışarı çıkarken kedi içeride kaldı.

Ayakkabı kazıyıcısının yanında iki karga mevzilenmiş, oraya sofralarını kurmuş gibiydi. Estelle kemerli geçitten geçip kiralık atların bulunduğu avluya gitti ve bir günlüğüne bir at kiraladı.

Çok geçmeden, kendisiyle kiraladığı at Hatfield'ın gürültüsünü, kalabalığını ve kokularını geride bıraktı; huzur da onu çağırmaya başladı.

Burada, tarlaların arasında her şey daha kolay geliyordu; sanki dertlerini kasabada bırakmış gibiydi. Güneş bulutların ardından cılız cılız parlıyordu. Kırlangıçlar otların üstünde süzülürken yakınlarda koyunlar otluyordu. Rüzgâr serin olabilirdi ama taşıdığı tazelik insana canlılık veriyordu.

Aydınlık açık havayı kitapçının gölgeleriyle kıyaslayınca içinde bir sızı hissetti. Kitapçıyı seviyorum, diye kendine söyledi; sanki biraz daha ikna edilmeye ihtiyacı varmış gibi. Kitaplar onun geçim kaynağıydı; yalnızca kendi geleceği değil, ailenin geleceği de onlara bağlıydı.

Ama temiz havada olmak, saçlarında rüzgârla yan eyerde gitmek... Tanrım, ne kadar güzeldi. Üstelik bu, Somerset Valley Four adlı kiralık bir atın üstünde olsa bile. En azından at sakin görünüyordu ve bir hanımı yan oturuşla taşımaya itiraz etmiyordu. Dengesi iyiydi; Estelle'in ata binmeye fazla odaklanması gerekmiyordu.

Yolculuk etmek ve kitap teslim etmek, hayatının en keyifli kısmıydı. Bazı durumlarda onlardan ayrılmak üzücü oluyordu, ama koleksiyoncuların verdiği paralar göz ardı edilemeyecek kadar iyiydi.

Düşünmeye, yalnızca öylece olmaya vakti olunca aklı, kısa süre önce nadir kitap avına çıkmak için kıtaya gitmiş olan babasına kaydı. Hepsi gibi o da babasını özlüyordu, ama onun inanılmaz bir macera yaşadığını da biliyordu. Napoleon güvenle Elba'ya sürülmüş olduğuna göre, babası gibi bir İngiliz Fransa'da harika vakit geçiriyor olmalıydı. Hepsi gibi o da rahmetli anneleri sayesinde akıcı Fransızca konuşurdu; bu yüzden kolayca anlaşılırdı. Çatışmalar sona erdiğine göre artık önüne engel çıkmadan dolaşıyor olmalıydı. Günlerini kırsalda gezerek ve kitap satın alarak geçirme düşüncesi, Estelle'in içini buruk bir özlemle doldurdu. Keşke babasıyla birlikte gidebilseydi; tıpkı onun yerel satın alma gezilerinin çoğuna eşlik ettiği gibi! Ancak Matthew, bunun fazla tehlikeli olduğunu söyleyerek Fransa'ya onunla gelmesine kesinlikle yanaşmamıştı. Tehlikeli mi? Napoleon kilit altındaydı; her şey yine güvenliydi.

Asıl sebep, babasının yokluğunda kız kardeşlerine ve kitapçıya göz kulak olması için ona ihtiyaç duymasıydı; ama tehlike tehdidini de sonuna kadar kullanmıştı.

Bir yağmur damlası gözüne düştü. Başını kaldırınca bulutların uğursuz biçimde koyulaştığını gördü. Yağmur biraz daha dayanır mıydı?

Bir damla daha yanağına düştü.

Rüzgâr serinleyince yaz öğleden sonrasının kokuları artık etrafını sarmıyordu. Vaktinin bu kadar çoğunu içeride geçirdiği için Estelle havayı okumayı öğrenememişti. Babasıyla Louise'in bu konuda becerisi vardı, ama ne o ne de rahmetli annesi o mahareti tam anlamıyla kazanabilmişti.

Oysa bu beceri yaklaşık on dakika önce çok işine yarardı; kendisi de Somerset Valley Four da yol kenarındaki bir ahıra sığınabilirdi.

Geri dönmenin anlamı yoktu; yoluna devam edip müşterisine ulaşacaktı. Kitap yağlı bezin içindeydi, dolayısıyla şiddetli yağmurda bile güvende kalırdı.

Birkaç dakika sonra, gerçekten de sağanak koptu.

Hava kısa sürede çamur ve nem kokmaya başladı.

Estelle, Somerset Valley Four'yu dörtnala, hiç olmazsa tırısa kaldırmaya çalıştı; at da yeterince istekli biçimde harekete geçti. Ama birkaç an sonra hayvan kötü biçimde tökezledi. Sert bir sarsıntıyla Estelle eyerde yana kaydı, dengesini korumak için atın yelesine yapıştı. Ata iki bacağını bir yana atarak değil de erkekler gibi ata binseydi ne iyi olurdu; işte buna bir mükemmel sebep daha. Keşke cesaret edebilseydi! Ama hiç evlenmeyi beklemese bile, işin hatırı için Hatfield'da bir miktar saygınlığını koruması gerekiyordu.

At durdu.

Ama yağmur durmadı.

"Ne oldu?" Estelle atı ileri yürütmeye çalıştı, ama iki adım sonra topalladığı açıkça belli oldu. Bıkkın bir oflamayla bacağını eyerin ön kaşının üzerinden aşırdı ve kayarak yere indi. Zavallı hayvanı kontrol etti; sol ön ayağını yerden kaldırmıştı. Nalı mı çıkmıştı?

Yağmur şimdi gerçekten tepelerinde gümbürdüyordu; yolda çamurlu su birikintileri oluşuyordu. İkisi de sırılsıklam olmuştu.

"Bir toynağına bakayım, canım," diye onu teşvik etti, atın bileğini nazikçe çekiştirerek.

Hayvan usulca izin verdi; Estelle nalın yerinde olduğunu gördü, ama ceviz büyüklüğünde bir taş nalın kenarıyla hassas taban üçgeni arasına sıkışmıştı. Düz, kaygan, şimdi de ıslak olan taş; parmak uçlarıyla kavrayıp çekmesine rağmen yerinden çıkmıyordu. Estelle burnunu kırıştırdı; keşke yanında bir toynak temizleme demiri ya da hiç değilse bir çakı olsaydı. Bir saç iğnesi olsa eğilip kırılırdı. Etrafına bakınınca birkaç kısa çubuk buldu; ilk ikisi kırıldı ama üçüncüsü taşı altından kaldırıp dışarı fırlatacak kadar sağlam çıktı. At, burun deliklerinden yumuşak bir rahatlama soluğu verdi.

"Aferin oğlum." Estelle de toynağı yere bırakıp doğrulurken rahatladı. "Yürüyebilir misin?"

Somerset Valley Four onun yönlendirmesiyle ileri yürüdü. Omzunun hizasındaki üzengiye bakınca, o yan eyere yeniden çıkmanın zor olacağını fark etti. Estelle, yeniden binebilmek için üstüne basacağı bir şey bulma umuduyla etrafına bakındı. Hiçbir şey yoktu. Belki de ağırlığını yeniden sırtına vermemesi daha iyi olurdu; sonuçta o taştan sonra toynağı epey örselenmiş olabilirdi. Şu anda topallıyor gibi görünmese de, Estelle sırtına bindiğinde iş değişebilirdi. Üstelik sırılsıklam olmuşken, yola çıktıklarındaki hâlinden çok daha ağırdı şimdi.

Dizginleri eline alıp atın yanında yürümeye başladı. Nasıl olsa artık daha fazla ıslanamazdı.

Gitgide daha da ıslanarak geçen bir saatlik yürüyüşün ardından Lord Ferndale'in arazisi göründü. Ferndale Hall, ağaçlık parklarla ve iyi bakılmış koyunlarla dolu tarlalarla çevrili, klasik üslupta nefis bir taş yapıydı. Bacaların birçoğundan yükselen dumandan, yakında sıcak ve kuru olacağını anladı. Lord Ferndale yalnızca ödemesini vaktinde yapan güvenilir bir müşteri değil, aynı zamanda babasının eski dostu ve Estelle'le kız kardeşlerine özel bir düşkünlüğü olan biriydi. Hizmetkârları muhtemelen ona temiz giysiler, ayrıca eve dönmesi için sağlam bir araba ve at da sağlayacaktı.

Yaklaştığında, bir seyis ona doğru gelip atı ahıra götürmeyi teklif etti.

"Teşekkür ederim, bir de lütfen sol ön toynağına bakın. İçinden bir taş çıkardım ama zedelenmiş olabilir."

"Evet, hanımefendi," dedi ve atın burnunu okşadı.

Uşakbaşı Bay Thorne, kapıyı açıp Estelle'in perişan hâlini görünce hiçbir terslik varmış gibi davranmadı. Yalnızca onu holde bir an beklemesini istedi; Estelle de üstündeki sular parkeye damlarken bekledi.

Biraz sonra kuru çarşaflarla geri döndü. Lord Ferndale'in, Ferndale Hall'un idaresini üstlenen yaşlı kız kardeşi Bayan Yates de çok geçmeden geldi.

"Thorne, giysilerinizi değiştirmeniz gerekeceğini söyledi."

Bayan Yates'in böyle bir teklifte bulunması ne kadar ince bir davranıştı. "Teşekkür ederim, yıkatıp tertemiz şekilde geri gönderirim."

Bayan Yates gülümsedi. "Aman, hiç gerek yok buna. Gelin benimle, sizi şöyle bir toparlayayım."

Estelle, Ferndale'lerin yanında kendini hep dostlarının arasındaymış gibi değil, doğrudan dostlarının yanında hissederdi. Lord Ferndale'in onların en iyi müşterilerinden biri olması da bunu kolaylaştırıyordu.

Bayan Yates hiç evlenmemişti ama Hatfield hayatında kendini vazgeçilmez kılmıştı; hanımların birçok komitesinde yer alıyor, cemaatin yoksulları için sayısız hayırlı iş yapıyordu. Çok varlıklı olmasına, bir baronun kızı ve kız kardeşi olmasına rağmen, Bayan Yates asla kibir taslamaz, kimseyi kendisiyle düşüp kalkamayacak kadar aşağı görmezdi. Estelle'e göre o gerçek bir hanımefendiydi; adının önünde gerçekten unvan taşıyan pek çok kişiden de çok daha fazla.

Estelle kurulandı ve Bayan Yates'in hizmetçisinin getirdiği eteklerden birini giydi. Eski usul bir modeldi; kuşgözlerinden geçirilen uzun keten bağları vardı, böylece kadının gebe olup olmamasına göre daraltılıp gevşetilebiliyordu. Ona takım olan ceket de benzer biçimde eski tarzdaydı; beli, bugünün modasına göre epey aşağıdaydı. Kumaşları çok güzeldi; daha da önemlisi kuru ve rahattılar.

Bunlar onlarca yıl önce, muhtemelen Bayan Yates'in

evlenmesinin beklendiği zamanlarda yapılmış olmalıydı. Sedir ağacı ve uzun süre kapalı kalmış eşya gibi kokuyorlardı.

Sonra birden fark etti. "Bayan Yates, bunlar sizin çeyizinizden! Ben böyle güzel giysiler giyemem."

"Güvelere yem olacaklarına giyilsinler daha iyi!" dedi Bayan Yates.

Böyle söyleyince... Estelle gülümseyip elini eteğin kumaşı üzerinde gezdirdi.

"Sizin veya kız kardeşlerinizin Yaz Ortası Balosu için elbiseye ihtiyacı var mı?" diye sordu Bayan Yates.

Bu soru Estelle'i bir anlığına susturdu. Birkaç gece sonra yapılacak Yaz Ortası Balosu'nu bir anlığına unutmuştu. Hatfield'da sözü geçen herkes orada olacaktı; daha birçok kişi de bütün çiftlik işçileri için düzenlenen benzer halk danslarına katılacaktı.

Şimdiye dek Estelle, eski elbiselerinden herhangi birinin iş göreceğini varsaymıştı. Babaları eve dönüp Fransa yolculuğunu finanse etmek için aldığı devasa borcu ödeyene kadar yeni kumaş almayacaklardı.

"Ben öne çıkmayı seven biri değilim," diyerek geçiştirdi.

"Yine de birkaçını size gönderirim. Bayan Marie yeni bir şey isteyebilir. Ya da doğrusu eski bir şey. Epey eskiler, ama gerekirse üzerlerinde değişiklik yapabilirsiniz. Son zamanlarda tavan aralarını düzenlemekle meşgulüm; yıllardır oraya kaldırılmış ne çok şey var, hepsinin ziyan olmasını istemiyorum!" Estelle itiraz etmeye başlayınca Bayan Yates ellerini kaldırdı. "Hayır, hiçbir itiraz duymak istemem. Başka kime vereceğim? Arthur'la benim neredeyse hiç ailemiz kalmadı; yalnızca Arthur'nun bir torunu var, onun da ne karısı var ne de görünüşe bakılırsa kendine bir eş almaya niyeti. Bunların sizde ve kız kardeşlerinizde olmasını isterim."

Gözlerinde neredeyse askerce bir pırıltı taşıyan bu inatçı yaşlı hanıma karşı çıkmanın imkânı yoktu. Estelle zarafetle ve minnetle boyun eğdi. Tarzını baştan yaratması gerekse bile yeni bir elbiseye sahip olmak ne hoş olacaktı.

Saçlarını düzgünce tutturmak için birkaç saç tokası daha takılınca Estelle'le Bayan Yates oturma odasına gidecek kadar derli toplu bir hâle geldiler.

Lord Ferndale onları harıl harıl yanan ateşin yanında bekliyordu.

"Bayan Baxter, sevgili Bayan Baxter," dedi, kollarını sarılmak için açarak.

Onlarla ilişkileri müşterilikten çok aile yakınlığı gibiydi, diye düşündü Estelle; sevgili dostuna sarılıp kırışık yanağını öperken.

"Size müjdeli haber getirdim; istediğiniz kitabı buldum!" dedi Estelle, çantasını açıp paketi uzatırken yüzü sevinçten ışıldayarak.

Lord Ferndale yağlı kumaşı çözüp içindeki kıymetli kitabı görünce nefesini içine çekti. Hızla pencereye gidip daha iyi bakmak için boş sargıyı bir yan sehpaya bıraktı. Islak yağlı kumaşın o pahalı gül ağacının üstüne böyle gelişigüzel bırakılmasına dehşete düşen Estelle hemen alıp yeniden katladı.

"Ah evet," dedi Lord Ferndale, kapağı açıp başlık sayfasını okurken. "Philo Judæus'un Toplu Eserleri; üstelik ne görkemli bir cilt!" İlk birkaç sayfayı çevirip güzelce renklendirilmiş, elle çizilmiş resimleri hayranlıkla incelerken soluk soluğa kaldı. "Bunu gerçekten kendi ellerimde tuttuğuma inanamıyorum."

"Onun sizin ellerinizde olmasına çok sevindim," dedi Estelle; yaşlı beyefendinin yüzündeki sevinci görüp mutlulukla gülümseyerek.

Bir müşteriyi gönlüne göre bir kitapla buluşturmada öyle büyülü bir şey vardı ki. Lord Ferndale gibi kadim bir ruhun da bunlardan pek çoğuna ihtiyacı vardı.

"Harikasınız," dedi adam, sayfaları dikkatle çevirip metni gözden geçirirken. "Bunu nasıl bulabildiniz?"

"Bunun için babama teşekkür etmelisiniz. Bu sabah Fransa'dan bir sandık geldi, bu da içindeydi. Bunu bir süredir istediğinizi bildiğim için vakit kaybetmeden geldim."

"Bu kutlanmalı, çaya kalmalısınız."

Lord Ferndale'in bunu teklif etmesi son derece tatlıydı; Estelle'in de gerçekten canı çekmişti, hele aşçısının ne kadar iyi olduğunu bilince. "Aslında dönmem gerek," dedi; ama belki bir fincan çaya, yanına da bir iki keke razı edilebilirdi. "Siz ve Bayan Yates zaten fazlasını yaptınız, artık kuru giysilerim var, yağmur da diner."

Sanki sözleriyle alay edercesine gökyüzü daha da karardı ve yağmur yeniden bastırdı.

Bir adam oturma odasının açık kapılarının önünden geçti. Neredeyse gözden kaybolacakken durdu, sonra geri geri birkaç adım attı.

Odanın içine baktı.

Doğrudan Estelle'e.

"Siz?" dedi.

Estelle'in bütün terbiyesi bir anda uçup gitti. "Aman Tanrım, bir de siz!"

Dört Kişilik Akşam Yemeği

Estelle'in dudaklarına "Birbirinizi nereden tanıyorsunuz?" sorusu gelmişti ki aynı sözleri, hem Lord Ferndale'in hem de bu sabah Baxter's Fine Books'ta gördüğü altın sarısı saçlı beyefendinin ağzından aynı anda duydu.

Hem sinir bozucu ölçüde neşeli ve yakışıklıydı, hem de bu sabah onu neredeyse çaresizliğe sürükleyen adamdı.

Bu arada Bayan Yates tuhaf bir ses çıkarıp, "Ne kadar eğlenceli," dedi.

Burası onun evi olduğundan Estelle, sinirleri gerilmiş hâlde Lord Ferndale'e döndü. Bu beklenmedik karşılaşma onun dengesini büsbütün bozmuştu.

Altın sarısı saçlı, buna yaraşır bronz tenli şık giyimli adam oturma odasına girdi; mavi bakışları merakla Estelle'e dikilmişti.

Bedeni, hiç de gereği yokken, ısındı.

Lord Ferndale, "En iyisi sizi tanıştırayım. Bayan Estelle Baxter, torunum Saygıdeğer Felix Yates," dedi.

"Ah!" dedi Estelle; bu sabah kendisine epey ters davrandığını şimdi fark ettiği adama kısa bir reverans yaptı. "Sizi tanıdığıma memnun oldum, Bay Yates."

En azından zengin kısmında haklı çıkmıştı. Kitapçıyı işletirken pek çok insanla tanışmıştı. Sipariş verenler memnuniyetle isimlerini söylerlerdi. Bu adam bu sabah onlara bir sipariş vermiş olsaydı, belki de soyadlarını bağdaştırıp onun bir Ferndale olduğunu çıkarabilirdi. Ama vermediği için anlamamıştı.

İkisi de birbirine bakıp "Kitap!" dediler.

Estelle elini ağzına götürüp bir kıkırdamayı gizledi, sonra Lord Ferndale'e döndü.

Lord Ferndale şaşkındı.

Estelle açıkladı: "Bu genç adam daha bu sabah kitapçıdaydı; babamın kıtadan gelen sandığıyla aynı anda geldi!"

"Büyükbaba, itiraf etmeliyim ki daha bu sabah Bayan Baxter'ın dükkânında epey rahatsızlık verdim. Çok hoş bir yer; ayrıca ille de sahip olmam gereken bir kitap vardı."

"Tahmin edeyim," dedi Lord Ferndale, yeni ganimetini havaya kaldırarak. "Bu mu?"

"Ta kendisi!"

Bayan Yates Estelle'in yanına sokulup fısıldadı: "Böyle küçük entrikalara bayılırım!"

"Bana satmadı," dedi, artık Felix Yates olduğunu bildiği o altın sarısı adam. "Üstelik fiyatın üç katını teklif ettim; gözünü bile kırpmadı!"

"Çok naziksiniz," dedi Estelle; o teklifte, bir anlığına da olsa, duraksadığını gayet iyi biliyordu. Şu anda para çok şey çözebilirdi.

Lord Ferndale torununa buyurgan bir bakış atıp, "Üç katını teklif etmeden önce asıl fiyatı biliyor muydunuz?" dedi.

Estelle kızarıp gözlerini yere indirdi. Başkalarının önünde bir şeylerin fiyatını konuşmak, Lord Ferndale'in kendi ailesi arasında bile olsa, doğrusu pek münasip olmazdı.

"Hayır, bilmiyordum!" dedi Bay Yates neşeyle.

"O hâlde Bayan Baxter'ın sizi reddetmesi iyi olmuş; yoksa gelip benden borç istemek zorunda kalacaktınız!"

Bayan Yates Estelle'e fısıldadı, "Kumar mı oynuyorlar?"

"Henüz değil," dedi Estelle alçak sesle; bunu yalnızca Bayan Yates duyabilirdi.

Bu karşılaşma gerçekten çok ilgi çekiciydi ve Estelle bundan epey keyif alıyordu.

Genç Bay Yates ardından, "İyi ki atlatmışız!" dedi.

Bunun üzerine iki beyefendi birlikte güldü; ardından Lord Ferndale torununa, "Söyle bakalım, böyle bir kitabı niçin satın alırdınız?" diye sordu.

"Size vermek için tabii ki!" dedi; ardından içten bir kahkaha attı. "Bayılacağınızı biliyordum. Nitekim haklı çıktım!"

En azından mizah anlayışı vardı, diye düşündü Estelle; üstelik kendine gülmeyi de biliyordu. Estelle'in tanıdığı beyefendilerin çoğunda bu beceri dikkat çekici biçimde eksikti.

"Sonu iyi biten her şey iyidir," dedi Lord Ferndale. "Yine de Bayan Baxter burada sizin teklifinizi kabul etseydi, eline üç katı para geçmiş olacaktı, kitap da yine bende olacaktı. O hâlde sanırım Bayan Baxter'a hayli yüklü bir meblağ borçlusunuz."

Estelle, konuşmanın vardığı yön karşısında nefesi kesilerek irkildi. Lord Ferndale ne kadar borç içinde olduklarını nasıl bilebilirdi?

"Aman dikkat," dedi Bay Yates, birden dehşete kapılmış gibi bakarak.

Estelle ona şimdi biraz acıdı. Ailenin reisi herhâlde şaka yapıyordu? Kitap için zaten yeterli bir fiyat üzerinde anlaşmışlardı.

Ama bunun üç katı çok işine yarardı.

"Artık dönmem gerek," dedi yine; Lord Ferndale'in dönüş yolculuğu için arabasını teklif etmesini umuyordu. Somerset Valley Four onu taşımaya yetecek kadar sağlam olsa bile, üstü açık arabayla giderse yine sırılsıklam olacaktı.

"Ne yazık ki hem hava hem de mülküm size karşı," dedi Lord Ferndale, bakışlarını Estelle ile Bay Yates arasında gezdirerek. "Arabam tamir için araba ustasında ve dışarıda bardaktan boşanırcasına yağıyor. Hiç değilse yağmur dinerken bize yemekte eşlik etseniz?"

"Evet, kalın da bizimle akşam yemeği yiyin," diye ısrar etti Bayan Yates.

Estelle duraksadı, ama yaz ortasıydı ve hava dokuzdan sonraya kadar aydınlık kalacaktı. Sonrasında eve dönmek için bol bol vakti olurdu. Ferndale hanesinin erken kalkıp erken yemek yeme âdetinde olduğunu, akşam yemeğini erken yediklerini biliyordu. Kabul etmek için bir sebep daha vardı: Akşam yemeğini burada yerse, evde kız kardeşlerine daha çok yemek kalırdı.

Bu düşünce kararı vermesini sağladı ve zarif bir gülümseme takındı. "Çok naziksiniz, Lord Ferndale, Bayan Yates. Sizinle akşam yemeği yemekten memnuniyet duyarım."

"Harika!" Lord Ferndale ona içtenlikle gülümsedi. "Haydi, kütüphaneye geçelim. Ciltleri epey özensiz görünen birkaç kitap edindim; sizce kız kardeşiniz bunları benim için yeniden ciltlemeye vakit bulabilir mi?"

"Eminim Louise vakit bulur," dedi Estelle, Lord Ferndale'i kütüphaneye kadar takip ederken; Louise meşgul olsa bile, Lord Ferndale'in cebinin derinliğini düşününce mutlaka vakit yaratırdı.

"Kız kardeşiniz kitap ciltliyor mu?" dedi arkasından bir ses; Estelle şaşkınlıkla ve hafif bir rahatsızlıkla, Felix Yates'in de peşlerinden geldiğini fark etti. Tıpkı neşeli bir köpek yavrusu gibi.

"Hepimizin kendine göre yetenekleri var," dedi Estelle, onu savuştururcasına.

"Peki sizinki ne?"

Ne kadar müdahaleci bir soru! İrkilip ona döndü.

"Zor müşterileri idare etmek," diye onun yerine Lord Ferndale cevap verdi, Estelle de gülüşünü yuttu. "Bayan Baxter son derece idareci bir hanım; bunu büyük bir iltifat olarak söylüyorum." Sonra torununa dönüp ilan etti: "Onunla evlenmelisin, Felix."

Estelle boğulur gibi oldu; Lord Ferndale görünüşe göre kendisiyle torunu arasında çöpçatanlığa soyunmuştu, o da nereye bakacağını, ne yapacağını bilemedi.

Ne kadar gülünç bir fikirdi bu!

Normalde kütüphaneler Estelle'i sakinleştirirdi ama Lord Ferndale kendi sahasında bastırmayı sürdürdükçe sinirleri iyice gerildi. "Şu genç Felix benim tek mirasçım. Onu eve çağırdım, çünkü artık uslanıp bir yuva kurması gerek," dedi. "Kiminle evlenirse bu muhteşem kütüphaneyi miras alacak ve bir gün Ferndale Baronesi olacak. Kulağa nasıl geliyor, Bayan Baxter?"

Lord Ferndale'in gelecekleri hakkında bu kadar açık konuşmasıyla Estelle'in boynundan yukarıya ateş yürüdü. Daha yeni tanışmışlardı ve o oldukça yakışıklı olsa da hakkında hiçbir şey bilmiyordu. Yanıt vermek yerine elini ağzına siper edip hafifçe öksürdü.

"Ona kulak asmayın," diye atıldı Bay Yates; görünüşe göre bu fikri o da Estelle kadar akıl dışı buluyordu.

Bay Yates hakkında bildiklerine bir de aklı başında olduğunu ekleyebilirdi; zira bir büyükbabanın böylesine saçma sözlerine verilecek en aklı başında tepki buydu.

Bayan Yates de lafa karışıp Estelle'i hafifçe dürttü. "Daha önce kütüphanenin en sevdiğiniz oda olduğunu söylemiştiniz."

Aman hayır, şimdi Bayan Yates de mi buna katılıyordu? Bu tatlı kadın gerçekten ciddi olamazdı; bu mutlaka bir şaka olmalıydı. Estelle'in aklından yaramaz bir düşünce geçti; yakışıklı Bay Yates'in yüzünde beliren dehşeti görünce. Genç beyefendinin biraz haddinin bildirilmesine ihtiyacı vardı doğrusu. "Doğrusu, bir kütüphaneyi miras almaktan büyük keyif duyardım," dedi; barones olmaya ise bilerek hiç değinmedi.

<hr>

Felix en son ne zaman kendini böylesine dayanılmaz derecede rahatsız hissettiğini hatırlayamıyordu. Büyükbabasının ısrarlarını genelde savuştururdu, ama Bayan Baxter'ın onunla evlenme fikri karşısında duyduğu apaçık dehşet karşısında bütün nükteli karşılıkları aklından uçup gitmişti.

Hem de önünde Ferndale'in kütüphanesinin cazibesi dururken.

Şaka yollu bir şey söylemişti, ama büyükbabası bu öneriyi ortaya attığında yüzünden bir anlığına geçen o kesin reddi Felix gözden kaçırmamıştı.

Neden onunla evlenmek istemesin ki? Perde arkasında onu bekleyen daha iyi bir talip mi vardı? Başını hafifçe yana eğip bu muammayı düşündü. Elbette hanımefendi gibiydi; konuşması eğitimli, üst sınıfa mensup birininki kadar düzgündü, ama bir kitapçı işletiyordu! Büyükbabasının genellikle ona uygun gördüğü aristokrat kızlarından çok farklıydı; onların çoğu kendilerini onun kollarına atmaya fazlasıyla hevesli olurdu.

Bayan Baxter'ın, açıkça kendi konumunu büyük ölçüde yükseltecek böyle bir evlilik ihtimali karşısında böylesine bariz bir dehşet göstermesi onu meraklandırmıştı.

Kendini bakımlı, şık ve gayet de peşinde koşulan bir damat adayı sanıyordu. Ama belki de müstakbel bir koca olarak çekici değildi?

Bu onu gerçekten şaşırtmıştı; darbeyi de derinden hissetti. Büyükbabasının görüş alanından çıkmak ve yeni taşlamaların hedefi olmamak için bir adım geri çekildi. O... ona ne demişlerdi? Nefis bir örnek mi? Öyle bir şeydi. Hanımlar onun varlığında bayılıp giderdi; en azından öyle yapıyormuş gibi davranırlardı. Sahiden, bu genç hanım bir erkeğin egosuna sağlam bir darbe vurmayı pek iyi biliyordu.

Büyükbabası, onarılması gereken birkaç kitabı Bayan Baxter'a uzattı. Bazıları hafifçe yıpranmıştı, bazılarıysa neredeyse dağılmak üzereydi. En azından konuşma, güvenli biçimde çöpçatanlıktan çıkıp yeniden kitaplara dönmüştü; bu da Felix'e karşısındaki ilginç genç hanım üzerine sessizce düşünme fırsatı veriyordu.

Güzeldi, sesi de hoştu; ayrıca büyükbabası kadar kitap biliyorsa mutlaka akıllıydı. Bir işletmeyi yönetiyordu; bu ise gerçekten son derece ender rastlanan bir şeydi. Onu izledikçe, yüzünün Felix'le evlenme düşüncesi karşısında neden böylesine hoşnutsuzluk ifade ettiğini daha çok merak etmeye başladı.

Ne var ki, müdahaleden kurtulduğunu düşünür düşünmez, o baş belası büyükbabası konuyu yine dönüp dolaştırıp evliliğe getirdi.

"Kitaplara dair bilginiz ve onlara duyduğunuz saygıyla bu malikanenin kusursuz ev sahibesi olurdunuz. Bu odadaki miras kuşaklar öncesine uzanıyor."

Felix kendini yeniden Yunanistan'da, görevlerden, sorumluluklardan ve papaz kapanına düşmekten uzakta olmayı diledi. Evlenmekle hiç ilgilenmiyor değildi tabii! İlgileniyordu. Ama henüz tam olarak değil. Ne yazık ki, ne zaman biriyle gerçekten tanışmaya kalksa, büyükbabası hemen davranıp birbirlerine çok uygun olduklarını ilan ediyordu.

Zaten ilk başta Yunanistan'a gitmesinin sebeplerinden biri de aile sorumluluğunun o bitmek bilmeyen, girdap gibi uğultusundan uzaklaşmaktı. Bazı arkadaşları onun saçmaladığını, ailesi bu kadar küçükken işinin kolay olduğunu söylerdi; ama bir ailenin soyunun sürmesindeki kelimenin tam anlamıyla son umut olmanın baskısını anlamıyorlardı.

Çocuk sahibi olmak zorundaydı, yoksa soyu tükenecekti. Bu son derece mantıklıydı ve bunun sonuçlarını da gayet iyi biliyordu.

Ama bir kadın daha çocuklarının annesi olmaya uygun ilan edilmeden önce onu biraz tanımak isterdi doğrusu. En azından ondan hoşlanmak isterdi; hatta mümkünse, onun da kendisinden hoşlanmasını umardı.

Anne babasında gördüğünün tam tersi yani; onlar hayatlarının büyük kısmını birbirlerini mutsuz ederek geçirmişlerdi.

Büyükbabasının baskısı ve müdahalesi olmasa, Bayan Baxter'ı daha yakından tanımaktan gerçekten keyif alırdı. Onun onur anlayışı şimdiden hoşuna gitmişti. Başkasına söz verilmiş bir kitap için ona daha fazla para teklif etmiş, ama kadın bunu reddetmişti. Evet, o sırada buna köpürmüştü, ama şimdi neden öyle yaptığını anlıyordu. Sözünün arkasında duran bir kadındı. Birine bir kitap vaat etmişti ve o vaadini yerine getirmişti. Üstelik, o ısrarla sorduğunda kitabın kime söz verildiğini de açıklamamıştı; demek ki hatırı sayılır bir ücret karşılığında bile kişisel bilgi vermiyordu.

Bayan Baxter'ın koyu saçları, yeşille altın arasında bir renkte parlayan gözleri ve düzgün, ince bir bedeni vardı; üstelik bakması da son derece hoştu. Yüzünde sağlıklı bir ışıltı vardı. Bir de büyükbabasıyla büyük halası onu açıkça çok seviyordu; bu da karakteri hakkında çok şey söylüyordu.

Ne kadar uğraşsa da büyükbabasına kızgın kalamıyordu. Yaşlı adam, babası öldükten sonra ona yalnızca şefkat göstermiş, eğitim masraflarını karşılamayı sürdürmüş, hatta bir Büyük Tur'u bile finanse etmişti.

Felix ona çok şey borçluydu, ama bu, büyükbabasının önüne sürdüğü ilk kadınla sorgusuz sualsiz evlenmesi gerektiği anlamına mı geliyordu? Elbette hayır. Kendi kararlarını verebilen bir adamdı ve kendi gelinini seçecek olan kişi de büyükbabası değil, kendisi olacaktı.

Kütüphaneden çıkıp yemek odasına geçme vakti geldiğinde, büyüklerin önce girmesine fırsat vermek için adımlarını yavaşlattı. Sesini olabildiğince alçaltıp Bayan Baxter'a mırıldandı: "Belli ki büyükbabamla çok iyi dostsunuz; size açıkça bayılıyor."

"Teşekkür ederim," dedi kadın tatlı bir gülümsemeyle. "Kitapçımızın çok büyük bir hamisi olmuştur."

"Onu böyle neşeli görmek güzel. Sanırım biraz muziplik göreceğiz."

Kadın adımlarını daha da yavaşlatarak kendileriyle büyükler arasındaki mesafeyi biraz daha açtı. "Şakalaşma mı?"

Bu, onu daha iyi tanımasına yardım edecekti; şakaya vurulan oyunlara eşlik edebilecek biri mi, yoksa hayatı fazlasıyla ciddiye alan biri mi olduğunu anlayacaktı. "İsterseniz biz de onlara uyum sağlayabiliriz?"

Lord Ferndale, herkesin duyabileceği kadar yüksek sesle kız kardeşine, "Gördün mü Florence? Tam da söylediğim gibi, gayet iyi anlaşıyorlar," dedi.

Büyükbaba Ferndale bir baron olabilirdi ama nice konuda olduğu gibi yemek saatlerinde de resmiyetle pek işi yoktu. Oturdukları masa en fazla altı kişilikti. Başta Ferndale, öteki uçta Bayan Yates. Bu da Felix'le Bayan Baxter'ın ortada, karşı karşıya oturması demekti; görüşlerini yalnızca bir şamdan kesiyordu.

Felix bu düzenden memnundu; çünkü böylece yüzüne daha uzun uzun bakıp en güzel yanlarının hangileri olduğuna karar vermek için daha çok vakti olacaktı.

Birden, sabah giydiği elbiseden farklı bir şey giydiğini fark etti. Eğitimsiz gözüne modası geçmiş gibi görünüyordu. Bunlar, duvarlardaki aile portrelerinde merhum büyükannesinin, Tanrı rahmet eylesin, giydiği türden kıyafetlerdi.

Bayan Baxter patates kâsesini alıp kendine servis yaptı, sonra kâseyi bırakacak yer açmak için şamdanı masanın ortasına kaydırdı. Böylece Felix'in onu görmesi engellendi. Felix patatesleri aldı, kendine koydu, ardından şamdanı kenara itip kâseyi ikisinin arasına yerleştirdi.

"Bayan Yates, biraz patates ister misiniz?" diye sordu Bayan Baxter.

Büyük halası kabul edince kâseler, tabaklar ve servis parçaları yine el değiştirdi.

Çeşitli tabaklar ve kâseler satranç taşları gibi masa üzerinde yer değiştirirken, o şamdan bir kez daha Felix'in Bayan Baxter'ı görmesini engelledi.

Felix'in onun şamdanı bilerek oynattığından şüphelenmesi uzun sürmedi. Gerçekten de, o ağır, çok kollu pirinç şamdanı her kaldırışında koluna sıcak mum damlama riski varken, onun yerine başka bir şeyi oynatmanın daha kolay ya da daha uygun olacağı anlar vardı.

"Stephens, bu şamdan baş belası oldu." Felix, içeri dışarı tabak taşıyan hizmetkârın dikkatini çekti. "Bunu servis masasının üzerine alır mısınız, bir de odanın çeşitli yerlerine birkaç mum daha koyar mısınız? Böylece hem yeterince ışığımız olur hem de syllabub tatlısının içine mum damlatma riskinden kurtuluruz. Teşekkür ederim."

Evet, Bayan Baxter şamdanı kesinlikle kalkan gibi kullanıyordu. Stephens onu kaldırırken ağzının kenarları hoşnutsuzlukla aşağı kıvrıldı; Felix de onu mat etmiş olmanın ufak bir zafer duygusunu hissetti. Onun epey zeki olduğunu ve her türlü zekâ savaşında üstün gelmeye alışkın bulunduğunu düşünüyordu.

Felix de bu bakımdan kendini onun dengi sayıyordu; hemen atıldı. "Peki, düğünümüz için size hangi vakit uygun olur, Bayan Baxter?" dedi yüksek sesle.

Bütün konuşmalar kesildi. Az önce halasıyla balodan söz eden Bayan Baxter olduğu yerde dondu; sonra başını yavaşça çevirip ona buz gibi bir bakış fırlattı.

"Affınızı rica ederim, Bay Yates; herhâlde yanlış duymuş olmalıyım."

Şaka, diye dudak oynattı Felix. Kadın ona aynı sertlikle bakmayı sürdürdü.

"Bu akşam sergilediğiniz zarif tavırları ve cazibeyi gördükten sonra," diye başladı, "dedemle aynı fikirde olduğumu fark ettim; siz kusursuz bir Ferndale Baronesi olurdunuz," dedi Felix neşeyle. "Pekâlâ. Kiliseye gidip nikâhımız için ilk adımı atayım mı?"

"Felix," dedi dedesi umutsuzca. "Benim kastettiğim bu değildi."

"Yunanistan'da hanımlara böyle mi kur yapılır?" diye sordu büyük halası. "Oldukça doğrudanmış. Ne eğlenceli."

Bayan Baxter'ın onu gözden ırak bir yere göndermeyi dilediği gayet açıktı; Lord Ferndale'e ve Bayan Yates'e attığı yan bakışlardan, zihninde türlü aşağılayıcı karşılıklar kurup sonra bunları elediği de belli oluyordu. Felix onun, kendisini aşağılamakla ev sahibini ve ev sahibesini gücendirmek istememek arasında kaldığını anlayabiliyordu.

Bunun yerine elinin altındaki uygun konu değişikliğine sarıldı. "Yunanistan'da bulundunuz mu, Bay Yates?"

"Elbette! Geçen kışı orada geçirdim. Atina'yı kışın özellikle tavsiye ederim; pek hoş bir yerdir." Bayan Baxter'ın yüzünde özlemli bir ifade yakaladı. "Siz yolculuklarınızda nereleri gördünüz?" diye sordu, konuyu onun hatırına sürdürerek.

"Ah," dedi kadın; konuşmanın bu yöne dönmesi onu neşelendirmekten çok yaralamış gibiydi. "Doğrusu Yunanistan kadar uzağa hiç gitmedim ama Yunan tarihi üzerine okuduğum pek çok kitapta ne kadar güzel göründüğünü biliyorum. Bir gün ben de ziyaret edecek kadar şanslı olmayı umuyorum."

Felix içinden kendi aptal şakasına sövdü. Evlenmemiş kadınlar onun sahip olduğu özgürlüğe sahip değildi; Bayan Baxter'ın da onunla aynı maddi imkânlara sahip olması mümkün değildi.

"Birlikte gideriz," diye önerdi Bayan Yates. "Bana refakat edebilirsiniz."

Büyük halasının bu önerisiyle yüzü aydınlandı; sonra, Bayan Yates'ın böyle bir maceraya atılmak için fazlasıyla yaşlı ve kırılgan olduğunu fark ettiği belli olurcasına, yeniden söndü. Yine de Bayan Yates'e nazikçe gülümsedi; Felix'i de kıskançlık sertçe çarptı. Bayan Baxter'dan böyle bir gülümsemenin hedefi olabilmek için hayli kınanacak şeyler yapardı.

"Öyleyse," diye ilan etti dedesi, "Yunanistan'ı ziyaret edeceksiniz. Buradaki genç Felix'le balayında nasıl olur?"

Kadının yanakları pembelendi; yaşlı adama alaycı bir gülümsemeyle baktı. "Lord Ferndale, başka biri olsaydı benimle eğlendiğini söylerdim. Ama siz öylesine kıymetli bir dostsunuz ki, benim için en iyisini istemenize asla kızamam." Ardından konuyu öyle ustalıkla değiştirdi ki, Felix not almak için yanında kalem kâğıt olmasını diledi. Ne akıllı, ne çevik bir kadın! Diplomat olmalıydı.

"Bu patatesler nefis. Sanırım aşçınız biberiyeyi tam kararında kullanmış. Geçen yıl Bernadette'in size verdiği çeliklerden mi?"

Büyükbaba misafire göz kırptı. "Evet, öyle. Dokuz çelikten sekizi tuttu; bu da olağanüstü bir başarı."

Büyükbabasının yanında daha sağlam bir zemine çıkmış gibiydi; ifadesi yumuşadı.

"Aslında," diye sürdürdü yaşlı adam, "biberiye Yunanistan'ın her yerinde yetişir, değil mi?"

Bu söz üzerine, epey güzel kaşlarına teslimiyeti andıran bir gölge düştü. "Ben... Akdeniz bölgesinin her yanında yetiştiğini sanıyorum. Sıcak havada iyi gelişir. Bu yüzden burada, İngiltere'de, güneşe bakan taş bir duvarın dibine dikilmesi en iyisidir."

Büyükbaba bir lokma kuzu eti ağzına atıp sırıttı; gözleri muziplikle parlıyordu. "Yunanistan'a gittiğinizde oradan birkaç fide getirmeniz gerekecek. Belki balayınızda?"

Felix, Bayan Baxter'a neredeyse acıyacaktı. Neredeyse. Büyükbaba'nın türlü entrikalarının hedefi olarak fazlasıyla acı verici akşam geçirmişti; bu yüzden, yaşlı adamın dikkatinin değişiklik olsun diye başka birine yönelmiş olması bir bakıma rahatlatıcıydı. Üstelik Bayan Baxter da altta kalmıyor, sohbet kendi hoşuna gitmeyecek kadar rahatsız edici bir hâl alınca her seferinde zekâsı ve mizahıyla konuyu başka yöne çekiyordu.

Ardından büyük halası, görünüşe göre Bayan Baxter'a acıyıp konuyu değiştirdi. "Balodan söz ediyorduk."

"O da ne?" diye sordu Büyükbaba.

Sesini biraz daha yükselterek, "Yirmi dördündeki Yaz Ortası Balosu'ndan," dedi.

"Ne çabuk gelivermiş," dedi yaşlı adam, çatalına bir lokma daha kuzu eti geçirirken. Sonra Felix'e dönüp, "Sen de elbette orada olacaksın," dedi.

Felix, bu düşünce karşısında duyulur şekilde iç çekmemeye çalıştı. Keşke ziyaretini bir hafta daha geciktirseydi; o zaman balo çoktan bitmiş olurdu da, yirmi mil çevredeki bütün genç kadınlara sergilenmek zorunda kalmazdı.

"Yıllardır Hatfield'da bir baloya gitmedim," dedi. "Bayan Baxter, siz hep katılır mısınız?" Kendisi en son böyle bir baloya gittiğinde genç kadın en az on sekiz yaşında olmalıydı ama onunla tanıştığını hatırlamıyordu. Onun kadar ilgi çekici biriyle tanışmış olsa bunu mutlaka hatırlardı. O yılı söyleyince genç kadın başını salladı.

"O yıl uzaktaydım; babamla birlikte seyahat ediyor, kitap satın alıyorduk."

"Peki bu kez katılacak mısınız?" diye umutla sordu. "Yine kitap peşine düşüp danstan kaçmayacaksınız ya?" Eğer orada olursa gece katlanılabilir olurdu.

"Babam şu sıralar Fransa'da, bu yüzden kız kardeşlerimle birlikte biz de katılacağız."

"Öyleyse," diye ilan etti Büyükbaba. "Birbirinizi tanımak için birkaç gününüz var. Baloda nişanınızı duyurabilsek ne hoş olurdu."

Felix, Bayan Baxter'ın gözlerini kapatıp derin bir nefes alışını izledi; sanki güç bulmak için dua ediyordu.

Felix gülmemeye çalıştı ama akşamdan epey keyif alıyordu. *Bundan çok daha kötü bir evlilik yapabilirdim.*

⁂

Sabah Felix rahatsız edici bir gerçeğin farkına vardı: Dün gece Estelle Baxter'la eğlenmek yerine onunla dalga geçmişti. Fazla ileri gitmişti ve şimdi kendini berbat hissediyordu.

Bunu telafi etmesi gerekiyordu.

Kahvaltıda onunla konuşacaktı. Dostça bir sohbet edecekler ve o da özür dilemenin bir yolunu bulacaktı.

Bayan Baxter büyükbabasıyla büyük halasına karşı dostça davranıyor olabilirdi ama Felix, dün gece yemekte yaptığı gibi, bu dostluğu fazla samimiyetle karıştırmamalıydı. Onu daha doğru dürüst tanımıyordu ve gün ışığında düşününce, yaptığının affedilmez derecede kaba olduğunu düşünmeden edemiyordu.

Eğer ona ciddi biçimde kur yapacaksa düzeltmesi gereken bir hataydı bu. Bunun aslında mükemmel bir fikir olduğunu düşünmeye başlıyordu. Kendisini Estelle'le Yunanistan'da öyle kolay hayal edebiliyordu ki; Patros'taki bir villada, bir muhteşem günün daha ardından, suyun üstünde günbatımını seyrediyor olurlardı. Estelle ona dönüp gülümser, insanın içini eriten bir nükte savururdu; o da eğilip onu öpmekten kendini alamazdı ve...

Merdivenlerden inerken midesi guruldadı; bu ses, Estelle'in yeşile çalan altın gözlerinin öğleden sonra ışığında nasıl parlayacağını düşündüğü hayalleri dağıttı. Ayrıca ona derhâl sıcak bir fincan kahveyle yumurta, domuz pastırması ve kızarmış ekmek gerektiğini de hatırlattı.

Büyükbabası tütsülenmiş ringası ve kedgeree'sini neredeyse bitirmişti; iki boş tabak da kadınların çoktan yiyip günün işlerine koyulduklarını gösteriyordu.

"Geç kaldın," dedi Büyükbaba, canı sıkkın bir sesle. "Günü uyuyarak geçirirsen olacağı budur."

Yaşlı adam elini pencereye doğru salladı. Felix dışarı baktığında uzakta bir atlı gördü; her saniye biraz daha küçülüyordu.

Dün geceki yağmur geçmiş gitmiş, güneş bütün görkemiyle parlıyordu.

"İşte ömründe tanıyacağın en iyi kadın gidiyor," dedi yaşlı adam. "Hemen şimdi peşinden gitmezsen, tam bir budalasın."

Felix, şaşkınlıktan ağzı açık öylece kaldı.

"Ee?" Büyükbabası, tabağındaki kırıntıların arasında bıçağıyla çatalını şakırdattı. "Orada öyle ağzın açık dikilip durma. Git, peşinden yetiş!"

BÖLÜM 3
Akrabalarla Dertler

Estelle kasabaya Somerset Valley Four'la döndüğünde Hatfield'ın tanıdık koşuşturması onu karşıladı. Neyse ki at bu sabah gayet iyi görünüyordu; teşvik edilince memnuniyetle tırısa ve dörtnala kalkmış, böylece dönüş yolculuğunu çok kısa sürede tamamlamıştı. Yine de dünkü olayı seyise anlattı ki göz kulak olabilsinler. Seyis, atı bekleyen bir yulaf kovasına burnunu hevesle daldırırken onun boynunu sıvazladı.

Keşke dertleri yaralanmış bir atla sınırlı olsaydı. Kitapçının kapısı, Estelle ona doğru yürürken ardına kadar açıktı. Bu hiç hayra alamet değildi; müşterilere açık olmak için fazlasıyla erkendi.

Kuzeni Joshua'nın uğursuz sesi sokağa kadar taşıyordu.

Bu hiç ama hiç iyiye işaret değildi. Joshua onları yalnızca bir şeyler talep etmek için ziyaret ederdi.

Mucize eseri, Crafty kaçmaya hazır halde yerde değil, yüksek bir kitap rafının üstündeydi. Bu, eğlenmek için atları kovalayan bir kediydi. Onun böylesine yukarıya saklanmasının tek sebebi, Joshua'nın en büyük oğlu Benjamin'in erişemeyeceği bir yerde kalmak istemesi olabilirdi.

O çocuğun kedilere bakışında Estelle'in içini ürperten bir şey vardı.

Rafların arasında bir hareket yakaladı ve çocuğun dükkânda bir yerlerde olduğunu anladı. Estelle, kedinin kaçmasını önlemek için kapıyı çabucak kapattı. Crafty en son açık kapıdan fırladığında bir buçuk hafta sonra eve dönmüş, yarı aç ve hamileydi.

Bunca derdin üstüne, Baxter ailesinin en son ihtiyacı olan şey bir sürü yavru kedi daha idi.

Kız kardeşleri tezgâhın yanındaydı. Joshua Baxter ile karısı Phoebe öyle bir duruyorlardı ki sanki dükkândaki bütün alanı kaplıyorlardı.

Sesinin hoş, hiç de öfkeli gelmesini umarak Estelle, "Kuzen Joshua, günaydın! Bu ziyaretin zevkini neye borçluyuz?" dedi. Bir şey kesindi; Joshua ile Phoebe kitap almaya gelmemişlerdi. Joshua, hesap defterlerinden başka bir şey okumazdı; Phoebe ise yalnızca Londra'dan doğrudan kendisine gönderilmesini sağladığı moda dergilerine bakardı. Estelle onları daha uygun fiyata getirtebileceğini teklif etmişti ama Phoebe onu küçümseyip geri çevirmişti.

Joshua Estelle'e döndü; çatık, saldırgan ifadesi Estelle'in midesini bulandırdı. "Pencereleri perde için ölçmeye geldim ama görüyorum ki hepsinin önü kapanmış. Lütfen kapıyı yeniden açın. Göz gözü görmüyor."

Phoebe de ekledi: "Hiç değilse bir hizmetçi birkaç mum yaksın. Birisi düşüp boynunu kırabilir."

Ne fazladan mumları vardı ne de onları yakacak bir hizmetçileri; ama kuzenine bunu söylemeye hiç niyeti yoktu. Estelle kapıdaki pencerenin küçük perdesini yana çekti. İçeri ince bir ışık huzmesi süzüldü. Bu, Joshua ile Phoebe'nin en küçük çocuğu küçük Barnaby'nin bir kitaba uzandığını görmesine yetecek kadardı.

"Canım benim," dedi, çocuğu kucağına alıp sarılırken. Bunun ek bir faydası da reçele bulanmış elleriyle değerli kitaplardan birine dokunmasını engellemesiydi. Ufaklık çok tatlıydı ve ona hikâye okunmasına bayılırdı. Ama elleri hep böyle kirli olurdu! Louise ona Minik Yapışkan derdi; Estelle aslında bu lakabı teşvik etmemesi gerektiğini bilse de sonunda bütün kız kardeşler kullanmaya başlamıştı. Öyle ki bir gün yanlışlıkla Barnaby'ye yüksek sesle Minik Yapışkan diye seslenmiş, sonra da gafını aceleyle toparlamak zorunda kalmıştı. "Sana güzel bir hikâyem var, Barnaby," dedi, cebinden bir mendil çıkarıp tombul ve son derece yapışkan ellerini silerken.

Ortanca oğul da dükkânın bir yerlerinde olmalıydı. Biraz unutulmuş bir çocuktu; sessiz, gösterişsizdi ve Brutus adı ona yük olmuş gibiydi. Anne babası ve ağabeyi bu kadar korkunç olmasaydı, Estelle Brutus'un daha sık etrafta olmasına itiraz etmezdi.

Joshua'nın pencereler hakkında az önce söylediği şey Estelle'in kafasında yankılandı.

Neyse ki kız kardeşi Marie tam zamanında bir soru ortaya attı: "Pencereleri neden perde için ölçmek istiyorsunuz? Raflar kitapları korumak için güneş ışığını kesiyor."

Joshua cebinden bir parça ip çıkarıp arkasında pencere olan kitaplıklardan birinin genişliğini kabaca hesapladı. "Çünkü," dedi, ipi gererken, "bunu son derece güvenilir bir kaynaktan duydum," bir an daha durup dramatik etki yarattı, "babanız ölmüş."

Bir anlığına nutku tutulan Estelle, Barnaby'nin ellerini silmeyi bıraktı. Tezgâhın yanındaki kız kardeşleri hep bir ağızdan soluk aldı. Hepsi Estelle'e baktı; Estelle de onlara bakıp neler olup bittiğini anlamaya çalıştı.

Marie hepsi adına konuştu. "Ölmedi. Fransa'da."

"Aynı şey," dedi Benjamin, bir kitaplığın arkasından alaycı bir sırıtışla. Çocuğun kötülüğü Büyük Kuzey Yolu kadar upuzundu.

"Gayet de yaşıyor," diye inatla düzeltti Bernadette. "Daha dün sabah bir sandık kitap geldi."

Hiç istifini bozmayan Joshua, "Bu hiçbir şey ifade etmez. Aylar önce gönderilmiş olabilir. Kötü bir sonla karşılaştığını duydum. Muhtemelen kumar yüzünden," dedi.

Babalarının kıtada bir yerde ölmüş olabileceği düşüncesi Estelle'in içine kaygı doldurdu.

Babaları ölürse buna elbette yürekten üzülürlerdi; ama daha da ötesi, dükkân Joshua'ya kalacaktı. İçindeki kitaplara zerre kadar ilgi duymuyordu ama gözü binadaydı. Eğer babaları ölmüşse Estelle, kız kardeşleri, tek hizmetçileri, kedi ve bütün kitaplarıyla birlikte kendilerini sokakta bulacaktı.

Phoebe etrafa küstah bir memnuniyetle bakınırken havaya bir sessizlik çöktü.

"Ne zaman ölmüş olması gerekiyormuş?" diye sordu Marie.

Harika soru, Marie.

"Daha dört hafta ancak olmuştur," dedi Joshua, en ufak bir tereddüt göstermeden ölçmeye devam ederek.

"Tanrı'ya şükür," diye haykırdı Marie.

Estelle'in beklediği tepki bu değildi. "Nasıl yani?"

Marie'nin sesi sevinç doluydu. "Bir ay önce ölmüş olamaz. Dün gelen sandıkta tarihli bir mektup vardı," dedi, biraz durup bir mektubu açarak. "Tarihi daha on altı gün öncesine ait. Belli ki bir kimlik karışıklığı söz konusu, sevgili kuzen."

Estelle yeniden nefes alabildi!

Dün bir önceki kitabı Lord Ferndale'e teslim etmek için çıktığında, sandığın içinde bir mektup olduğundan haberi bile olmamıştı. Neyse ki babaları bir tane göndermişti ve kız kardeşleri de onu bulmuştu.

Rafların arkasından çocuklardan biri alayla homurdandı. Muhtemelen Benjamin'di.

Estelle rahatlamayla Barnaby'ye sıkıca sarıldı. Eller artık tehlikeli ölçüde yapış yapış değildi; Estelle de raftan otlarla ilgili bir kitap çekti. İçindeki ayrıntılı resimler bir süre dikkatini meşgul ederdi. Kitabı açıp ona gösterdi, sonra bir taburenin üzerine koydu.

"Mektubu gösterin," diye buyurdu Joshua.

"Birlikte okuyabiliriz," dedi Marie. "Pencerenin yanında. Yazının açıkça ona ait olduğunu ve altta imzasının bulunduğunu görürsünüz. Kitap sandığını gönderdiğinde, yani en az on altı gün önce, hayattaydı."

Bernadette ve Louise, Barnaby kitaba dalmışken Estelle'e yaklaştı. Estelle, rahatlayarak kız kardeşlerini sıkıca kucakladı ve başını bir an

Louise'in geniş omzuna yasladı. Kız kardeşlerin en uzunu ve güçlü yapılısı, hatta tanrıça gibi heybetlisi olan Louise'in sağlam bedeni, ona sarılmak için olağanüstü uygundu.

"Sandıkta bir mektup olmasına çok sevindim," dedi Estelle usulca, Joshua ve Phoebe'nin duymaması için.

"Dün geç saatte bulduk, kitapları kontrol ederken," dedi Louise. "Ciltten sayfalar kopmuş sandım ama Baba'nın bize yazdığı not araya sıkışmış. Gerçekten daha dikkatli olmalı, kolayca kaçırabilirdik."

Bu, babaları için hiç de alışılmadık bir şey değildi. Muhtemelen kitapları bulduğunda o kadar heyecanlanmıştı ki onlara not yazmak bile sonradan aklına gelmiş olmalıydı.

"Hiç göndermemiş olabilirdi," dedi Estelle.

"Doğru," diye onayladı Louise.

"Hey, bu pahalı bir kitap," dedi Bernadette, Barnaby'nin elindeki şifalı bitki kitabını almak için eğilerek. "Küçük Yapışkan'ın eline verme."

"Şşt!" dedi Louise, Barnaby'nin takma adının anılmasıyla.

Kapı yönünde yine bir hareketlilik oldu, Joshua ailesine seslendi. "Pekâlâ, haydi bakalım, gidiyoruz!"

Benjamin Baxter veda etmeden dükkândan dışarı yürüdü. Ortanca çocuk Brutus, utangaç bir şekilde kitaplığın arkasından kuzenlerine baktı ve küçük bir el salladı. Adına hiç uymayan, tatlı huylu bir çocuktu. Estelle ona el salladı.

Phoebe, Barnaby'ye doğru ağır ağır yürüdü ve onu aldı, parmaklarının reçelle kaplı olduğunu zaten biliyormuş gibi vücudundan biraz uzakta tutarak.

Estelle'in aklından korkunç bir düşünce geçti: Phoebe muhtemelen dükkâna getirmeden önce ellerini reçelle kaplamıştır, sadece bizi kızdırmak için.

Joshua, karısı ve oğulları çıkana kadar açık kapının yanında durdu. Marie'ye kısa bir selam verdi ve basitçe, "Pek yakında yine görüşürüz," dedi.

Sonra dışarı çıktı ve kapıyı ardına kadar açık bıraktı.

Marie kapıya koştu ve nazikçe kapattı. Uzun bir an sessizlik oldu; hepsi hareketsiz durdu, Joshua'nın geri dönüp onları bir kez daha azarlama fikrini aklına koymaması için endişeyle bekliyorlardı.

"Gittiler," dedi Marie sonunda, küçük pencereden dışarı bakarak.

"Tanrıya şükür!"

Dört kız kardeş rahatlama ve sevinçle birbirine sımsıkı sarıldı. Babaları yurt dışındayken ve borçlar birikiyorken, Kuzen Joshua ve binayla ilgili planları ihtiyaç duymadıkları fazladan bir dert kaynağıydı.

Estelle, "Gelen bir sonraki sandıkta önce mektupları kontrol etmeliyiz," dedi.

"Evet," dedi Marie. "Şükür ki sen buldun, Louise."

Estelle, Louise'i minnetle bir kez daha kucakladı ve sonra şöyle dedi; "Dün gece dönmeliydim; Joshua'yla tek başınıza uğraşmak zorunda kaldığınız için üzgünüm."

"Tek başımıza değildik," dedi Louise. "Üçümüz yeterince iyi başa çıktık, her ne kadar Marie sabahın ilk işi ölü fareye basmış olsa da."

"İğrenç, Crafty!" diye şikâyet etti Estelle.

Marie ekledi, "Aynen öyle!"

Adına yanıt veriyormuş gibi, kedi kitaplıklardan aşağı atladı ve tırmalama direğine gidip pençelerini oradaki çuval bezine sapladı.

Estelle iç çekti. "Sabah kontrol listesine bir madde daha ekleyelim: Crafty'nin direği, ölü fareler, sonra günün yazışmaları. Lord Ferndale'den ödemeyi aldım, bu yüzden bir süreliğine yazışma ücretlerini karşılar."

Marie, "Ayrıca The Times'daki ilanları ve sonraki sigorta taksitini de ödeyecek, böylece en azından bir süre rahat nefes alabiliriz," dedi.

Bay Yates'in daha iyi teklifini kabul etseydi çok daha fazlasını karşılayabilirlerdi ama Estelle bu onursuz düşünce üzerinde durmasına izin vermedi. Aslında ondan ya da daha yüksek teklifinden bahsetmedi bile.

Bunun yerine, Marie'nin kendisine uzattığı babalarından gelen mektubu kabul etti.

"Teşekkür ederim. Bunu yukarıda okuyacağım; gidip üstümü değiştirmem gerek. Dün yağmurda giysilerim ıslandı ve Bayan Yates'ten ödünç almak zorunda kaldım, ve personel eminim elinden gelenin en iyisini yapmıştır ama bu sabah tekrar giydiğimde binicilik kostümüm tam olarak kurumamıştı."

"Kahvaltı yaptın mı?" diye pratik bir şekilde sordu Louise.

"Evet yaptım, ve dün akşam harika bir akşam yemeği yedim, gerçekten imrenirdiniz. Gerçi sohbet pek keyifli değildi!"

Kız kardeşleri ona tuhaf tuhaf baktı.

"Hepsi çok saçmaydı. Lord Ferndale şakacı bir havadaydı ve torunuyla evlenmem gerektiğini söyledi."

"Ne yaptı?" diye şaşkınlıkla soludu Marie.

"Biliyorum. Saçmaydı ama yine de ona uydum." Gülerek Estelle üstünü değiştirmek için yukarı çıktı. Uzun sürmeyecekti ve sonra dükkân açıldığında kız kardeşlerine yardım etmek için aşağı inecekti.

"Kahvaltıya ihtiyacın var mı, Estelle?" Mutfaktan geçerken patates soyan kahya Bayan Poole başını kaldırıp baktı.

"Teşekkür ederim, hayır; Ferndale Hall'da harika bir kahvaltı yaptım," dedi Estelle neşeyle. Bir saatten fazla zaman geçmiş olsa da masadaki tereyağlı çörekler nefis görünüyordu... yatak odasına giderken yolda yemek için birini kaptı.

Babasından gelen mektup kısaydı, diye düşündü Estelle. Giysisini değiştirdikten sonra ayakkabılarının bağlarını bağlarken birkaç dakika göz gezdirdi. Mektup Orléans'tan gönderilmişti; babası Tours'a gittiğini, sonra da Angers ya da Poitiers'ye gideceğini yazıyordu. Aşağı indiğinde bir Fransa haritası bulmayı aklına not ederek, şimdilik mektubu tuvalet masasının üzerine bıraktı ve aşağı inmeden önce küçük el aynasında saçını kontrol etti. Kıtadan gelen yazışmalar sıklıkla gecikebilirdi ama mektupları ve kitap sandıkları gelmeye devam ettiği sürece, babalarının hâlâ yaşadığını bileceklerdi. Joshua onları fena halde korkutmuştu ama hepsi bundan ibaretti. Babaları yaşadığı sürece onlara zarar veremezdi.

Merdivenlerin dibine ulaştığında ön kapının üzerindeki dükkân zili çaldı. İyi giyimli bir adam tezgâha doğru yürüdü. Estelle, şapkasını çıkarıp şüphe uyandıracak kadar tanıdık, dağınık altın renkli buklelerini ortaya çıkarınca yerinde dondu kaldı.

"Günaydın!" dedi Bay Yates neşeyle, tezgâhın arkasında müşteriye hizmet ederken en iyi gülümsemesini sunan Marie'ye.

"Size de günaydın bayım, size nasıl yardımcı olabiliriz?"

"Ben de size aynı şeyi sormak üzereydim," dedi, şapkasını tezgâhın üzerine koyarak. "Bir ihtiyacınız var mı? Nasıl yardımcı olabilirim?"

"Affedersiniz?" Marie şaşkınlıkla gözlerini kırpıştırdı.

Estelle ağzından kaçırdı, "Yine siz mi! Burada ne işiniz var?"

Bay Yates ona döndü, gülümsemesi genişledi. "Neden mi, Bayan Baxter? Sizinle evlenmek için geldim, tabii ki."

Bu sefer gerçekten onu öldürecekti.

Kedinin Çuvala Sığmayışı

Felix, talihsiz cümle ağzından çıkar çıkmaz, genç kadının güzel yüzünün asıldığını gördü. Bayan Baxter'ı görür görmez yeniden şakalaşmaya başlamasının belki de hata olduğunu fark etti.

Fazla ileri gitmişti.

Hatfield'a arayı düzeltmek için gelmişti, ama işleri daha da kötüleştirmişti.

Tezgâhın arkasındaki Bayan Baxter—birbirlerine öyle benziyorlardı ki ancak kız kardeş olabilirlerdi, yalnız tezgâhın arkasındaki gözlük takıyordu—öksürdü, sonra da inanamayan bir ses tonuyla, "Affedersiniz... onunla evlenmekten mi söz ettiniz? Estelle, bu kim?" dedi.

"Lütfen artık gidin, Bay Yates," dedi Estelle yorgun bir sesle.

"Yates mi?" dedi Baxter kız kardeşlerden biri. "Bu, Lord Ferndale'in torunu mu?"

"Estelle, para verecek müşterileri kovma!" Bu, rafların arasından çıkan üçüncü Bayan Baxter'dı. Diğer ikisinden daha uzun boylu, daha yapılıydı ama yüz şekli, koyu saçları ve dikkat çekici yeşil altın gözleri onun da tartışmasız kız kardeşlerden biri olduğunu gösteriyordu. Felix, büyükbabasının kaç kız kardeş olduklarını söylediğini hatırlamaya çalıştı. Yeni gelene kibarca eğilerek selam verdi.

"Günaydın, Bayan Baxter. Gerçi hepiniz Bayan Baxter'sınız, öyle değil mi? Bayan Baxter, ben hangi Bayan Baxter'la konuştuğumu büsbütün şaşırmadan önce şu büyüleyici kız kardeşlerinizi bana tanıştırmayacak mısınız? Yoksa siz de Bayan Baxter değil misiniz? Aranızda en büyük hanginiz?"

Uzun boylu Bayan Baxter, elini ağzına götürüp gülüşünü bastırdı; Felix de ona sırıtıp karşılık verdi.

"Pekâlâ, Bay Yates," dedi Estelle, hiç de nazik olmayan bir tavırla. "Evet, Bayan Baxter benim. Bu, kız kardeşim Bayan Marie"—gözlük takanı işaret etti—"ve bu da kız kardeşim Bayan Louise. Şurada da en küçük kız kardeşimiz Bayan Bernadette."

Felix gözlerini kırpıştırdı, sonra yeniden baktı. Dördüncü kız kardeşi hiç fark etmemişti bile ama işte oradaydı; tezgâhın arkasında, karanlık bir köşede oturmuş, bir şeyleri küçük kâğıt paketlere sarıyordu. Genç kadın ona kibarca küçük bir baş selamı verdi, sonra yeniden yaptığı işe döndü.

"Demek kitap ciltleyen kız kardeş sizsiniz!" dedi Bayan Louise'e dönerek. "Büyükbabam maharetinizden övgüyle söz ediyor; doğrusu ben de işçiliğinizin kalitesine hayranım. Daniel Defoe'nun eserlerinden oluşan o güzel ciltli takımına doğrusu ben de imreniyorum."

Bayan Louise ona oldukça dostça bir gülümsemeyle, "Ne kadar naziksiniz, Bay Yates! Defoe'nun Moll Flanders adlı hayli skandal dolu hikâyesini okumaktan hoşlandım, gerçi bütün kitap boyunca insanın soluklanabileceği tek bir bölüm bile yoktu," dedi.

"Muhtemelen o hikâyenin en az sakıncalı yanı buydu," dedi gülerek. "Öyle yerleri vardı ki resmen yüzüm kızardı!"

Bayan Louise sözünü sürdürdü: "Estelle, Lord Ferndale'in yeniden ciltlemem için sipariş ettiği birkaç kitabı da yanında getirdi. Emin olun, onlarla zamanında ilgileneceğim. İhtiyacım olan malzemeleri temin etmem birkaç hafta sürecek ama onarımların kendisi uzun sürmez."

"Bu titizliğinizi takdir ediyorum," dedi Felix, ona gülümseyerek.

Hepsi kendince hoştu ama kendi Bayan Baxter'ında, Felix'in

merakını hâlâ canlı tutan tarif edilmez bir şey vardı. "Hepinizle tanışmak büyük bir onur," diye ekledi kibar bir edayla.

"Ne kadar hoş," dedi Bayan Baxter alaycı bir tonla. "Şimdi ya birkaç kitap satın alın ya da gidin."

"Estelle!" diye bir ağızdan haykırdı Marie ile Louise; belli ki çok şaşırmışlardı. "Lord Ferndale'in torununa böyle mi konuşulur?" diye ekledi Marie.

Felix'in aklına yaramaz bir düşünce geldi. "Peki bu, nişanlınızla konuşmanın uygun bir yolu mu, Bayan Baxter?" Onu kızdırmaması gerekirdi; gerçekten de gerekirdi. Ama Tanrı aşkına, öfkeliyken ne kadar da güzeldi; gözleri çakıyor, solgun yanaklarına pembe bir renk yayılıyordu.

"Siz imkânsızsınız!" Belli ki öfke içindeydi. Yanından öfkeyle geçip tezgâhın arkasına geçti, masanın üstündeki bir tomar yazışmayı kapıp okuyormuş gibi yaparak sırtını ona döndü.

Felix sırıttı. Eh, en azından onu dışarı atmaya çalışmıyordu. Kitapçıya göz gezdirdi. Belki gerçekten birkaç kitap satın almalıydı; okuyacak bir şeye ihtiyacı vardı ve büyükbabası kütüphanesi konusunda, altın yığınının üstüne çökmüş bir ejderha gibi davranıyordu. Kendi kendine neşeli bir ezgi mırıldanarak koridor boyunca ilerledi; o sırada dört kız kardeş tezgâhın arkasında bir araya toplanmıştı. Felix, seyahatnâmelerin dizili olduğu rafı incelemeye koyuldu.

Kitapları karıştırırken, alçak sesle konuştuklarından bazı parçalar kulağına çalındı.

"Nişanlısı mı?" Tek kelimelik soru, Bu, Louise olmalıydı.

"Kesinlikle hayır. Bütün bunlar biraz saçma. Aslında bu sadece kendi aramızda bir şaka. Evet, Bay Yates Lord Ferndale'in torunu; Yunanistan turundan yeni döndü. Dün gece yemekteydi ve Lord Ferndale, evlenmemiz gerektiğini söylemenin komik olacağını düşündü."

Aman Tanrım, Estelle'in sesi düpedüz tiksinti doluydu. Felix bir kez daha, kendisini muhtemel bir koca olarak düşünmenin genç kadında neden böylesine şiddetli bir tiksinti uyandırdığını merak etti. Kendi tecrübelerine göre, bir hanımefendiden böyle bir tepki almak gerçekten yeniydi.

"Çok yakışıklı."

Felix, bu alçak sesin Bernadette'e ait olabileceğini düşündü.

"Hem kıyafetlerinden de apaçık zengin olduğu belli. Bir de Lord Ferndale'in torunu! Neden onunla evlenmiyorsun?"

Bu kesin Louise'ti; Felix, göz gezdirdiği İtalyan gezi rehberine gülümsedi. Louise'in kendisine müttefik olabileceğini düşünmeden edemedi.

Ne yazık ki Estelle'in cevabı onun duyamayacağı kadar kısıktı. Tezgâha doğru eğildi, o tarafa küçük bir adım attı ama ayağının dibinden gelen yumuşak bir miyavlamayla dikkati dağıldı.

"Merhaba, pisi." Kuyruğuna neredeyse bastığı siyah kedi, kırpışmayan yeşil gözlerle ona baktı. "Sen de pek yakışıklı bir delikanlısın, öyle değil mi?"

Felix kedileri severdi ve bu kedi de gerçekten çok güzeldi; iri, sağlıklı görünümlü, parlak siyah tüylü. Eğilip kedinin kulaklarının arkasını kaşıdı; karşılığında gırtlaktan gelen bir mırıltı duydu.

Çenesini kaşımayı, yumuşak kulaklarını okşamayı sürdürdükçe mırlama yükseldi. Kedinin hoşnut mırıltıları ne kadar gürleşirse, konuşmaya kulak misafiri olmak da o kadar zorlaşıyordu. Fransa'daki babaları hakkında bir şeyler ve evliliğe dair birkaç parça söz yakalayabildi. Daha net duymak istiyorsa kediyi sevmeyi bırakması gerekecekti.

Yeniden doğrulurken midesi guruldadı; üstelik kediden bile daha gürültülü.

"Bay Yates, ilginç bir şey buldunuz mu?" diye sordu en uzun boylu olanı, Bayan Louise.

Dimdik ayağa kalktı. Kedi bu kez baldırlarına sürtünmeye başladı, çizmesinin püsküllerine kalın tüy yumakları bırakarak.

"Ee, evet, bu seyahat yazıları epey ilgi çekici," dedi. Midesi yine guruldadı. Utançla boynu kızardı.

Bu kitapları satın almalıydı. Hiç değilse diğer üç Baxter da onu dükkânda hoş karşılarlardı. Ayrıca kahvaltı etmesi de gerekiyordu. Düzgün düşünmekte zorlanıyordu; çünkü bu sabah Bayan Baxter'ın ardından apar topar fırlamadan önce hiçbir şey yememişti— büyükbabasının yüzündeki tiksinti öylesine açıktı ki Felix kahvaltı odasının kapısından döner dönmez doğruca ahırlara koşmuştu.

Üç kitap aldı ve tezgâhtaki kadınlara yaklaştı. "Birazdan dönüp bunları, büyük ihtimalle daha fazlasını da satın alacağım. Kahvaltı edebileceğim saygın bir yer tavsiye eder misiniz?"

Bayan Baxter öylesine nefis bir gülümseme sundu ki sonunda kendisine ısınmaya başlamış olabileceğini düşündü.

Ailesi dün gece ona nefis bir yemek sunmuştu. Belki o da bu sabah kendi evinde bunun karşılığını verirdi. Muhtemelen yakınlarda oturuyorlardı; belki dükkânın arkasındaki bir evde?

Bayan Baxter, "Köşedeki Red Lion, yolculara günün her saatinde yemek sunmakta pek iyidir," dedi.

Demek ki onu onlarla birlikte yemeye davet etmiyordu. Estelle Hall'dan ayrılmadan önce kahvaltı etmişti ama acaba kız kardeşleri de etmiş miydi? Belki hepsi erkenciydi de gün doğarken yemek yiyorlardı? Tanrım, o kadar erken uyanmak ne korkunç bir düşünceydi. Yine de, bu durumda sabah çayıyla kek vakti gelmiş olabilirdi belki? Ama hepsi de sessizce ona bakıyordu; içlerinden biri bile bir demlik çayla kekin tam yerinde olacağını söylemiyordu. Felix iç çekti.

Midesi yeniden guruldadı; kitapları kendisi yemek istemiyorsa, posta hanında yeme önerilerini kabul etmek zorundaydı.

"O hâlde şimdilik müsaadenizi isteyeyim," dedi; usulünce bir selam verip kapıya yürüdü. Kapıyı açıp zil çalınca aklına bir fikir geldi. "Belki de son seyahatlerime dair anılarımı yazmalıyım. Raflarınızda Yunanistan üzerine pek az şey gördüm. Yakın zaman önce yaşadıklarım hayli aydınlatıcı olabilir. Yakında Yunanistan hakkında kitap gelmesini bekliyor musunuz?"

Bayan Baxter hemen atılıp elini uzatarak işaret etti. "Hayır."

Belli ki onu başından savmak istiyordu ama Felix dikkatinin dağılmasına izin vermeyecekti. Ailenin kitap ciltleyen üyesine soracaktı. O kendisini seviyor gibiydi. "Bayan Louise, siz kitap ciltliyorsunuz. Bastırabileceğim bir kitabı da ciltleyebilir misiniz? Tabii önce büyükbabamın bazı kitaplarını onarmayı bitirdikten sonra."

"Elbette, Bay Yates," dedi Louise. "Çalıştığımız matbaacı Market Street'te, Black and Sons; tavsiye edebilirim..."

Bayan Baxter ona doğru atıldı. "Kapıyı—"

Felix'in çizmelerinin yanından siyah bir tüy yumağı fırlayıp geçti.

"—kapatın!"

Lanet olsun. Kedi dükkândan fırlamış, caddenin aşağısında gözden kaybolmuştu.

Çünkü çıkıp gitmek yerine orada dikilip vedayı gereksiz yere uzatmıştı.

Bayan Baxter öfkeyle homurdandı.

Eyvah. Felix yardım etmek istemişti, başlarına iş açmak değil.

"Yardım etmek mi istiyorsunuz?" Bayan Baxter'ın yüzüne kararlı bir ifade yerleşti. "Madem işe yarar bir şey yapmak istiyorsunuz, gidip o kediyi bulun. Yoksa dokuz hafta sonra Crafty'nin bir sürü yavruya daha yeni yuvalar bulmamıza yardım edersiniz!"

BÖLÜM 5

Estelle Baxter Buna Razı Değil

O kedi başlarına bela olacaktı, diye düşündü Estelle dükkân kapısını kapatırken. Arka bahçe güvenliydi ve Crafty'nin dikkatini dağıtacak şeylerle doluydu; otlarla dolu saksılar ve kolayca aşamayacağı yüksek bir duvar vardı. Evleri birbirine bağlayan çatı araları onun en sevdiği, oyun oynayıp fare avladığı yerlerdendi. Daha gerideki çuha değirmeni bile Crafty'nin kedi gibi yaşaması ve orada çalışan insanların eşliğinden keyif alması için kabul edilebilir bir yerdi. Ama High Street'e açılan ön kapı, hep başını belaya soktuğu yerdi. Atları korkutuyor ve ortalığı birbirine katıyordu.

High Street'te her zaman atlar vardı ve korkmuş bir at korkunç sorunlara yol açabilirdi. İnsanlar yaralanabilirdi. Arabalar kırılabilirdi. Atların kendileri de yaralanabilirdi.

Bir de Crafty yine kızgınlıktaydı. Hepsi böyle zamanlarda Crafty'yi içeride tutmak için çok uğraşıyordu ama yine de yılda en az bir kez kaçıyor, bir eş buluyor ve dokuz hafta sonra da yuva bulmak zorunda kalacakları yeni bir kedi yavrusu sürüsü ortaya çıkıyordu.

Ama karşısında üç endişeli yüz görmek yerine, kız kardeşlerinin küçümseyici tavrıyla karşılaştı.

Demek onlar da kedi yüzünden endişeliydi?

"Lord Ferndale'in torununa neden bu kadar kaba davrandın?" diye sordu Louise, fena halde hayal kırıklığına uğramış görünerek.

Dur, ona mı kızmışlardı? "Kediyi dışarı o saldı!" diye çıkıştı Estelle öfkeyle. Bu apaçık ortada değil miydi?

"Ona daha nazik davransaydın," dedi Louise, "hâlâ dükkânda olurdu, Crafty de güvenle içeride kalırdı."

Suçu ona mı yıkıyorlardı? "Ona kaba davranmadım." Estelle kollarını göğsünde savunur gibi kavuşturdu; ona pek de nazik davranmadığını fısıldayan o küçücük vicdan sesini görmezden gelerek. "Benimle dalga geçen o!"

"Kaba davrandın," diye karşı çıktı Marie. "Ailesi sana dün akşam nefis bir yemek verdi, bu sabah da ayrılmadan önce kahvaltı ikram etti. Belli ki senin de karşılık olarak ona biraz çayla kek teklif edip etmeyeceğini görmek istiyordu."

Estelle başını salladı. "Elimizde bol bol kek mi var?"

"Şey, yok. Ama mesele bu değil," dedi Marie. "Seni anlayamıyorum. Çok çekici, belli ki parası da bol, kitap satın alacak, ama sen onu sanki sokaktan gelmiş bir veletmiş gibi kovuyorsun."

Bernadette araya girdi, "Size nasıl evlenme teklif etti?"

Estelle derin bir iç çekti. "İşte sorun da bu. Etmedi. Bu, Lord Ferndale'le onun arasında bir şakaydı. Biraz fazla uzadı, hepsi bu. Ama söylenen her şey şakaydı. Bundan eminim. Lord Ferndale, Bay Yates'in benimle evlenmesi gerektiğini söyledi; çünkü ben miras alırsam kütüphanesine hak ettiği değeri vereceğimi düşünüyor—yani Lord Ferndale böyle düşünüyor. Ki açık konuşmak gerekirse, bu şimdiye kadar evlilik için duyduğum en saçma sebep."

O uzun, tuhaf açıklamanın ardından nefes nefese kaldığını fark edip derin bir nefes çekti. Çünkü olan buydu. Tuhaf. Ve saçma. "Bay Yates'in buna bir an olsun neden ayak uydurduğunu aklım almıyor. Ama işin özüne gelirsek, Bay Yates bana bunu hiç doğrudan sormadı. Sadece düğün tarihini ne zaman belirlememiz gerektiğini sorup Yunanistan'da balayından söz etmeye başladı!"

"Ah! Balayı için Yunanistan harika olurdu!" diye haykırdı Louise.

Estelle ona sert sert baktı. Bunca saçmalığın içinden Louise'in takılıp kaldığı şey bu muydu?

Bernadette, "Biraz ilgi gösterirsen sana doğrudan sorabilir," dedi.

Louise'le Marie de Estelle'in Bay Yates'e biraz ilgi göstermesi gerektiğini mırıldanarak onayladılar.

Bernadette bunu cesaretlendirme saydı. "Onu en azından biraz daha tanımadan reddetmen delilik bence. Hoş biri gibi görünüyor, belli ki zengin, çok yakışıklı ve senden de açıkça hoşlanıyor. Ben burada bir sorun göremiyorum."

En büyük ile en küçük arasında böyle bir yaş farkı olmasının sinir bozucu yanı buydu. Bernadette'in romantik hayalleri çoktu ama daha on sekiz yaşında olduğu için, o hayalleri dayandırabileceği pek az gerçek tecrübesi vardı. Bu onun suçu değildi ve Estelle hatasını yüzüne vurup onu küçük düşürmek istemiyordu.

Louise, "İyi bir noktaya değindi," dedi.

Marie başını salladı.

Bernadette'in yüzü ışıldadı.

Bu hiç yardımcı olmuyordu. Üstelik ilgilenmeleri gereken çok daha acil meseleler varken neden böyle bir konuşma yapıyorlardı ki? Mesela babalarının başlarına yıktığı borç dağı ve kuzenlerinin hayatlarına burnunu sokup binayı ele geçirmek için onları kapı dışarı etmekle tehdit etmesi. "Ona 'hayır' denmesine alışkın değil. Bunu dün de anlamıştım. Bir de şımarığın teki."

"Ne olmuş yani?" diye üçü birden karşılık verdi.

Estelle dişlerini sıktı ve onları görmezden gelmeye karar verdi; çünkü onları bir tek gece kendi hallerine bırakınca, anlaşılan topluca akıllarını yitirmişlerdi. Bir sandalye çekip o sabah gelen yazışmalara uzandı. "Burada epey evrak var; bu, dünkü sabah postası da mı?"

"Hayır, hem konuyu değiştirmeye kalkma," dedi Louise. "Çok yaşlanmadan evlenmelisin."

"Ha!" dedi Estelle. "Ben zaten çoktan fazla yaşlı sayılırım; yani bizi mali sıkıntılarımızdan kurtarmak için biri evlenecekse, o ya Marie olmalı ya da sen, Louise."

"Neden ben olamıyorum?" diye sordu Bernadette.

"Çünkü en küçüksün," diye yanıtladı Estelle refleks olarak. "Daha on sekiz yaşındasın. On sekiz yaşında evlenmek..."

"Bir sürü insanın yaptığı bir şey mi?" Bernadette ona baktı. "Anne, Babayla evlendiğinde on sekiz yaşındaydı, Estelle."

"Zamanlar farklıydı o zaman," dedi Estelle, yazışmalara uzanırken, bunu yaparken bile kız kardeşlerinin bu konuyu bırakmayacaklarının farkındaydı.

Ne de olsa hiçbirine daha önce ciddi bir talip çıkmamıştı. Ve hiçbirinin böyle bir talibin Bay Felix Yates kadar yakışıklı ve zengin olabileceğini hayal ettiğini sanmıyordu.

O ciddi bir talip değil, diye uyardı kendini Estelle. Her nasılsa dedesinin o aptal çöpçatanlık fikrini alıp koca bir şakaya çevirmeye karar vermişti; kendisi o şakanın maskarası olmasa belki ne âlâydı.

Elindeki kağıtlar ona ciddi şeyleri hatırlattı. "Baba kitapçıyı bize bıraktı, ne yapacağımıza dair talimatlarımız var. Kalkıp evlenmeye gitmek o talimatların arasında yoktu, değil mi?"

"Hatırladığım kadarıyla," dedi Louise, "bize inisiyatif kullanmamızı söyledi."

"Öyle de olabilir," dedi Estelle. "İşte bu yüzden hepimizin inisiyatif alıp gelir getirecek daha iyi yollar bulmasını istiyorum. The Times'taki ilanlar daha fazla müşteri getirmekte çok iyi iş görüyor. Elimizde epey yeni kitap var; müşterilerimizin yakın zamanda hangi başlıkların geldiğini bilmesi gerek. Marie, dün sabah gelen kitapların envanterini tamamladığını varsayıyorum?"

"Güzel denemeydi," dedi Marie. "Ama bunca derdimizden kurtulmanın en iyi yolunun Bay Yates'le evlenmen olduğunu sen de biliyorsun."

Estelle'in içinden geçen öfke, dükkândaki kitapları tutuşturabilecek kadar şiddetliydi. Kız kardeşlerini çok seviyordu ama şu anda sabrının son sınırını zorluyorlardı. "Babam, yokluğunda vaktimizi uyum içinde geçirmek yerine tartışarak harcadığımızı öğrense çok üzülürdü."

Bu söz üzerine hepsi mırıldanarak onayladı. Nihayet bir şey Estelle'in istediği gibi gidiyordu.

"Babam demişken," dedi Louise, "umarım daha düzenli yazar da Kuzen Joshua'yı uzak tutabiliriz. O gerçekten pek tatsız bir yüzleşmeydi."

Bu da bir başka onay dalgası getirdi.

"Bizi hassas bir durumda bıraktı," diye katıldı Estelle.

En azından Fransa'da yeniden barış vardı; bu da dert edecekleri şeylerden birini eksiltiyordu.

Yeni müşteriler geldiğinde kapı zili çaldı. İçeri girerken etrafa bakıp gülümsediler. Hanımlardan birinin elinde The Times'ta çıkan son ilanlarının bir nüshası vardı ve bir almanak sordu. Estelle onlara yardımcı olmaktan son derece memnundu; böylece meraklı kız kardeşlerinden evlilik ve Bay Yates hakkında daha fazla soru işitmek zorunda kalmayacaktı. Çok geçmeden bu hoş çiftin Bay ve Bayan Craddock olduğunu, kuzeye yolculuk ederken özellikle dükkânlarına uğradıklarını öğrendi.

Çok geçmeden satın almak istedikleri birkaç başlık seçtiler ve yazdan sonra güneye dönerlerken yine uğrayacaklarına söz verdiler. Estelle bilgilerini hesap defterine yazdı ve hoşlandıkları konulara dair bir not düştü.

Onları uğurlayıp el salladıktan sonra Estelle döndü ve yüzü aydınlandı. "Bir sonraki ilanı daha bu öğleden sonra The Times'a gönderelim; masrafına kesinlikle değiyor."

Ön kapı açık olduğundan sokağın gürültüsü içeri doldu. Estelle dönüp baktığında Marie'nin ellerini kulaklarının üzerine kapattığını gördü.

"Özür dilerim, Marie. Posta arabası hareket ettiğinde ne kadar gürültü olduğunu unutuyorum." Kapıyı hızla kapattı; kız kardeşine duyduğu sempatiyle yüzünü buruşturdu. Marie yüksek seslere karşı hassastı; uzun süre maruz kalırsa çoğu zaman migreni tutardı.

Çok geçmeden Estelle'le kız kardeşleri yazışmaların geri kalanını gözden geçirip siparişlerle talepleri düzenlemeye koyuldular. Masraflar ayrı bir yığın hâlinde istiflenmiş, son ödeme tarihlerine göre sıralanmıştı. Bunları zar zor karşılayabileceklerdi. Estelle borçların toplamını zihninde hesaplarken dudaklarını kemirdi; gerçekten de korkunç bir meblağdı. Yığını yeniden düzenleyip biraz daha bekletebilecekleri alacaklılarla bekletemeyeceklerini ayırdı.

Marie birkaç siparişi hazırlayıp güvenle paketledi; Londra'ya gidecek bir sonraki posta arabasıyla yollanmaya hazır hâle getirdi.

"Kitap sandıkları gelmeye devam ettiği sürece iyi oluruz," dedi Estelle; bunu kanıttan çok umutla söylüyordu. "Babamın mektubunda sıradaki durağının Tours olduğu yazıyordu. Kim bilir neler gelebilir!"

"Ben sadece bir dahaki sefere daha iyi bir mektup göndermesini umuyorum," dedi Marie.

Genç bir hanım dükkâna girdi; kapıyı öyle dikkatli açtı ki zil çalmadı. Bernadette dikişini bıraktı ve ona doğru yürüdü. Diğer üçü hiçbir şey olmamış gibi konuşmayı sürdürdüler. Her zaman böyle yaparlardı; Bernadette'e ve müşterilerine mahremiyet tanırlardı.

Louise, "Annemizin ailesi Loire bölgesinden değil miydi?" diye sordu. "Tours oraya yakın değil mi? Yoksa başka bir yerle mi karıştırıyorum?"

"Evet, Loire'dı," dedi Marie. "Belki kitap avı sırasında küçük bir sapma yapıp Mama'nın ailesini de ziyaret eder?"

Estelle başını salladı. "Onları fark etmesi için resmen üstlerine düşmesi gerekirdi; öyle bir kitap bolluğu karşısında gözü hiçbir şey görmezdi."

Buna hep birlikte kıkırdadılar. Babalarının hayatta iki büyük aşkı olmuştu: anneleri ve kitaplar. Bazen kitapları annelerinden bir parça daha fazla sevdiğinden şüpheleniyorlardı.

"Gitmesine gerçekten kızamam," dedi Estelle. "Beni yanında götürmedi diye hâlâ biraz kırgınım. Eskiden kitap avlarımızda İngiltere'nin dört bir yanını dolaşırdık."

Louise omuz silkti. "Fransa'nın güvenli olmadığını söyledi."

"Evet ama Napoleon sürgünde, Dehşet Dönemi sona erdi!" diye yakındı Estelle. "Yanında olsaydım güvende olurdum. Hem zaten annemiz Fransızdı; dili bana da Mama öğretti. Mecbur kalsam muhtemelen Fransız sanılabilirim bile! Kesinlikle Babamdan daha iyi."

Diğerleri omuz silktiler. Estelle devam etti. "Hem annemiz de Fransızdı, o da gayet iyiydi."

"Oldu ama," dedi Marie. "Fransa'dan kaçmak zorunda kaldı ve ailesinin neredeyse tamamı öldü. Buna pek güvenli denmez."

"Ben kaçtığına memnunum," diye ekledi Louise. "Kaçmasaydı Babamla tanışmazdı, biz de burada olmazdık."

Arka kapının açılıp kapandığını duydular; Bernadette müşterisini ot toplamaya avluya sessizce çıkarıyordu.

Marie, "Belki Mama'nın kuzenlerinden birini bulursa iyi fiyat pazarlığı yapmasına yarayacak yerel bilgi edinir," dedi. "İngiliz aksanıyla sorulunca Fransızların fiyatları ne kadar şişirdiğini ancak hayal edebiliyorum."

Ön kapı zili çaldı; Louise için bir teslimat gelmişti. Küçük paketi heyecanla aldı, adama teşekkür etti. Sonra yukarı, mutfağa çıktı. Kısa süre sonra keskin, yakıcı kokular Estelle'le Marie'nin burnuna doldu.

Estelle ayağa kalkıp seslendi: "Louise! Tutkal yaparken kapıyı kapatmalısın, koku bütün dükkânı sarıyor!"

"Özür dilerim!" diye seslendi Louise. "Unuttum; bir yandan da sürekli karıştırmam gerektiği için başından ayrılamıyorum."

Estelle yukarı koşup sahanlıktaki pencereyi açtı; merdivenlerin biraz olsun baca gibi davranıp kokuyu yukarı çekerek binanın dışına atmasını umuyordu.

Oradan Bernadette'le genç kadını şifalı otlar toplarken gördü. Genç kadın perişan görünüyordu; öğürüyordu. Zavallı kız.

"Koku için kusura bakmayın," dedi Estelle. "Louise yine tutkal yapıyor."

Aşağı döndüğünde Estelle merdivenin altındaki kapıyı sıkıca kapattı ve kokudan korunmak için burnunu tuttu. Berbattı. Yapılacak tek şey, dükkân kapısını ana caddeye açılacak şekilde aralık bırakmaktı.

Nasıl olsa koku çoktan dükkâna yayılmıştı; olan olmuştu.

Bu, Estelle'e Felix Yates'e ne kadar öfkeli olduğunu bir kez daha hatırlatmaktan başka işe yaramadı; evleneceklermiş gibi davranmış, üstüne bir de kediyi dışarı salmıştı.

Bu iki şeyden hangisinin onu daha çok öfkelendirdiğini kestirmek gerçekten zordu.

BÖLÜM 6

Felix ve Kedi

Bayan Baxter onun arkasından kitapçının kapısını kapatırken—neredeyse kapıyı topuğuna çarpıp suratına kapatacaktı—Felix kocaman bir iç çekti.

"Bunu fena hâlde berbat ediyorum," dedi, özellikle kimseye değil; sonra da iri siyah bir kedi görme umuduyla sokağın aşağısına yukarısına baktı, ama nafile. Doğrusu, kediyle arkadaş olduğunu epeyce düşünmüştü. Yeterince yüksek sesle mırlamış, bir de tüylerini bacağına bırakmıştı! Kapıya doğru yeniden bakınca, Estelle'in gözleriyle camın ardından kısacık karşılaştı; sonra genç kadın kaşlarını çattı ve arkasını döndü.

"Kızgınken bile ne kadar güzel," diye özlemle mırıldandı Felix.

Onunla böyle sataşmak bu kadar eğlenceli gelmemeliydi. Bunu yapması doğru değildi, tabii ki. Her şeyi büyükbabası başlatmıştı ama şimdi kendini durduramıyor gibiydi.

Eh, gerçekten durdurmalıydı.

Nazik olmalıydı. Yardım etmeliydi. Gerçekten yardım etmeli, sadece yardım edip edemeyeceğini sormakla kalmamalıydı.

Felix yardım edeceğine karar verdi. İşe de kediyi geri getirerek başlayacaktı.

Ama aramaya nereden başlamalıydı? Kızarmış et kokusu ona ulaşınca havayı kokladı, düşünceli düşünceli başını salladı. Ayırt etme zevki olan hangi kedi o nefis kokuyu araştırmak istemezdi ki? Midesi yine guruldadı; Felix kararını vermişti. Umudu, bir taşla iki kuş vurmaktı; hem o lanet kediyi bulacak hem de midesini dolduracak bir şey bulacaktı!

O baş döndürücü kokunun Red Lion'dan geldiği ortaya çıktı; orada ona, üzülerek, öğle yemeğinin henüz hazır olmadığı ama isterse bir dilim soğuk av eti böreğiyle bir maşrapa hafif bira alabileceği söylendi.

O vakte gelindiğinde Felix bayat ekmek yemeye, bataklık suyu içmeye bile razıydı; bu yüzden hancıya kibarca teşekkür etti ve yemek odasının bir köşesine oturup, böreği alabildiğince hızlı ağzına tıkıştırırken fazla hödük görünmemeyi umarak ilk lokmasını ağzına attı.

"Bu sabah burada iri siyah bir kedi görmüş olamazsınız herhâlde?" diye sordu birasını getiren hizmetçiye.

Hizmetçi ona dik dik baktı, sonra başını salladı. "Bay Haye Red Lion'da kedi barındırmaz, efendim. Ona hapşırık tutuyor. Görürsek kovalamamız lazım."

"Hmm." Felix kıza altı peni uzattı ve arkasına yaslanıp birasını içti. Kitapçının kedisi—Felix, Estelle'in ona Crafty dediğini sanıyordu —muhtemelen nerede istenmediğini bilecek kadar akıllıydı. En iyisi başka yerde aramaktı. Tabağında kalan azıcık börek kırıntısına üzgün bir bakış attıktan sonra maşrapasını bitirdi ve masanın üstüne bıraktı.

Kediyi ne kadar çabuk bulursa, Estelle'in yanına o kadar çabuk dönüp gerçekten işe yarar bir şey yapmaya başlayabilirdi.

Beş saat sonra Felix sıcaktan bunalmış, yorulmuş, yeniden acıkmış ve son derece sinirlenmişti. Hatfield'da bolca kedi vardı; bunların epey bir kısmı da siyahtı, ama hiçbiri kitapçıda okşadığı o iri, parlak tüylü hayvan değildi. Konuştuğu kasabalılar gayet yardımseverdi; en son gördükleri siyah kedinin yönünü tarif ediyorlardı, ama bu da o kaçak kediyi ararken kasabayı bir uçtan bir uca defalarca arşınaması demek oluyordu.

Hatfield hatırladığından çok daha büyüktü; gerçi kasabaya son gelişinin üzerinden birkaç yıl geçmişti. Great North Road'la ikiye bölünen kasaba, yalnızca posta arabaları geçerken değil, her daim capcanlıydı. Yolun batısındaki bir meydanda, kasabalıların yoğun ilgi gösterdiği hareketli bir pazar buldu. Bir adamın omzunda oturan çizgili sarman bir kedi gördü. Biraz ileride, birinin tavuk sattığı yerde koyu renkli bir siluet görünce umutlandı ama bunun sadece bir gölge olduğu anlaşıldı. Bir manavdan birkaç elma almak için durdu; bunları Estelle'e gönlünü almak için götürebileceğini düşündü. Sokakta ağır ağır ilerleyip elmalardan birini kemirirken, yuvarlak koyu renkli bir yüzde parlayan bir çift yeşil gözün kendisine çevrildiğini görünce olduğu yerde kaldı.

Kedi sorgular gibi bir "Miyav?" çıkardı.

"Demek sensin!" Felix elmanın kalanını yere attı ve üzerine atıldı; kedi, onu yakalamaya çalışan parmaklarının arasından kayıp kaçtı. Felix peşine düştü; koşarken ceket ceplerindeki elmalar birer birer dökülüyordu. "Ah, yok öyle!"

Sonunda kediyi, duvarları yaratığın üzerinden atlayamayacağı kadar yüksek olan bir ara sokakta kıstırdı; belli ki oyunun bittiğini anlayan uğursuz şey, oturup kuyruğunu büyük bir kayıtsızlıkla temizlemeye başladı.

"Haylaz yaratık." Kediyi kapıp bir kolunun altına sıkıştıran Felix, kitapçıya doğru uzun adımlarla yürüdü. "Bana ne kovalamaca çektirdin sen."

Kedi, Felix'in öfkesini hiç umursamadan mırladı. Felix kediye gülümsedi ve çenesini kaşıdı. Kedi yine mırladı, gerçi mırıltısı kulağa biraz farklı geliyordu. Tabii ya, sebebi buydu: dışarıdaydı, seslerin daha boğuk duyulduğu bir kitapçıda değil.

"Bir de elmaları düşürdüm!" Ah, ama cebinde hâlâ bir tane vardı; Felix, kedinin durduğu tarafın tersindeki kalçasına çarpıp sekerken bunu fark etti. En azından onu Estelle'e verebilirdi. Zavallıca bir barış armağanıydı belki ama bir yerden başlaması gerekiyordu.

Kitapçının kapısı ardına kadar açıktı; belki de Crafty geri dönerse önünde hiçbir engel olmasın diyeydi. Kediyi yine dışarı kaçırmamaya dikkat ederek kapıyı açık tutan takozu ayağıyla itti; kapı kapanırken üstündeki zil neşeyle çınladı.

Kedi yanındaydı ve kapıyı kapatmıştı. Geniş bir gülümsemeyle tezgâha doğru yürüdü. Felix'in sevincine, o anda tezgâhta Baxter kardeşlerden yalnızca Estelle vardı. Estelle başını kaldırıp ona beklentiyle baktı; o hoş gözleri ışıldıyordu. Bu, Felix'in içini baştan aşağı ısıttı ve onu biraz daha gülümsetme fikri epey hoşuna gitti.

Ama çok geçmeden kaşları çatıldı.

Gülümsemesi gerekiyordu; o zaferle dönmüştü!

"Kedi bende!" dedi Felix aceleyle; Estelle onu yeniden azarlamaya fırsat bulamasın diye kediyi tezgâhın üzerine bıraktı. "Bir de elma. Barış armağanı olarak kabul edin. Daha fazlası vardı ama kedinin peşinden koşarken düşürdüm," diye pişmanlıkla ekledi.

Pekâlâ, elma armağanıyla gönlünü alma işi pek iyi gitmiyordu ama en azından kedi yanındaydı!

Estelle, kedinin yanına koyduğu parlak kırmızı elmadan kediye, kediden Felix'e, sonra yine kediye baktı.

Beklediği minnet dolu karşılama bu değildi. Belki de huysuz müşteriler yüzünden sıkıntılı bir gün geçirmişti. Eğer öyleyse, onu neşelendirmek için çok daha fazla kitap satın alırdı. Yeter ki yeniden gülümsesin.

Estelle yanaklarını şişirdi; belli ki söyleyecek bir şey bulmaya çalışıyordu.

"Sanırım başlangıcımız pek iyi olmadı," demeye başladı Felix. "Ve sizinle alay ettiğim için özür dilemek isterim. Bu, hiç de hoş bir davranış değildi..."

Estelle sözünü kesti. "Korkarım bu bizim kedi değil, Bay Yates."

"Ben... ne?" Felix aşağıya, kediye baktı; kedi o parlak yeşil gözleriyle ona bakıp yeniden miyavladı. Daha önce kuyruğuna neredeyse bastığında çıkardığı sesin aynısıydı bu, Felix yemin edebilirdi!

"Yanılmıyorsam," dedi Estelle; uzanıp kediyi aldı, arkasını çevirip kuyruğunun altına baktı, sonra da memnun olmuş gibi başını salladı. "Evet. Düşündüğüm gibi. Bu Charles, Crafty'nin oğullarından biri. Erkek bir kedi, Bay Yates. Crafty ise dişi bir kedi; onu bulamazsanız yavrularına yuva bulmamıza yardım etmeniz gerekeceğini söylediğimde bunu anlamış olmanız gerekirdi."

"Ah."

Lanet kedinin kuyruğunun altına bakmak aklına bile gelmemişti.

Büsbütün sönmüş halde Felix tezgâha yığıldı. "Daha bakmadan bunun aynı kedi olmadığını nasıl anladınız? İkisi de iri, parlak, simsiyah; üstelik aynı sesleri çıkarıyorlar."

Hatfield'da daha kaç tane siyah kedi vardı ki?

Estelle iç çekip, "Crafty'nin kuyruğu bununkinden daha kısa," dedi. "Bir at, kuyruğunun üzerine bastı da ucundan birkaç santim koptu. Bir de bunun kulağında küçük bir eksik parça var, gördünüz mü?"

Estelle yine de Charles'ın çenesinin altını kaşıdı; bu kez Charles, Crafty'ninkinden çok farklı bir ses çıkardı.

"Şimdi duyuyorum. Adeta tok sesli bir ihtiyar gibi mırıldanıyor! Crafty'nin mırıltısı ise çok daha melodik."

Sonra Estelle gerçekten olağanüstü bir şey yaptı. Felix'e güzel bir gülümseme gönderdi. Bu, ona bir ejderhayı öldürecek kadar güç verdi. Gerçekteyse yapması gereken tek şey doğru kediyi bulmaktı.

"Bence Charles'ı onu bulduğunuz yere geri götürseniz iyi olur, Bay Yates. Sonra da Crafty'yi bulun. Bu kez gerçek olanını." Estelle tezgâhtan elmayı aldı, bir an eteğine sürterek parlattı ve havaya kaldırdı. "Yine de elma için teşekkür ederim," dedi. "Karnım hafiften acıkmıştı." Zarifçe küçük bir ısırık aldı.

Kibarca gönderilmişti. Ve buna şaşmamak gerekirdi, çünkü

başarısız olmuştu. Ona yanlış kediyi getirmişti. En azından gülümsüyordu; onunla eğlenmek için de olsa. Felix o gülümsemeyi yeniden görmek istiyordu; hem de bu kez o gülümsemenin sebebi olmak istiyordu. Tek umudu, bir dahaki sefere bunun kendi pahasına olmamasıydı. Ama öte yandan, öyle olsa bile bunu hak etmişti. Ona erkek bir kedi getirmişti! Tam bir budalalık etmişti!

İç çekerek, uslu Charles'ı yeniden kolunun altına kıstırdı ve başı öne eğik halde kitapçıdan çıktı. Kapı zili, o kapıyı açıp kapatırken şıngırdadı.

Görünüşe göre Bayan Baxter'a yardım etmek söz konusu olduğunda hiçbir şeyi doğru düzgün beceremiyordu.

Umarım en azından Charles'ı, kedi kaçırmakla suçlanmadan, bulduğu yere geri bırakabilirdi. Hem de güpegündüz. Birkaç kişi ona yan gözle bakıyordu; doğrusu, büyük paltosu ve silindir şapkasıyla, kolunun altında gürül gürül mırlayan siyah bir kedi sıkıştırmış hâlde sokakta salınırken epey budalaca göründüğünün farkındaydı. Bu kedi paltosunun her yanına tüy bırakıyordu. Neyse ki bu hayvanlar onda, hancıda olduğu gibi, hapşırık krizine sokmuyordu!

En azından Charles bütün bu meselede son derece uslu davranıyor, yaygara koparıp kıyafetlerini pençeleriyle parçalamaya kalkışmıyordu. Felix, Charles'ı ilk gördüğü yeri buldu, kediyi yere bıraktı ve kulaklarının arkasını biraz kaşıdı; kedi bunu daha dostça mırıltılarla kabul ettikten sonra bir ara sokağa süzülüp gitti.

"Yine başa döndük," diye karamsarca homurdandı Felix; etrafına bakıp şimdi Crafty'yi nerede arayacağını düşünüyordu. Hatta onu bulsa bile, kediyi nasıl teşhis edecekti? Kuyruğunun altına bakmayı akıl etmekten başka neye güvenebilirdi ki? Gerçi evet, kuyruğu normalden biraz daha kısaydı. Ama normal bir kedi kuyruğu zaten ne kadar uzun olurdu?

Bir eczanenin önündeydi; umutsuzluk içinde etrafına bakınırken kapı açıldı ve kolunda bir sepetle Bayan Bernadette Baxter dışarı çıktı. Onu görünce gülümsedi.

"İyi günler, Bay Yates."

"Bayan Bernadette!" Şapkasını çıkarıp nazikçe eğildi. Bernadette dükkânın kapısını kapatıp sokağa indi; bunu yaparken Felix, sepetin ağırlığını dengelemek için hafifçe bir yana kaydığını fark etmeden edemedi. "Doğrusu, Bayan Bernadette, o sepet epey ağır görünüyor. Sizin için taşımama izin verir misiniz?"

Genç kadın sadece bir an duraksadıktan sonra, "Bu çok nazik olur, Bay Yates. Teşekkür ederim," dedi.

Felix sepeti ondan aldı ve boşta kalan kolunu uzattı. Bernadette'in elini gülümseyerek kolunun kıvrımına yerleştirmesi onu pek memnun etti.

"Kitapçıya mı dönüyorsunuz, yoksa alışverişte uğrayacağınız başka yerler de var mı? Yardımcı olmaktan memnuniyet duyarım," dedi Felix; madem onların kedisini bulamıyordu, bari en azından Baxter kız kardeşlerden birine biraz olsun faydası dokunsun diye düşünüyordu.

"Evet, eve dönüyorum. Teklifiniz çok nazik." Yürürlerken ona yandan bir bakış attı; bir an alt dudağını kemirdikten sonra yumuşakça sordu: "Crafty'yi aramanız nasıl gidiyor, Bay Yates?"

"Berbat gidiyor," diye kederle itiraf etti Felix. "Onu bulduğumu sandım ve muzaffer bir edayla kız kardeşinize götürdüm... meğer bulduğum Crafty değil, Charles'mış. Kuyruğunun altına bakmak hiç aklıma gelmedi!"

Bernadette kahkahaya boğuldu. Kahkahasını hanımefendice bastırmak için boşta kalan elini ağzına götürdü ama kıkırdamaları yine de yükselip duruyordu; Felix de kendi ahmaklığına gülerek sırıtmaya başladı.

"Korkarım kız kardeşiniz beni tam bir budala sanıyordur," diye itiraf etti, "oysa hakkımda iyi düşünmesini öyle çok istiyorum ki."

Bernadette gülmeyi bıraktı, ama gözleri hâlâ neşeyle parlıyordu. "Neden, Bay Yates?"

"Affedersiniz?"

"Estelle'in sizin hakkınızda iyi düşünmesi neden sizin için bu kadar önemli? İtiraf etmeliyim, biraz utansın diye onunla sizin hakkınızda biraz şakalaştık, ama gerçek şu ki toplumsal konum olarak o sizin denginiz değil. Babamız uzakta ve kuzenimiz Joshua bizi en ufak bir beladan bile koruyamaz; bu yüzden birbirimize göz kulak olmak zorundayız. Eğer niyetiniz kız kardeşimin duygularıyla oynamaksa, buna son vermenizi ve çok, çok uzaklara gitmenizi istemek zorundayım."

Ne kadar ciddi, ne kadar küçük bir hanımefendiydi! Ona hak ettiği ciddiyeti göstererek Felix yürümeyi bıraktı ve Bernadette'in yüzüne dosdoğru baktı.

"Estelle, büyükbabamın onu bana uygun bir eş olarak önerirken şaka ettiğini sanmış olabilir, ama Lord Ferndale gerçekten kastetmediği hiçbir şeyi söylemez. Eğer o, Estelle'i benim için uygun bir eş adayı görüyorsa, bu benim için fazlasıyla yeterli bir onaydır... ve doğrusu, benim de artık bir yuva kurmamın vakti geldi, hatta geçiyor. Niyetimin hafiflik olmadığını size temin ederim."

Bernadette ona tuhaf bir bakış attı; Felix, genç kadının ondan bambaşka bir şey duymayı bekleyip beklemediğini merak etti. Yine de başka bir şey söylemedi; yalnızca yeniden yürümeye başladı. Felix de mecburen devam etti, yoksa genç kadını olduğu yerde durmaya zorlamış olacaktı.

"Bari dünyada en sevdiği şeye ilgi duyuyormuşsunuz gibi görünmek için dükkândan bolca kitap aldınız mı?" diye sordu Bernadette.

Kitaplar! "Aman Tanrım, bunu hep unutuyorum. Bana birkaçını ayırmasını söylemiştim ama yanlış kediyi götürmem, sonra da o kediyi geri bırakmak zorunda kalmamız derken öyle dağıldık ki alışverişi tamamlayamadım."

Ah canım Felix, işleri epey karıştırıyorsun.

Bernadette başını salladı. "Doğru kediyle geri döndüğünüzde, birkaç kitap almayı unutmayın. O zaman konuşacak daha çok şeyin olur."

"Teşekkür ederim, öyle yapacağım." Tavsiyesi paha biçilmezdi.

Sonra daha da iyi bir haber verdi. "Crafty'nin göğsünde tam bir aşk kalbi şeklinde beyaz bir lekesi var," diye nihayet ekledi Bernadette, kitapçının kapısında dururlarken. "Ona çok benzeyen birçok yavrusu oldu gerçi —Charles'la keşfettiğiniz gibi— ama bildiğim kadarıyla Hatfield'da bu işareti taşıyan tek siyah kedi o."

Elbette! Ancak şimdi fark etti, o sabah kedinin çenesini kaşırken tam da o işareti görmüştü! Bunu hatırlamamak ne büyük ahmaklıktı!

Bernadette, "Bir de kuyruğu biraz daha kısa çünkü..." dedi.

"... Bir at üstüne basmış," diye tamamladı Felix.

"Ahhh, demek bunu biliyorsunuz? O halde, bu sefer doğrusunu bulmak için bol şans. Ve geri döndüğünüzde, kapıyı arkanızdan kapatmayı unutmayın."

Bayan Bernadette'e sepetini verirken, Felix bir kez daha şapkasını çıkarıp önünde eğildi.

"Teşekkür ederim, Bayan Bernadette, rehberliğiniz için çok minnettarım."

"Sepetimi taşıdığınız için ben teşekkür ederim," diye yanıtladı Bernadette, başını sallayıp kitapçının kapısını açtı. "İyi günler, Bay Yates," dedi omzunun üstünden.

Cesaret kırıcı görevi ve Crafty'yi bulamaması bir yana, gün mükemmeldi. Felix, Hatfield'a daha önce hiç olmadığı kadar dikkat etmiş, binalarını ve atmosferini sevmeye başlamıştı. Özellikle bir binayı.

Ne yazık ki, doğru kediyi bulana kadar oraya dönemezdi.

Midesi guruldadı, ona günün ne kadar geç olduğunu hatırlattı. Güneş alçalmıştı, ama yaz ortasıydı ve bir saat daha batmayacaktı. Bir dilim av turtası ve bir elma, gün boyunca normalde yediği yemeklerle kıyaslandığında yetersiz bir öğündü.

"Ben bir kedi olsaydım, nerede olurdum?" diye sordu kendi kendine, bir dar sokakta yürürken etrafına bakınarak.

Yenilgiyi kabullenmiş ağır bir iç çekti ve yere tekme attı. Bir taş fırlayıp eski, yana yatmış bir kapıya çarptı.

Kapının arkasından üç kedi çıktı. Kısmen siyahtılar, ama çeşitli yerlerde büyük beyaz lekeleri vardı. Bu mesafeden bile onların yanlış kediler olduğunu anlayabiliyordu.

Batan güneşin keskin gölgeleri sokağa uzanıyordu. Gün onu yenmişti. Bir amaçla Red Lion'a geri yürüdü: hızlıca bir şeyler yiyecek, sonra gecelik bir oda alacaktı, böylece erkenden kalkıp Crafty'yi arayabilecekti.

Red Lion'a girdiğinde, büyük bir kalabalıkla karşılaştı. Posta arabası kısa süre önce varmıştı ve han yolcularla tıklım tıklımdı. Yol yorgunu insanların ve yemek kokularının karışımı duyularına saldırdı. Günün erken saatlerinde konuştuğu hizmetçiyi gördü. "Gecelik bir oda bulma şansım var mı?" diye sordu.

"Korkarım yok. Bu gece tıka basa doluyuz."

Bugün gerçekten hiç şansı yoktu. "Yakınlarda önerebileceğin bir yer var mı?"

"Yakında olan tek yer The Swan. Salisbury Caddesi'nden sola dönüyorsun. Kaçırmak mümkün değil." Sonra bir masaya koşturdu ve insanların boş bira taslarını kaldırdı, ardından döndü ve kalçasını çimdikleyen bir adama koluna vurdu. "Ellerine sahip ol, dostum. Burası öyle bir yer değil!"

On beş dakika kadar sonra, susamış ve gün boyu dolaşmaktan şişmiş ayaklarla The Swan'ı buldu ve bir oda kiraladı. Pek kalabalık değildi ve şansının nihayet yüzüne güldüğünü düşündü. Ne yazık ki, hanın müşteri eksikliğinin nedeni kısa süre sonra ortaya çıktı. Uzun bir masada diğer birçok yemek yiyenle birlikte oturdu ve hayatında yediği en iğrenç yemeğe başladı; yağlı bir patates ve et yahnisi —hancı sığır eti dese de Felix'in içinde korkunç bir şüphe vardı— ve yumuşatacak tereyağı bile olmadan bayat ve sert ekmek.

Yunanistan'daki en küçük köyler bile bundan daha iyi yiyecek sunuyordu. Başka kimse şikayet ediyor gibi görünmüyordu, ama belki de onlar içkiye ondan daha fazla gömülmüşlerdi. Bira yemek kadar kötü değildi, ama bu da pek bir şey ifade etmiyordu. Oda bulamasa bile Red Lion'da bir öğün denemeliydi muhtemelen. Neyse. Artık daha iyi biliyordu. Yarın yeni bir gündü.

Tasından bol bol içti ve en azından içkinin yorgun kaslarını gevşetmesinden memnundu.

Yatağı onu bekliyordu. Tek umudu, yemekten daha iyi olmasıydı. Elbette değildi, ama umursamayacak kadar yorgundu.

BÖLÜM 7

Faturalar Birikince

"Yanınızdaki Bay Yates miydi?" diye merakla sordu Estelle, Bernadette dükkâna geri girip sepetini zorlukla tezgâhın üzerine kaldırınca. "Crafty'yi bulmuş mu?"

"Bence bulmuş olsaydı bunu zaten bilirdiniz; tıpkı topunu yeniden atmanızı isteyen bir köpeğin yaptığı gibi, onu size getirirdi," dedi Bernadette.

Sözlerinin çağrıştırdığı görüntü o kadar komikti ki Estelle gülmeden edemedi. Bay Yates gerçekten de iri, cana yakın bir av köpeğine benziyordu; hevesli, budalaca sevimli, ama tasması çözülürse ortalığı allak bullak etmesi sürpriz olmazdı.

"Sizinle ne işi vardı?" diye sordu, nihayet kıkırdamasını bastırabildiğinde.

"Sepetimi taşıdı, çok nazikçe." Bernadette kısa bir duraksamadan sonra itiraf etti: "Size karşı niyetini sordum."

"Ne yaptınız siz!" Estelle eliyle boğazını tuttu.

Kız kardeşleri işin içine karışıyorsa bu, aptalca bir şakayı çoktan aşmıştı.

"Birinin yapması gerekiyordu!" dedi Bernadette. "Ve belli ki büyükbabasını memnun etmek için size kur yapıyor olsa da, bunu şaka olsun diye yaptığını sanmıyorum, Estelle. Bence onu ciddiye almalı ve ona bir şans vermelisin." Sepeti yeniden kaldıran Bernadette, son sözü söylemiş gibi başını salladı ve dükkânın arka tarafına doğru yürüdü.

Lanet olsun, gerçekten son sözü o söylemişti, çünkü Estelle'in aklına verecek tek bir karşılık bile gelmiyordu. İç çekip Bay Yates'in bırakıp da parasını ödemek için geri geleceğini söylediği kitap yığınını eline aldı. Keşke gelseydi! Chastellux'nün iki ciltlik Kuzey Amerika Seyahatleri bir sterlin beş şilindi; ayrıca Lalande'ın on altı şilinlik İtalya Seyahati (Voyage en Italie) ve birkaç daha ucuz cildi daha vardı. Geri dönüp ödeyecek olursa toplamda üç sterlini aşıyordu.

Kilise çanları saati vurdu, Estelle yine iç çekti. Saat dört, dükkânı kapattıkları vakitti. Tezgâhın arkasındaki tabureden kalkıp kapıya gitti ve açıp sokağın iki yanına baktı. Ne Bay Yates'ten ne de başka muhtemel müşterilerden bir iz vardı. Kapıyı yeniden kapatıp sürgüledi ve kitap yığınını raflara geri yerleştirmeye başladı; her birini yerine iterken, belki gerekenden biraz daha fazla kuvvet uyguluyordu.

Dükkânın önünü topapladıktan sonra Estelle lambaları söndürüp yukarı çıktı; Louise'in daha önce hazırladığı tutkaldan kalan hafif koku burnuna çarpınca yüzünü buruşturdu. Louise'in cilt işi dükkânın ayakta kalması için son derece gerekliydi, ama dağınık ve kötü kokulu bir zanaattı.

"Akşam yemeği neredeyse hazır, Estelle." Ev idarecileri ve refakatçileri Bayan Poole, mutfak masasının başında ekmek keserken başını kaldırıp ona sevecen bir gülümsemeyle baktı. "Neden gidip elini yüzünü yıkamıyorsun?"

Odasına çıkınca birinin su testisini yine doldurmuş olduğunu minnetle fark etti Estelle; leğene taze su döküp bir bezi ıslattı, yüzünü ve ellerini sildi. Bir an için yemeği atlayıp doğruca yatağa girmeyi düşündü. Porsiyonlar küçük olacaktı. Bir kişi eksik olsa diğerlerine biraz daha fazla düşerdi. Tam ayakkabılarını çıkarmaya hazırlanıyordu ki Bayan Poole aşağı seslendi.

Gitmemek kabalık olurdu. En sona kendi tabağını alır, önce diğerlerinin yeterince aldığından emin olurdu. Belki yarın Felix'in onu öğle yemeğine götürmesini sağlayabilirdi; böylece evdeki azıcık yiyeceği telafi etmiş olurdu.

"Pek bir şey yemiyorsun, Estelle." Bunu fark eden Bayan Poole oldu.

"Herhâlde çok yoruldum," dedi; son günün yorgunluğu iyice üstüne çökmüştü. "Dün gece Lord Ferndale'le epey büyük bir yemek yemiştim; bu sabahki kahvaltıdan da hâlâ tok olabilirim." Bu bütünüyle yalan sayılmazdı; gerçekten çok iyi yemişti.

Louise araya girip, "Ferndale demişken, yarına onun birkaç kitabını hazır etmiş olurum. Şu anda mengenede duruyorlar; sabaha kadar tutkal iyice kurumuş olur," dedi.

Estelle kız kardeşine gülümsedi. "Belki de iştahımı kaçıran tutkal kokusudur. Gerçekten berbat kokuyor."

Louise omuz silkerek, "Ben alıştım," dedi.

Ardından Bernadette, "Bay Yates geri geldiğinde Lord Ferndale'in kitaplarını da onunla yollayabiliriz; hesabı da o sırada öder," dedi.

"Bir de raflardan çekip aldığı kitapları satın alır," diye ekledi Marie.

"Ah! Ben onları yerine koydum," dedi Estelle.

Küçük oda bir anda "Neden?" ve "Ne gerek vardı ki?" sesleriyle doldu.

"Tezgâhın üstünde durmalarının bir anlamı yok gibiydi. Gün boyunca onları satın almak için fazlasıyla fırsatı vardı, ama almadı. Ben de istemediğini düşündüm."

Bernadette gözlerini devirdi. "Sen korkunç bir satıcısın."

"Benden de beter," dedi Marie.

Bu söz canını yaktı! Marie sayılarla ve müzikle harikaydı, ama insanlarla değil.

"Ailenin dertlerine bir yenisini eklemek istemem," dedi Bayan Poole çekingen bir sesle, "ama kasabın hesabının ödeme vakti geldi."

Demek bu akşam sofrada et olmamasının sebebi buydu. Derin bir iç çekişle Estelle kız kardeşlerine baktı ve kibarlığı bir kenara bırakıp Bay Yates'i daha fazla kitap almaya zorlaması gerekeceğini anladı. Kız kardeşlerinin karnı buna bağlıydı.

"Bu arada, Crafty'yi gören oldu mu? Bu akşam yemeği hazırlarken başımda miyavlayıp durmadı," dedi Bayan Poole.

"Bay Yates onu ana caddeye bıraktı," dedi Estelle.

"Aman," dedi Bayan Poole. "Öyleyse hiç değilse parasını derhâl isterdim. Gün gibi ortadaydı ki, o kedi zamanı gelince yine bir sürü yavru doğuracak."

Louise, "Buna bir çare bulamadığına şaşırdım doğrusu, Bernadette," dedi.

Baxter kardeşlerin en küçüğü başını salladı. "Hiçbir kediye şifalı ot içirmeyi denediniz mi? Herkül'ün Nemea aslanıyla güreşmesine benziyor!"

Oda, çok ihtiyaç duyulan kahkahalarla doldu.

⁂

Gün, Estelle'in yatağının yanındaki açık pencereden içeri süzülen parlak ışıkla başladı. Dışarıdaki gündelik hareket onun çalar saatiydi. Estelle erkenden kalktı, iş için giyindi. Merdivenlerin dibinde çuval bezini kontrol etti ve parçalanmamış olduğunu görünce Crafty'nin hâlâ kayıp olduğunu anladı. Kedi geri dönmüş olabilir diye, tezgâhın arkasında içi dışına çıkmış bir fare var mı diye de baktı.

Ortada ceset yoktu; bu iyi bir şeydi, çünkü temizlenecek bir pislik daha az demekti. Ne yazık ki bu, Crafty'nin bütün gece dışarıda özgürce dolaştığına ve Estelle'in yatak odası penceresinden eve dönmediğine dair yeni bir kanıt daha sunuyordu.

Ön kapıyı açtı ve sokağın aşağısına yukarısına göz gezdirdi. Seyisler atları gezdiriyor, insan ve paket dolu bir posta arabası da yanaşıyordu. Onlara meydan okur gibi ortalarda görünen bir kedi de yoktu. Nimet mi külfet mi belli değil, diye içinden geçirip iç çekti Estelle.

"İşte buradasın," dedi Louise arkasından. "Kediden bir iz var mı?"

"Ne yazık ki," dedi Estelle, bir iç çekiş daha ekleyerek.

"Umarım çabuk döner. Dün gece tavanda fareler duydum."

İkisi birden ürperdi.

Sanki farelerin de kendi dedikodu ağı vardı da, Crafty izinsiz kaçamaklarından birine çıktığında hemen haberi yayıyorlardı.

"Lord Ferndale'in tamir edilmesini istediği kitaplar için tabakçıdan yeni deri almaya gidiyorum," dedi Louise. "Parasını şimdi ödeyemeyiz herhalde, değil mi?"

"Belki yeter," dedi Estelle, kız kardeşini yeniden dükkâna yönlendirip kapıyı arkalarından kapatırken. Tezgâhın arkasındaki küçük tenekeleri karıştırdı, çeşitli bozuk paraları saydı. "Sence ne kadar tutar?" Paranın daha şimdiden ne kadar kıt göründüğü ortadaydı. Lord Ferndale'in nadir kitabı için yaptığı ödemeyle eve dönmüştü ama tamir edilmesini istediği kitaplar için ön ödeme almamıştı. Zaten gerek de duymamıştı; teslimatta düzenli olarak öderdi.

Ama son zamanlarda para sanki kanatlanmıştı da, içeri girdiğinden daha hızlı kapıdan uçup gidiyordu. Louise'in söylediği meblağı tamamlamak için bozuk paraları üst üste dizerken iç çekti.

"Tabakçı ödeme konusunda eli geniş davranıyor. Belki Bay Yates o kitapların parasını ödeyince bizim de o zaman ödeyip ödeyemeyeceğimizi sorabilirim," dedi Louise.

Bay Yates'ten daha fazla kitap almasını istemek için bir sebep daha. Satışta üstelemek, Estelle'in hiç rahat ettiği bir şey değildi. Babasının böyle çekinceleri hiç olmamıştı. Neden olsun ki? O, iş yürüten bir erkekti. Kız kardeşler elbette her zaman dükkândaydı, ama parayla en çok babaları ilgilenmişti.

"Hayır, daha çok deriye ihtiyacın var. Deri olmazsa ciltlenecek kitap da olmaz, para girişi de olmaz. Buyur."

"Estelle?" Louise, paraları alıp cebine koyarken düşünceli görünüyordu.

"Evet?"

"İnsanlardan para istemekten bu kadar nefret ediyorsan neden dükkânın başındasın?"

"Gerçekten öyle mi?" diye karşılık verdi.

"Evet, öyle. Hem Bernadette'in hiç böyle bir sıkıntısı da yok. Otlar için parayı da, ayni ödemeyi de en baştan istiyor."

"Öyle mi yapıyor?" Aman Tanrım, vay cesaretine!

"Ve ödeyebilenler de ödüyor. Çok değil gerçi, ama ödüyorlar. Vadesi gelmiş başka hesaplar varsa, onları da toplaması için belki ona söyleyebilirsin. Bir kenara koyduğu biraz para olabilir."

Louise yukarı çıktı; Estelle ise dükkânda kalıp kendi kendine sertçe konuştu. Para isteme konusunda daha açık sözlü olmalıydı, onu ne kadar rahatsız ederse etsin. Ailenin geri kalanı ona güveniyordu! Hem, Louise ne derse desin, Bernadette'e nadiren nakit ödenirdi. Masalarındaki yiyeceklerin en az yarısının, cebinde fazla parası olmayan ama birkaç patates ya da nehirden tuttukları bir balığı verebilen insanlar tarafından Bernadette'e sağlandığını Estelle çok iyi biliyordu.

Pekâlâ, Estelle işe Bay Yates'ten başlayacaktı. Evet, ilk zaferi o olacaktı. Dün gece yerine koyduğu kitapları geri aldı, aynı çizgide birkaç tane daha seçti. Sonra toplamı hesapladı, küçük bir not yazdı ve hepsini, Bay Yates geri geldiğinde eline vermeye hazır olsun diye sicimle bağladı.

"Size posta var, Bayan Baxter." Red Lion'ın baş hamalı Bay Thomas kapıdan başını uzattı.

"Paketler mi?"

"Yok, yalnızca birkaç mektup." Bay Thomas mektupları tezgâha bıraktı, etrafa göz gezdirdi. "Bayan Poole bu sabah buralarda mı?" diye fazlasıyla umursamaz bir sesle sordu.

Estelle mektupları eline alırken gülümsemesini onların arkasına sakladı. Bay Thomas'ın Bayan Poole'a karşılıksız hayranlığı, Baxter ailesi içinde dillerden düşmeyen bir şakaydı. Kâhya hanım, onların bu hafif takılmalarını hoş karşılıyordu; yine de Estelle bazen, Bayan Poole gerçekten dilediği gibi davranmakta özgür olsa, Bay Thomas'ın ilgisini cesaretlendirir miydi diye merak ediyordu. Bay Thomas, insanın sanacağından daha çok para kazanıyordu; varlıklı yolculardan aldığı bahşişler ceplerini öyle dolduruyordu ki birkaç sokak ötede küçük bir evi bile vardı.

"Üzgünüm, Bay Thomas, erkenden çıktı. Belki biraz sonra geri yürürken görürsünüz."

"Belki," dedi Bay Thomas, biraz mahcup bir hâlde. "Peki. Size iyi günler, Bayan Baxter. Eğer zengin bir eşraf uğrarsa, kitap almaya gelsinler diye mutlaka söylerim!"

"Sağ olun, Bay Thomas." Estelle'in aklına bir şey geldi. "Bay Yates'e de uğrarsa içeri girip seçtiği kitapların parasını ödemesini söyleyebilirsiniz!"

"Bay Yates mi?"

"Geçen sabah o sandık kırıldığında kitapları içeri taşımaya yardım eden uzun boylu sarışın adam."

"Ha, o. Görmedim."

"Dün gece Red Lion'da kalmadı mı?"

"Hayır, Bayan Baxter." Thomas başını salladı; sonra şapkasına dokunup çekip gitti.

"Şey... Bay Yates dün gece karanlıkta Ferndale Hall'a geri dönmüş olmalı." Estelle başını salladı. "Aptal adam." Dün gece doğru dürüst ay ışığı da yoktu. Fenerleri yanmış bir arabayla hava karardıktan sonra o yolu geçmek başka, bir adamın at üstünde tek başına gitmesi bambaşka! "Umarım o budala gidip boynunu kırmamıştır," diye mırıldandı; mektup açacağını bulup mektupları açmaya başladı. Üçü de düzenli müşterilerden gelmişti; istedikleri kitaplar eline geçerse kendileri için ayırmasını istiyorlardı. Estelle listeleri okudukça yüzünü buruşturdu. Bunlar çok nadir ve pahalı kitaplardı; bulabilseler dükkân için iyi gelir getirebilirdi. Ne yazık ki hiçbiri stokta yoktu.

Aradıkları kitapları ve onları isteyen müşterileri kaydettikleri bir istek defteri tutuyorlardı. Kalemi mürekkebe batıran Estelle, mektuplardaki bilgileri dikkatle deftere geçirdi; sonra mürekkebin kuruması için üstüne kum serpip kalemini bıraktı.

Dükkânın zili şıngırdadı; başını kaldırıp tanıdık bir yüz görünce gülümsedi. Papazın kızı genç Ruth Millings'ti; okumayı seven, sık sık kitapçıya uğrayan tatlı bir kız. Babası çok katıydı ve ona zerre kadar harçlık vermiyordu; bu yüzden Baxterlar uzun zamandır, ufak tefek işlerde yardım etmesi karşılığında Ruth'un dükkânda istediği her şeyi okumasına izin veriyordu.

"Günaydın, Bayan Baxter," dedi Ruth neşeli ama alçak bir sesle, bonesini çıkararak. "Ne yapmamı istersiniz?"

"Belki biraz toz alırsın; bir de yerin süpürülmesi gerekiyor," dedi Estelle. Bunun çok uzun sürmeyeceğini, ardından da Ruth'un sessiz bir köşe bulup istediği kitabı okuyabileceğini düşündü.

"Buraya gelirken matbaacının dükkânının önünden geçtim; Bay Black bunu size vermemi istedi." Ruth, katlanmış, kat yerinden bir damla mühür mumuyla kapatılmış bir kâğıt uzattı.

Estelle kâğıdı alırken içten içe irkildi, ama Ruth'a başıyla teşekkür ederken yüzünü kayıtsız tuttu. "Çok teşekkür ederim."

Ruth, tezgâhın altından bir toz bezi alıp kendi kendine usulca mırıldanarak rafların arasında gözden kayboldu. Estelle, kız gözden kaybolana kadar bekledi; sonra matbaacıdan gelen notun mührünü kırdı.

"Ah," diye mırıldandı; nazik bir dille yazılmış nota ve kâğıdın altındaki ürkütücü büyüklükteki meblağa bakarken. Bu, Baxterlar'ın matbaacıya olan toplam borcuydu.

Baxter's Fine Books'ın günlük gelirinin büyük bir kısmı, kasabada basılan süreli yayınlar ve risalelerin satışından geliyordu. Matbaacıya ödeme yapılmalıydı; yoksa kitapçının satacak malı kalmazdı. Hem de insanların satın almak istediği şeyler tam da bunlardı.

"Endişeli görünüyorsun." Bir ses onu irkiltti; Estelle soluk soluğa kalıp notu elinden düşürdü. Marie tezgâhın önünde durmuş, kaşlarını kaldırmıştı. "Özür dilerim, seni korkutmak istemedim."

"Hiç önemli değil." Estelle notu yerden alıp kız kardeşine uzattı.

Marie gözlüğünü burnunun üstünde yukarı itti ve notu okuyup dudaklarını büktü. "Tanrım. Yirmi iki sterlin. Bu çok para."

"Ben de elimizdekinin çoğunu ciltçiye ödeme yapsın diye Louise'e verdim," dedi Estelle neşesiz bir sesle. "Louise Lord Ferndale'in ciltletmek istediği o kitapların hepsini bitirip biz de hemen teslim etsek bile, gelecek para yine de faturanın tamamını karşılamayacak."

Marie düşünceli düşünceli mırıldandı; tezgâhın arkasına geçip yığının içinden hesap defterini çekti. "Louise'e ne kadar verdin?"

"Dört sterlin sekiz şilin," dedi Estelle; Marie'nin kalemi alıp miktarı yazışını izleyerek.

"Keşke babam Fransa'ya götürmek üzere bu kadar çok borç almamış olsaydı," diye mırıldandı Marie; Estelle de ona katılarak başını salladı. Matthew Baxter'ın bunu yapmasının elbette haklı sebepleri vardı; Fransa'daki istikrarsızlık yüzünden birçok insanın yalnızca peşin para kabul ettiğini çok iyi anlıyorlardı. Nadir kitaplar satın almak, bir de yol masrafları derken, ucuz olmayacaktı. Ama o borç, kızlarını son derece güç bir durumda bırakmıştı; yalnızca kitapçının düzenli faturalarını değil, banka kredilerinin ödemelerini de aksatmamak için sürekli gelir yaratmaları gerekiyordu.

"Sanırım şimdi bunun aşağı yukarı yarısını bulabiliriz," dedi Marie sonunda, başını defterden kaldırarak. "Kısmi bir ödeme kabul ederlerse... Lord Ferndale siparişinin parasını öder ödemez kalanını da tam olarak ödeyeceğimize söz veririz."

"Eminim ederler," dedi Estelle rahatlayarak. "Bize karşı hep çok yardımcı oldular; hem onlara epey iş de götürüyoruz."

"Biz olmasak ortada bir işleri olur muydu, ondan bile emin değilim," dedi Marie kuru kuru. "Parayı toparlar, Bernadette'e götürtürüm. Matbaacının oğlu ona epey gönlünü kaptırmış durumda."

"Daha on beş yaşında!" dedi Estelle gülerek.

"Bernadette ona doğru gülümsediğinde gözlerini ondan alamamasına engel olmuyor ama." Marie defteri şak diye kapattı. Zil tıngırdadı ve içeri iki hanım girdi; doğruca tezgâha gelip Londra'dan son moda dergilerinin gelip gelmediğini sordular. Estelle yerinden fırlamamak için kendini zor tuttu.

"Elbette, Bayan Pharell, Bayan Johnson! Buyurun, bu taraftan."

<hr>

Gün, kitapçıdaki günlerin çoğu gibi geçti; düzenli ama hafif bir müşteri akışı vardı ve herkes küçük meblağlar harcıyordu. Bernadette, matbaacıya ödemeyi bırakmak için dışarı çıktı; döndüğünde de matbaacının geri kalanını ay sonuna kadar beklemeye razı olduğuna dair iyi haberi getirdi.

"Bugün ayın yirmi ikisi," dedi Estelle, parmaklarında hızla hesap yaparak. "Haziran da otuz gün çekiyor, o hâlde... sekiz gün."

"O zamana kadar Bay Yates şu güzelim kitap yığınının parasını çoktan öder, Louise de Lord Ferndale için aldığı sipariş işini bitirmiş olur," dedi Bernadette neşeyle. "Böylece paramız da olur!"

"O fatura için," diye mırıldandı Estelle canı sıkkın bir sesle, Bernadette yine uzaklaşırken. Kapı açılıp içeri iyi giyimli bir hanımefendiyle bir bey girince ince bir tebessüm takındı. Atları değiştirilirken kısa bir mola vermiş olmalılar, diye tahmin etti;

kıyafetlerinin değerini tek bir bakışta ölçmüştü bile. Gülümsemesi daha davetkâr bir hâl aldı.

"İyi günler bayım, hanımefendi! Baxter's Fine Books'a hoş geldiniz. Bugün size nasıl yardımcı olabilirim?"

Çiftin, ailelerini ziyaret etmek üzere İskoçya'ya uzun bir yolculuğa çıktığı ve ikisinin de Londra'dan yeterli okuma malzemesi almadan ayrıldığı anlaşıldı. Estelle, hanımefendi için Minerva Press romanlarından bir seçki, beyefendi içinse Warner'ın İrlanda'daki İsyanın ve İç Savaşların Tarihi adlı eserinin pahalı ciltli bir nüshasını memnuniyetle ayırdı; ama beyefendinin karısının roman seçimine bu kadar karışmasına bakılırsa, o tarih kitabının yol boyunca hiç açılmayacağını düşündü. Çift, kitaplar için pazarlık etmeden, indirim de istemeden dört sterlinden biraz fazla para ödedi; Estelle de paketi mutlu bir gülümsemeyle sardı, yolculukları için de bol bol iyi dilekte bulundu.

"Eh, bu günü epeyce güzelleştirdi doğrusu," diye mırıldandı; satışı hesap defterine işlemeden önce bozuklukları ve banknotları yeniden saydı. Sonra, hâlâ tezgâhın üstünde duran ve Bay Yates'in dönüşünü bekleyen büyük kitap yığınına canı sıkkın bir bakış attı.

"Muhtemelen hiç geri gelmeyecek bile," dedi Estelle yüksek sesle.

"Kim, Bayan Baxter!"

Estelle neredeyse yerinden sıçrayacaktı; Ruth'un dükkânda olduğunu unutmuştu. "Aman canına, beni korkuttunuz! Hâlâ burada olduğunuzu fark etmemiştim." Estelle, çılgınca atan yüreğinin üstüne elini koyup genç kıza baktı. Ruth Millings daha on dört yaşındaydı ama Estelle'in gördüğü en güzel genç kızdı; buğday sarısı bukleleri, iri mavi gözleri ve kalp biçimli bir yüzü vardı.

"Gerçekten çok özür dilerim, Bayan Baxter. Okuyordum." Ruth'un güzel yüzüne hafif bir kızıllık yayıldı. "Ama saatin dördü vurduğunu duydum; artık eve gitsem iyi olur."

"Elbette. Yardımınız için teşekkür ederim," dedi Estelle; gerçi Ruth'un pek bir şey yaptığı da yoktu. Büyük ihtimalle ödünç kitap rafındaki romanlardan birini alıp sessiz bir köşeye çekilmişti. Zavallı kız. Ruth'un babası öyle katı bir adamdı ki, kızının onların küçük ödünç kitap bölümüne abone olmasına bile izin vermiyor, yalnızca ara sıra kızının zihni için "yeterince faydalı" bulduğu bir kitabın satın alınmasına göz yumuyordu. Bunlar da genellikle aşırı sıkıcı vaazlar ya da kadınların erkeklere boyun eğmek için doğduğunu anlatan risaleler oluyordu.

Ruth gittikten sonra Estelle kitapçının kapısını kilitledi, lambayı söndürdü ve kız kardeşlerine katılmak için merdivenleri çıktı. Bu akşam yemeği sebze çorbasıydı; kokusundan anlaşıldığı kadarıyla büyük ihtimalle kendi bahçelerinden çıkan patates ve havuçtan ibaretti, içine de tadı biraz daha az yavan olsun diye bir iki soğanla bir avuç ot atılmıştı. Estelle cebindeki parayı, o varlıklı çiftin kitaplar için ödediği ücreti yokladı ve hiç değilse kasaba ödeme yapıp yarın akşamki yemek için biraz et alabileceklerini hesapladı.

Ağzını açıp ötekilere satışı anlatacaktı ki Bayan Poole ondan önce davrandı. "Hiç değilse yarın akşam daha iyi yemek yiyeceğiz, sevgili kızlarım."

Estelle şaşkınlıkla gözlerini kırpıştırdı; kız kardeşlerinin hepsi bilgece bir onayla başını sallıyordu.

"Affedersiniz?" dedi.

"Balo!" Bernadette kaşığını ağzına götürürken yarı yolda durup Estelle'e baktı. "Yaz Ortası Balosu. Yarın akşam değil mi?"

"Yaz Ortası Günü dündü," diye belirtti Marie bilgiç bir edayla, "ama Yaz Ortası Balosu'nu cuma gecesi yapmaya karar verdiler."

Yaz Ortası Balosu, Hatfield geleneğiydi. Estelle son iki yılı, babasıyla kitap satın alma gezilerinde dışarıda geçirdiği için kaçırmıştı; ondan önce katıldığı baloları da pek önemsememişti zaten. Neşeli eğlencelerdi, dans da olurdu, ama biriyle gönül bağı kurma ihtimali onun için her zaman pek zayıftı. Hatfield'da o kadar da çok insan yoktu. Kız kardeşlerinin yüzlerindeki heyecanlı beklentiye bakınca sevinçlerini kaçırmaktan nefret etti ama... "Uygun elbiselerimiz yok," dedi.

"Elbette var!" Bernadette resmen güldü. "Bayan Yates haftalar önce kendi elbiselerinden birkaçını gönderdi. Sen çok meşguldün ama birini sana göre daraltıp uyarladık."

Fesat tatlı ihtiyar! Estelle, Bayan Yates'in fazla cömert davrandığını düşünmüş, bir daha da kıyafetlerden söz etmemişti; kahvaltıda konunun açılmamasını, böylece unutulup gitmesini ummuştu. Oysa kadın hepsini çoktan göndermişti!

Ona bir elbise yapmak zor olmazdı; çünkü kendisiyle Marie boy ve beden bakımından neredeyse aynıydı. Kız kardeşlerinin ona fazladan bir elbise hazırlamış olması ne kadar düşünceliceydi.

Aklına başka bir itiraz geldi. "Bir masrafı var. Kişi başı iki şilin değil mi? Bunu gerçekten karşılayamayız!"

"Sevgili kızım, bu bir tercih meselesi değil." Estelle'in şaşkınlığına rağmen söze Bayan Poole karıştı. "Toplanan para Hatfield Yoksullar Cemiyeti'ne gidiyor ve ben komitedeyim. Gitmem şart; sizi de yanımda götürmezsem çok tuhaf karşılanır. Eğer paranız bu kadar darsa, ben öderim..."

"Kesinlikle hayır." Estelle, Bayan Poole'un onlar için ödeme yapmasına asla izin veremezdi. Onlar ona ödeme yapıyordu, tersi değil. Ah, keşke babası o kadar çok para borç almamış olsaydı!

Ve keşke eve düzenli aralıklarla kitap sandıkları gönderebilseydi!

İsteksizce elini cebine soktu, parayı çıkardı ve küçük bozuk para ile banknot yığınını masanın üstüne bıraktı. "Bugün kitapçıya bir çift geldi ve epeyce kitap satın aldı. Sanırım katılmak için bu paranın küçük bir kısmını kullanabiliriz..."

"Sizin Bay Yates de orada olacak mı?" diye sordu Bernadette.

Yüzüne ateş bastı. Bay Yates kesinlikle "onun" değildi, ama bunu söylerse yalnızca yeni bir takılma tufanı başlatmış olurdu. "Emin değilim," demeyi başardı ve konunun hızla kapanmasını umdu.

Bayan Poole söze girdi. "Bayan Yates elbette orada olacak.

Komiteyi o kurdu. Lord Ferndale de hamilerden biri, dolayısıyla o da orada bulunacak. Genç Bay Yates'in de katılacağından eminim."

Bernadette, Estelle'e dönerken gözleri ışıl ışıl parlıyordu. "Onunla en az iki kez dans etmelisin. Ne hoş bir skandal çıkar!"

Biraz yaramazlıkla Estelle, "Sanırım onunla dört kez dans etsem, kasaba halkı bunun dedikodusunu yıllarca kesmez!" dedi.

BÖLÜM 8

Felix Pes Etmez

Bütün gece üstüne vuran cereyanla, rahatsız edici derecede sert ve yumrulu bir yatakta berbat bir gece geçirdikten sonra, Felix gün ağarır ağarmaz The Swan'dan kaçtı. Red Lion'a geri dönüp hiç değilse düzgün bir kahvaltı etmeyi başardı; gerçi yemek salonu başka misafirlerle feci halde doluydu. Yumurtasını, sosisini ve ekmeğini bitirince hesabını ödedi ve bundan sonra ne yapacağını düşündü. O lanet kediyi arayarak bir günü daha sonuçsuz geçirme ihtimalinin yüksek olduğunu tahmin ediyordu. Ama önce gidip temiz kıyafetler almalıydı—heybesine yalnızca bir kat yedek çamaşır koymuştu; üstelik bir de yıkanmak istiyordu. The Swan'daki yatak pek de temiz sayılmazdı.

Kararını verince masadan geri çekilip ayağa kalktı. Atına binip Ferndale Hall'a geri dönecek, yıkanıp üstünü değiştirecek, birkaç parça daha kıyafet toplayacak ve birkaç saat içinde Hatfield'a dönüp Estelle'in kedisini aramaya kaldığı yerden devam edecekti.

Yıkanıp temizlendikten sonra giyinirken büyükbabası onu bulunca bütün planları bir anda suya düştü.

"İşte buradasın, Felix! Dün gece seni akşam yemeğinde göremedim. Hatfield'da gönlünce vakit mi geçirdin?"

Tam tersi. Hatfield sanki onunla dalga geçiyordu. "Büyükbaba, sizi görmek harika ama kalamam. Bir görevdeyim!"

"Harika!" dedi yaşlı adam, keyifle ellerini çırparak. "Teklifini kabul etti mi?"

"Şey, henüz değil. Biraz acele ediyorsunuz. Önce bir kediyi geri getirmem gerek."

Aralarında bir süre sessizlik asılı kaldı; sonra büyükbabası, "Bu ifadeye pek aşina değilim doğrusu. Güzel bir genç kızın kalbini kazanmak için 'ejderha öldürmek'in yeni bir çeşidi mi bu?" dedi.

Felix kuru bir kahkaha çıkardı. "Olabilir doğrusu. Kedileri Crafty yanlışlıkla High Street'e fırladı ve kaçtı. Bayan Baxter onu bulup sağ salim eve getirme işini bana emanet etti."

Yaşlı adam sırıttı. "Emanet etti, dayattı, aynı şey."

Felix'in omuzları düştü. "Dayattı demek belki daha doğru olur. Ama önemli bir ayrıntıyı atladım. Kediyi dışarı kaçıran bendim, dolayısıyla onu eve de benim getirmem gerek."

Büyükbabası doğrudan yüzüne güldü; Felix de bu alayı hak ediyordu.

"Bu gayet adil görünüyor. Bu görevi de herhalde dükkândan bir sürü kitap satın alıp aranızda ne kadar çok ortak nokta olduğunu keşfettikten ve diz çöküp ona evlenme teklif ettikten sonra kabul ettin, öyle mi?"

Felix hayal kırıklığıyla dudaklarını birbirine bastırdı.

Büyükbabası onu daha da sıkıştırdı. "Vazgeçtin mi? Bu Ferndale usulü değildir!"

"Vazgeçmedim. Roma bir günde kurulmadı, malum. Vazgeçmedim. Sadece..." Ne yaptığını o da bilmiyordu. Düşünceli bir halde ensesini kaşıdı. Hâlâ kitapları satın almamıştı; bu da korkunç bir ihmalkârlıktı.

Doğrusu, o kahrolası kediyi bulmanın bu kadar uzun süreceğini düşünmemişti!

Büyükbaba, "Vazgeçmedin, çünkü daha doğru dürüst başlamadın bile; duyduğum bu mu?" dedi.

Yaşlı adam bazen sinir bozacak kadar isabetli olabiliyordu.

"Crafty'nin nerede olduğunu bulduğumda her şey yoluna

girecek. Sonra da o güzel genç kızın kalbini kazanacağım." Büyükbabasına abartılı bir selam verdi.

Yaşlı adamın yüzünde bir gülümseme yerine çatılmış kaşlar gördü. "Ee? Öyle dikilip nutuk atma! Eşyalarını topla ve işinin başına dön!"

"Plan tam da buydu, Büyükbaba. İzninizle."

"Felix, sen misin?" diye seslendi kapısının dışından bir kadın sesi. "Karnına doğru düzgün bir yemek girmeden onu yine gönderme, kardeşim! Bir de Bayan Baxter'a kur yapma meselesinin nasıl gittiğini en ince ayrıntısına kadar duymak istiyorum!"

"Her fırsatta köşeye sıkıştırılmasam çok daha iyi giderdi," diye homurdandı Felix kendi kendine; sonra yüksek sesle, "Evet, Hala Florence, elbette akşam yemeğine kalacağım!" diye seslendi.

Akşam yemeğinden sonra bile bu gece Hatfield'a dönebilecek kadar hava aydınlık olur, diye düşündü. Gerçi... çıkmadan önce Red Lion'da bir oda ayırtması gerektiği birden aklına geldi. The Swan'da bir gece daha geçirme fikrinden irkildi.

"Bu gece kalırım," diye karar verdi. "Sabah dönerim. Kediyi bulana kadar birkaç günlüğüne Red Lion'da bir oda tutarım."

"Crafty o zamana kadar kendi başına eve dönmüş olabilir," diye belirtti büyükbabası.

Felix bu düşünceyle bir an için keyiflendi ama sonra omuzları yine çöktü. Evet, Estelle kedisine kavuşmuş olurdu; ama o ele avuca sığmaz kediyi Estelle'e götüren kişi Felix olmazsa, bu Estelle'in ona daha sıcak bakmasını sağlamazdı. Onun gönlünü kazanmak için başka bir yol bulması gerekecekti. Eh, bir sandık dolusu kitap satın alırdı; bu herhalde işe yarardı, değil mi?

⁂

Felix ertesi sabah bol ve keyifli bir kahvaltı etti; valizi hazırlanmış, Hatfield'a dönmeye hazırdı. Büyükbaba onunla birlikte ahırlara kadar yürüdü. "Madem geri döndün, baronluğun görevlerine de aşina olman iyi olur.

Sanki birisi Felix'in başından aşağı bir kova buz gibi su dökmüştü. "Hasta değilsiniz, değil mi?" diye sordu, ansızın dehşete kapılarak.

"Ne?" diye güldü büyükbabası, şaşkınlıkla. "Hiç değil. Ama işin neler gerektirdiğini öğrenmen lazım. Başlamak için de bundan iyi zaman olmaz."

"Benden ne saklıyorsunuz?" Büyükbabası hep yaşlıydı elbette, ama yorgun mu görünüyordu? Felix onda herhangi bir düşkünlük belirtisi görmüyordu. Ama belki de şimdiye kadar dikkat etmemişti?

"İyiyim ben. Ama biraz yardıma ihtiyacım var. Yerel meclis toplantıları çileye dönüşebiliyor ve kendimi köşeye sıkışmış hissediyorum. Bence bir sonrakine benimle gelmelisin; bir gün senin olacak görevlerin bazılarını şimdiden üstlenmeye başlamalısın."

Bu sözler Felix'e birden anlamlı gelmeye başladı; demek evlilik laflarının birdenbire alevlenmesinin sebebi buydu. Büyükbabası herhâlde sağlık durumunun kötüleştiğini gizliyordu. "Uygun göreceğiniz her şekilde yardımcı olmak benim için bir onur olur," dedi, sorumluluğun ağırlığını ansızın omuzlarında hissederek.

Felix ata bindi, seyis de heybesini eyerine bağladı. Hatfield yeniden görünmeye başladığında büyükbabasının isteği zihninde dönüp duruyordu. Aileyi hayal kırıklığına uğratmayacaktı.

Demek ki bu, Bayan Estelle Baxter'ı hayal kırıklığına uğratmaması gerektiği anlamına da geliyordu.

Atın sırtında yüksekten baktığı için etrafı daha iyi görüyordu; göğsünde kalp şeklinde beyaz bir leke bulunan, kuyruğu daha kısa siyah kedilere özellikle dikkat etti.

Bu sabah eyer fena halde rahatsız ediyordu; huzursuzca kıpırdandı, onu dün temizleyen seyisin yeni bir deri yağı falan kullanıp kullanmadığını merak etti. Bunca seyahat ettiği için saatlerce, hatta günlerce eyer üstünde kalmaya alışkındı, ama bugün bir an önce attan inmek için sabırsızlanıyordu. Ne tuhaf bir histi bu. Yoksa gerçekten Bayan Baxter'a vuruluyor muydu? Belki de bu huzursuzluk, romantik bağlar kurmanın bir sonucuydu. Ne kadar büyüleyici!

Red Lion'ın arkasındaki ahırlarda attan inip hayvanı seyislere bırakabildiği için memnun oldu. Gece için oda bulma konusundaki şansını bir kez daha denedi ve oda olduğunu öğrenince çok sevindi!

"Bir haftalığına tutuyorum," dedi ve ücretini peşin ödedi.

Oda üst kattaydı; bu yüzden birkaç kat merdiven çıkması gerekti, ama uzun bir süre The Swan'a dönmek zorunda kalmayacağı düşüncesi içini hafifletti. Özellikle Crafty'yi aramaya devam etmek için kasabada kalması gerekecekse, bu her şeyin onun lehine geliştiğine dair İyi Bir İşaret olmalıydı.

Baxter's Fine Books'a böylesine yakın olması da bunda rol oynuyordu. Çatı penceresi, çatıların üzerinden Bayan Baxter ile kız kardeşlerinin bulunduğu tarafa bakıyordu.

Çantasını yukarı çıkaran görevliye bahşiş olarak bozuk para verdi; sonra da yolculuğun ardından ellerini ve yüzünü yıkamaya koyuldu. Açık duran iki pencereden serin bir esinti giriyor, otelin kokularını odasına taşıyordu. Şerbetçiotu, kızarmış sebzeler ve hamur işleri. Bir de yeni kabarmış toprağı andıran bir koku vardı ve... evet, sokaktan gelen kokuların arasında taze at gübresi de vardı. Pencereleri kapatıp yatağa döndü; aramaya yeniden koyulmadan önce biraz uzanmayı düşündü.

Gözleri ona oyun mu oynuyordu? Koyu kahverengi yatağın örtüsünün üzerinde yuvarlak, siyah bir yumru vardı. Siyah yumru yeşil gözlerini açtı ve miyavladı. Sonra gerinip çabayla küçük bir gıyk sesi çıkardı.

Felix ona uzandı. "Crafty?"

Kedi, adını tanımış gibi bir miyav daha etti.

Felix kulaklarının altını kaşıdı; kedi de buna doğru sokulup üstelik mırlamaya başladı. Çıkardığı ses gerçekten de dükkândaki kedininkiyle aynıydı. Başını okşadı, sonra göğsünün ön tarafını kontrol etti.

Yüreği ağzına geldi. Tam orada inkâr edilemez bir beyaz leke vardı. Kalp şeklinde miydi? Kedi hâlâ olduğu yere yayılmış yattığından bunu anlamak zordu.

Kediyi vücudunun tamamı boyunca tekrar okşadı. Crafty kuyruğunu savurdu. Her zamankinden daha kısa mıydı? Bu hâlâ aklını karıştırıyordu. Kısa bir kuyruk ne kadar kısa olabilirdi ki?

Kalbi hızla çarparken Felix kediyi kaldırdı ve pencere ışığında inceledi. Göğsündeki leke gerçekten de kalp şeklindeydi.

"Crafty!" diye bağırdı. Kediyi sıkıca kucakladı ve pencereden, çatıların üzerinden Baxter'ların evine baktı.

Zaferle döndüğünde Estelle'in yüzündeki ifadeyi görmek için sabırsızlanıyordu.

Crafty ne kucaklanmaktan ne de koltuk altında handan aşağı, merdivenlerden çıkarılmaktan pek memnun görünmüyordu. Hizmetçi kızın hancının kedilere alerjisi olduğunu söylediğini hatırladı; bu yüzden kediyi Bay Haye'in gözünden uzak tutmaya dikkat etti.

"Sen yavrundan çok daha az uyumlusun," dedi Felix kediye, elinin arkasına saplanmış son derece keskin bir pençeyi çıkarırken. "Yine de hanımının seni görmekten memnun olacağı kesin ve ben de onun en sadık hizmetkârıyım, her ne kadar ona hizmet etme ayrıcalığı için kan dökmek zorunda kalacakmışım gibi görünüyor." Crafty'yi hâlâ koltuk altında sıkıştırmış halde kitapçının kapısını açmayı ve içeri adım atmayı başardı; kıvranıp duran kedi ise yakalarına tırmanmaya çalışıyor, avazı çıktığı kadar miyavlıyordu.

"Crafty!" diye sevinçle haykırdı Estelle, tezgâhın arkasından çıkarak.

Felix kapıyı kapatıp sıkıca yaslandı ve kediyi bıraktı; kedi elinin üzerinden bir çizik daha bıraktıktan sonra aşağı atlayıp kitap rafları arasında kayboldu.

"Lütfen bana bunun gerçekten sizin kediniz olduğunu söyleyin," diye yalvardı Felix Estelle'e, "ve başka bir talihsiz yaratığı daha kaçırmadığımı?"

"Bu kesinlikle Crafty'ydi." Estelle ona gerçekten gülümsedi! Tanrı aşkına, gülümsediğinde o kadar güzeldi ki Felix ayaklarına kapanmak istedi. Kedinin pençesiyle kanattığı eli öyle acıyordu ki zaten bayılmak üzereydi.

"Bravo, Bay Yates; onu nerede buldunuz?"

Sesi ruhuna müzik gibiydi. "Yatağımda uyuyordu."

Estelle gözlerini kırpıştırdı ve başını yana eğerek ona baktı, belli ki şaşırmıştı.

"Red Lion'da bir oda kiraladım," diye açıkladı Felix. "Crafty'nin o belirli yatakta yatmayı seçmesi sadece şanslı bir tesadüf olsa gerek."

"Crafty'nin Red Lion'a girmesi yasak; kediler Bay Haye'i hapşırtıyor. Siz onu bulmadan önce kimsenin onu kovmaması gerçekten büyük şans, Bay Yates." "Ne yazık ki iki gece dışarıda kaldı ve tüm bu süre boyunca o odada uyuduğundan son derece şüpheliyim; kuşkusuz, ah, sevgilileriyle görüşüyordu."

"Oh." Felix Estelle'in ne demek istediğini anladı. "Yavru kediler mi?"

"Yaklaşık dokuz hafta sonra. Evet. Yavru kediler."

"Peki." Felix doğruldu ve umduğu en ciddi ve güvenilir ifadesini takındı. "Ben onurlu bir adamım Bayan Baxter; kedinize karşı üzerime düşeni yapacağım, çünkü bu durumdan kendimi sorumlu hissediyorum. Yavrularına iyi evler bulmaya çalışacağım."

"Centilmenliğinizi takdir ediyorum," dedi Estelle, hâlâ ışıl ışıl gülümseyerek.

Gülümsemesi Felix'in içini sıcak bir ışıltıyla doldurdu. Ama Crafty'nin derisinde kırmızı bir iz açtığı elindeki sızlama şiddetle yanıyordu.

Bayan Baxter yarasına baktı ve "Görünüşe göre canınız hayli yanmış. Şuna bir bakalım," dedi.

"Bu sadece bir çizik," diyecekti, ama o elini tuttuğu anda dudaklarını sıkıca kapattı.

Parmaklarının hassas tenine dokunuşu kalbini hoplattı. Nazik okşayışları ruhunu yatıştırıyordu. Büyüyü bozmamak için hiçbir şey söylememeye karar verdi.

Bayan Baxter dilini şaklattı ve yavaşça başını salladı. "Daha kötüye gitmemesi için biraz merhem getireyim. Wollstonecraft derin kesmiş."

"Şey, Wollstonecraft mi?"

"Evet." Bayan Baxter —hâlâ ellerini tutuyordu— doğrudan gözlerinin içine baktı ve uzun kirpiklerini kırpıştırdı. "Onun tam adı bu, ama ona sadece yaramazlık ettiğinde böyle hitap ediyoruz. Ve size bunu yaparak inanılmaz derecede yaramazlık etti." Sonra Bayan Baxter dükkâna baktı ve haylazı bir rafın üstünde gördü. "Senin için doğruca yatağa, akşam yemeği yok. Beni duydun mu, Wollstonecraft?"

Kalbi göğsünde küt küt atarken, Felix orada öylece durup müşterilerin dükkâna girip onları bölmemesini umuyordu.

Şansı yaver gitmeye devam etti; Bayan Baxter, yaralarına bakabilmeleri için Marie'ye dükkâna göz kulak olmasını seslendi. Felix, dükkânın arkasındaki dar merdivenlerden onun peşinden çıktı ve uzun bir pencereden içeri dolan güneş ışığıyla aydınlanan, şaşırtıcı derecede büyük bir mutfak bölümüne girdi. Loş, lamba ışıklı dükkândan sonra gözlerinin aydınlığa alışması için birkaç kez kırpıştırması gerekti.

"Oturun, oturun." Estelle onu masaya buyur etti; Felix de oturup Estelle'in elini temiz bir bez ve suyla yıkamasına, ardından çiziklerin üzerine göz yaşartacak kadar keskin kokulu sarı bir merhem sürmesine izin verdi.

Elleri bütün bu süre boyunca ona dokunup durdu; Felix neredeyse nefesi kesilecek gibi oldu.

"Alın." Estelle biraz merhemi küçük bir şişeye doldurup ağzını kapattı ve ona uzattı. "Çizikler tamamen iyileşene kadar bundan günde iki kez biraz sürün. Ateşiniz çıkar gibi olursa yine bana gelin."

Estelle kavanozu tekrar rafa koyarken Felix mutfağın doğu duvarındaki büfeye baktı. Sıra sıra kavanozlar ve şişeler, asılı kurutulmuş ot demetleri vardı; hiçbiri mutfağa aitmiş gibi görünmüyordu.

Estelle çaydanlığı ocağın üzerine koyarken Felix merakla, "Otlarla ilgileniyorsunuz?" diye sordu.

Estelle bir an duraksayıp ona baktı. "Biraz," dedi, hafifçe geçiştirerek. "Annem öğretti. Asıl tutkusu Bernadette'indir ama temel şeyleri hepimiz biliriz."

"Şüphesiz çok faydalı bir beceri," dedi içtenlikle; onda keşfettiği bir başka yön daha ilgisini çekmişti. Bayan Baxter pek çok yeteneği olan bir kadındı.

"Çay?" diye teklif etti Estelle.

"Bir fincan çayı memnuniyetle içerim. Varsa biraz da balla."

"Tatlıya düşkün müsünüz, Bay Yates? Ferndale Hall'da ikram edilen tatlıların hakkını fazlasıyla verdiğinizi fark etmiştim."

Öyle olduğunu itiraf etti. Mutfakta dolaşırken onu sadece seyredebilmek ne hoştu. İki fincanla bir demlik indirirken, çay yapraklarını kaşıkla koyarken, masaya bir kavanoz bal bırakırken elleri ne kadar da becerikliydi. Bir bisküvi kavanozunu da açıp önüne itti; ikram edecek keki olmadığı için de özür diledi.

"Ama bunlar nefis kokuyor. Çayır kimyonu mu?" Felix bisküviden bir parça ısırdı ve harika buldu; baharatlı, tereyağlı ve ağızda dağılıyordu. "Bunları siz mi yaptınız?"

"Ben değil. Bayan Poole yaptı; kendisi hem kahyamız hem refakatçimizdir—babam yokken bize nezaret edip uygun görünmemiz için bizimle yaşar." Estelle bir an tutuklaştı. "Aslında sizinle yalnız kalmamam gerekirdi belki de..."

"Yoksa evlenmek zorunda mı kalırdık?" Anı hafifletmek için sırıttı. "Benim buna pek itirazım olmazdı doğrusu."

"Size baş belası olduğunuzu söyleyen hiç oldu mu, Bay Yates?" Sözleri suçlayıcı olabilirdi ama onları öyle tatlı bir sesle söyledi ki Felix'in içi kabardı. Üstelik Estelle, çengelle çaydanlığı sıcak ocaktan alıp demliğe fokurdayan suyu boşaltırken gülümsüyordu da.

"Ah, sık sık," dedi neşeyle. "Ama cazibem sonunda çoğu insanı yumuşatır."

Estelle gerçekten güldü; sonra masaya oturup kendine de bir bisküvi aldı. Bir fincan çay içip biraz da havadan sudan sohbet ettiler; ardından Estelle artık dükkâna dönmesi gerektiğini söyledi.

Onu çayından yudum alırken, bisküvisini küçük lokmalarla yerken seyrederken bu sahneyi hafızasına kazıdı. Birlikte geçirdikleri süre uzasın diye çayını özellikle yavaş içti.

Ama sonunda çayı bitti; Estelle de ikinci bir fincan önermedi.

Bir de yerinde kıpırdamadan oturmaya çok çalışıyordu ama oturduğu yer fena halde kaşınıyordu; bunun sandalyeden mi yoksa kendisinden mi kaynaklandığına dair en ufak bir fikri yoktu. Bakmaya fazla korktuğundan, elinden geldiğince bunu görmezden gelmeye çalıştı.

"Hem ikramınız hem de yaralarımla ilgilendiğiniz için teşekkür ederim, Bayan Baxter." Felix nazikçe ayağa kalkıp ona eğildi. "Ve şimdi görevimi tamamlayıp kedinizi geri getirdiğime göre, kitap alışverişimi de tamamlayabilirim. Gelecek ay Büyükbaba'nın doğum günü için de hâlâ bir hediye arıyorum; belki bana birkaç öneride bulunabilirsiniz?"

Estelle bu sözlerden hayli memnun görünerek elbette yardımcı olabileceğini söyledi. Merdivenlerden yeniden dükkâna inerlerken, "İlginizi çekebileceğini düşündüğüm birkaç kitabı daha ayırdım," dedi. "Elbette bunları almak zorunda değilsiniz..."

"İnsanın hiçbir zaman fazla kitabı olmaz, Bayan Baxter. Zaten bende yoklarsa ilgimi çekeceklerinden hiç kuşkum yok."

Estelle ona tezgâhın üzerinde duran epey büyük kitap yığınını gösterdi. Felix yalnızca zaten sahip olduğu bir tanesini gördü; onu da isteksizce yığından çekip aldı. "Bu ilginç bir seçim," diye mırıldandı Felix, Shaw'un Berberi Diyarı'na Seyahatler adlı kitabını eline alırken. "Berberi Diyarı ya da belki Mısır hakkında başka kitaplarınız da var mı?"

"Norden'in Mısır ve Nubya adlı eserinin çok iyi bir nüshası var; iki cilt bir arada. Fil kâğıdına basılı!" Estelle kemerinden bir anahtar halkası çıkarıp tezgâhın yan tarafındaki kitaplığı açtı. "Sahip olduğumuz en iyi kitaplardan biri. Bütçeniz yeterse büyükbabanız için uygun bir hediye olabilir."

"Fiyatını sormaya cesaret edebilir miyim acaba?" Kitap büyük ve nefes kesici güzellikteydi; elde işlenmiş Rus dana derisiyle ciltlenmişti.

"On üç pound."

Felix alçak bir ıslık çaldı ama kitabı tezgâhın üzerine koyup dikkatle açtı; kalın sayfalardan birkaçını çevirerek güzel basılmış levhalara hayranlıkla baktı. "Doğrusu buna değer. Bu nadir bir kitap, Bayan Baxter, hem de mükemmel durumda. Büyükbabamın bunu daha önce satın almamış olmasına biraz şaşırdım."

"Henüz ondan haberi yok." Estelle hafifçe sırıttı. "Babamın Fransa'dan gönderdiği kitap sandığında gelmişti—hani birkaç gün önce içeri taşımama yardım ettiğiniz sandıkta. Lord Ferndale'e götürdüğüm kitap, onun uzun zamandır aradığı bir kitaptı. O sırada bunu henüz kataloglamamıştık. Bir dahaki gelişinde dükkâna uğradığında ona göstermeyi planlıyordum."

"Öyleyse burada kalmayacak." Felix kitabı kapattı. "Benim için güzelce sarar mısınız? Doğum günü için harika bir sürpriz olur." Estelle kitabı yüzünde geniş bir gülümsemeyle eline alırken, kitaplara yüklüce para harcayarak onu da mutlu ettiğini düşündü. Her bakımdan kazançlı bir durumdu.

Aslında, madem buradaydı, Bayan Baxter'ın o güzel gülümsemelerini biraz daha görecekse hesaba birkaç kalem daha eklemek istiyordu.

Biraz daha bakınmak için seyahat kitaplarının bulunduğu rafa geri döndü; tam o sırada başka bir kadınla birlikte dükkâna giren Bernadette'e de kibarca günaydın dedi. Bernadette başıyla karşılık verdi ama yanındaki kadını ona tanıtmak için hiçbir çaba göstermedi; hatta öbür kadını aceleyle onun yanından geçirip dükkânın arkasına götürdü.

"Burada bekleyin. Hemen getireyim," diye duydu Bernadette'in sesini Felix, ardından merdivenleri çıkan adımların sesi kesildi.

Kadın merdivenin dibinde başı önde, ellerini endişeyle ovuşturarak duruyordu. Bir çiftçi karısına benziyordu; Felix kitapçıda göreceğini bekleyeceği türden biri değildi ve gerçekten de kadın kitaplara hiç bakmıyordu.

Bernadette merdivenlerden indi ve kadının eline bir paket tutuştururken alçak sesle konuştu: "Burada beş doz var. Çay demlemeniz ve sabah akşam içmeniz gerek. Şimdi, hamile olmadığınızdan eminsiniz, değil mi?"

"Evet, Bayan Bernadette. Sadece bir hafta geciktim." Kadın paketi göğsüne bastırdı. "Bir tane daha altından kalkamam. Zaten doyuracak çok ağız var."

Ah. Demek öyle otlar... Felix, Bernadette'in kadına doğru şeyi yaptığına dair güvence verip onu dükkândan çıkarmasını izlerken gözlerini incelikle başka tarafa çevirdi.

"Bernadette!" Keskin kulakları Estelle'in kız kardeşine fısıldayarak çıkıştığını duydu. "Daha dikkatli olmalısın!" Fransızca konuşuyordu; Felix bunu ani bir şaşkınlıkla fark etti. Büyükbabası tarafından küçüklüğünden beri modern dillerde eğitim almış olan Felix Fransızcayı akıcı konuşurdu. Yine de Estelle'in Fransızcası belki de kendisinden bile daha iyiydi, diye düşündü; Estelle hızlı ve günlük bir dille, mükemmel bir aksanla konuşmaya devam ederken. Hertfordshire'dan genç bir kadın bu Fransızcayı nereden öğrenmişti?

Merakı kabaran Felix elinde iki kitap daha olduğu halde tezgâha doğru yöneldi. Bernadette ona sadece hızlı bir yan bakış atarak kaçtı;

Felix güven verici olmasını umduğu bir gülümseme sundu. Bernadette kadınlara mahsus işlerle uğraşıyordu ve bu kesinlikle Felix'i ilgilendirmezdi.

"Mükemmel Fransızca konuşuyorsunuz," dedi Estelle kitaplarını paketleyip dikkatlice kahverengi kâğıda sararken. "Nerede öğrendiniz, hem de bu kadar iyi bir aksanla?"

"Annemin dizinin dibinde." Estelle bir paketin etrafına kaba bir ip doladı ve sağlam bir düğümle sabitledi. "Annem Fransızdı, Loire Vadisi'nden. Babam onunla 1785'te, Devrim başlamadan önce orada tanıştı, evlendiler ve İngiltere'ye döndüler. İyi de oldu. Annemin ailesi aristokrattı. Uzak bir kuzen dışında, annemin ailesinden çok uzun zamandır haber alamıyoruz."

"Çok üzgünüm. Anneniz hâlâ hayatta mı?"

Estelle başını salladı, yüzünden bir keder gölgesi geçti. "Beş yıl önce öldü."

"Onu çok özlüyor olmalısınız," dedi Felix nazikçe. Güzel yüzünü kaplayan keder gölgesinden kendini sorumlu hissetti.

"Her zaman." Güçlükle küçük bir gülümseme topladı. "Peki sizin aileniz? Lord Ferndale'in mirasçısı olduğunuzu söylediğini biliyorum... babanız?"

"Ben çok küçükken vefat etti. Annem hâlâ hayatta; on bir yaşımdayken yeniden evlendi ve şimdi İrlanda'da yaşıyor. Yeni kocasının güneyde, Wexford yakınlarında bir malikanesi var."

Felix parayı ona doğru uzatırken işlem tamamlanmak üzereydi. Eli kitapların üzerinde duruyordu ama ayakları onu Estelle'in yanından uzaklaştırmak istemiyordu.

"Fransa'da olanlar korkunç bir durum," dedi, dükkânda kalmak için bir bahane olarak yeni bir konuşma başlattı.

Estelle başını salladı ve "En azından şimdi biraz daha güvenli, Korsikalı Elba'da güvence altına alındığına göre," dedi.

"Babanız için çok endişeliyor olmalısınız?"

Estelle bir iç çekti. "Sanırım o güvenli bir şekilde eve dönene kadar gerçekten rahat edemeyeceğiz."

"Ben de oraya savaşmak için gitmek istemiştim," dedi. "Ama Büyükbaba veto etti, Ferndale'in tek mirasçısı olduğum için."

Estelle kalbini kıpırdatan bir gülümseme daha gönderdi ve sordu: "Her zaman büyükbabanızın istediğini mi yaparsınız?"

Felix bu sorudaki imayı fark etti ve hafifçe güldü. "Çoğu zaman, evet. Tabii ki kendi kararlarımı verebilecek durumdayım. Ve hatalarımı da. Ama o mantıklı bir adam ve başında gayet iyi bir akıl taşıyor."

Bu konuşma harikaydı ve Felix Estelle'in sohbetinden büyük keyif alıyordu. Daha fazla böyle konuşmaları olmalıydı, diye karar verdi. Kitaplar, seyahat ve diller hakkında konuşurken birbirlerini tanıyacaklardı.

Zil çaldı ve dükkâna daha fazla müşteri girdi.

"Lütfen affedersiniz, Bay Yates," dedi Estelle. "Cömertliğiniz için teşekkürler, tam zamanında geldi."

Ah, evet. Burası bir kitapçıydı, sık sık başka müşteriler de olurdu. Bayan Baxter'ı sürekli tekelinde tutamazdı. "Tabii ki!" diye başını salladı ve ağır kitap koleksiyonunu kaldırdı. Sonra yeni müşterilerin duyması için biraz daha yüksek sesle konuştu. "Bu harika kitaplar için teşekkürler, mükemmel durumdalar."

Dükkândan çıktı —kediyi bir daha dışarı kaçırmamaya dikkat ederek— ve ışıktan gözlerini kırpıştırdı. Kapı arkasından kapanırken zil çınladı. Hızla Red Lion'daki odasına döndü ve kitapları yan masaya bıraktı. Bir an kolunu kaşıyarak onlardan birini okumaya başlamak için uzanıp uzanmamayı düşündü. Sıcak yaz meltemiyle pencereden içeri taze pişmiş yiyecek kokusu yayıldı. Belki önce yemek yer, sonra gelip kitap keyfine gömülürdü.

Halka açık salonda birkaç kişi çoktan yemek yiyordu. Bir masa istediğini hizmetçiye başıyla işaret etti. Birkaç dakika içinde pencere kenarında bir yere oturmuş, taze pişmiş ekmek ve yanında küçük bir kap iç yağıyla tatmin edici bir güveç yiyordu. Pantolonunun değdiği yerler kaşınıyordu ama halka açık bir handeydi ve burası kaşınacak yer değildi. Belki otel sahibi gibi o da kedilere alerjisi vardı? Ama öyleyse eli daha çok kaşınmaz mıydı? Alerjilerin nasıl işlediğinden emin değildi, çünkü neyse ki bu özel rahatsızlığı henüz yaşamamıştı.

Yemeğe odaklanırsa kaşıntıyı çoğunlukla unutabilirdi. Evet, bu çok işe yarardı. Bir de bira. Red Lion'daki The Swan'dakinden daha lezzetliydi. Hizmetçi tabağını almaya geldiğinde Felix o akşamki yemek için bir masa ayırtmak istediğini söyledi. Baxter kız kardeşlerini, hatta isterse hizmetçilerini bile nefis bir yemeğe ısmarlama fikri aklına düşmüştü.

"Bu gece mi?" Hizmetçi boş maşrapayı kaldırırken dudak bükerek sordu. "Balo bu gece. Aşağıda kimse yemek yemeyecek. Kasabanın yarısı yukarıda olacak. Zaten orada yiyecek de bulunacak."

"Bu akşam mı?" Günleri saymayı kaybetmiş olmalıydı. Tüm dikkatini Estelle'e ve kedisini aramaya vermişken bu pek de şaşırtıcı değildi. "Ferndale Hall'a dönüp bu etkinlik için giyinmeye vaktim var mı?"

"Endişelenmeyin, efendim. Orada zaten en iyi giyimli kişi siz olacaksınız!"

Bütün kasaba mı demişti? Felix Baxter kız kardeşlerinin orada olacağı düşüncesiyle gülümsedi. Özellikle onlardan birinin.

BÖLÜM 9

Estelle Güzel Hissediyor

Günün sonunda kapıyı kilitlerken Estelle kendi kendine memnun bir iç çekti. Baxter's'a gün boyu düzenli bir müşteri akışı olmuş, gelenlerin neredeyse hepsine uygun kitaplar bulmuştu. O ve Marie günün bereketli hasılatını sayarken yüzüne geniş bir gülümseme yayıldı. Keşke her gün böyle geçseydi. Hatta gün aşırı bile olsa razıydı. Estelle açgözlü değildi.

"Para isteme konusunda benim öğüdümü dinleyip daha atak olmana sevindim," dedi Marie.

"Bütün övgüyü kendime mal edemem. Bay Yates, ben hatırlatmadan kitaplarının parasını ödedi; üstüne bir de birkaç tane daha aldı, hem de kilitli dolaptaki pahalı kitaplardan birini!" Bay Yates'ın adını anar anmaz kız kardeşinin onu soracağını bildiği için, dikkatini dağıtmak amacıyla diğer müşterilerden söz etmeyi sürdürdü. "Bugünkü gibi birkaç gün daha geçirirsek bütün borçlarımızı kapatırız. Acaba bir sonraki kitap sandığı ne zaman gelir?"

"Güzel deneme," dedi Marie, birlikte mutfağa çıkarlarken. "Bay Yates bu akşamki baloya geliyor mu?"

Bu soru, balo hakkında daha önce konuşmuşlar gibi bir anlam taşıyordu ama Ferndale Hall'da bu konuyu açtıklarından beri aralarında lafı geçmemişti. "Burası onun için biraz bayağı kalmaz mı?" dedi Estelle; onun orada olmasını isteyip istemediğinden bile emin değildi. O adamın aklını ne kadar karıştırdığını bir bilseydi; bu gidişle yakında sağını solunu da şaşıracaktı!

"Bunu neden söylüyorsun?" Marie, kasapla manavın hesaplarını ödeyebilsin diye Bayan Poole'a bir miktar para uzattı. "Bayan Yates hastane komitesine başkanlık ediyor, Lord Ferndale de ona eşlik etmeden onun gitmesine asla izin vermez. Bay Yates'ın onları desteklemek için orada olacağına eminim. Hem bu, Lord Ferndale için de kasabaya torununun eve döndüğünü göstermek adına kusursuz bir fırsat."

Mutfakta Bernadette, Louise'in saçını yapıyor; ince ince örülmüş saçlarını başının etrafında bir taç gibi topluyordu.

"Elbiseleriniz ne kadar güzel olmuş!" diye haykırdı Estelle. "Aman Tanrım. Bunları Bayan Yates'ın gönderdiği elbiselerden mi yaptınız?" Bayan Yates'ın bu kadar modaya uygun bir şey giymesini hayal bile edemiyordu.

"O eski elbiselerin bazılarında metrelerce kumaş vardı." Marie dar eteğini ayak bileklerinin etrafında savurdu. "Neredeyse bir tanesinden iki elbise çıkaracaktım!"

"Sen bir de kendi elbiseni gör," dedi Louise.

"Başını kıpırdatmayı bırak, Lou," diye buyurdu Bernadette.

Louise konuşmayı sürdürdü. "Son zamanlarda bütün yük senin omuzlarındaydı, Estelle; güzel bir şeyi hak ediyorsun."

"Ah!" Estelle başını salladı. "Ama zahmet etmenize gerek yoktu. Ben balolar için fazla yaşlıyım."

Marie sırıttı. "Elbiseyi görünce fikrin değişecek," dedi.

Bayan Poole ile Marie, aralarında gizli bir şey paylaşıyormuş gibi gülüştüler ve kapının arkasındaki askıdan bir şey alıp getirdiler.

Elbiseyi ona gösterdiklerinde Estelle'in ağzı açık kaldı; ışıldayan yeşil bir kumaş... bu ipek miydi?... her yanı ince gümüş iplikle işlenmişti. "İnanılmaz!"

Louise, "Bu akşam onu gördüğünde Bayan Yates'e teşekkür edersin," dedi. "Bizi gördüğüne çok sevinecek."

"Başını kıpırdatmayı kes!" diye çıkıştı Bernadette sabırsızlıkla. "Marie, en iyisi Estelle'in saçına başla, yoksa hepimiz geç kalacağız!"

Kısa süre sonra beşi de hazırdı. Estelle, şifonyerinin üstündeki küçük mücevher kutusundan annesinin ametist haçını çıkarıp eflatun bir kurdeleyle boynuna astı; aynadaki yansımasına hayranlıkla bakıyordu. Baxter's Fine Books'ın çalışkan, ağırbaşlı Bayan Baxter'ına hiç benzemiyordu; modaya uygun genç bir hanımefendi gibi görünüyordu.

"Kafamın içinde hafiflikten ve danstan başka düşünce yok," diye mırıldandı; bu saçma görüntüye gülüyordu. Açıkçası, birinin onu dansa kaldırması pek olası değildi ama yine de müziğin tadını çıkarmaya, belki de kız kardeşlerinin pistte bir iki tur atışını seyretmeye niyetliydi. Evliliğe uygun bütün bekârlar hiç kuşkusuz Bernadette'le dans etmek isteyecekti.

Gece için kitapçıyı kilitleyip çıktılar; Crafty'yi de mutfakta, Bernadette'in pazardan aldığı bir balık kafasını kemirirken bıraktılar.

Red Lion'ın merdivenlerinden çıkıp ikinci kattaki büyük salonlara yöneldiler; bu salonlar düzenli olarak düğün eğlencelerine, balolara, hasat şölenlerine ve Hatfield'da yirmi ya da daha fazla kişinin bir araya gelmek isteyebileceği her türlü etkinliğe ev sahipliği yapardı. Keman ve piyanodan neşeli bir ezgi çoktan yükseliyordu ama henüz dans eden ayakların sesi duyulmuyordu; kapılara yaklaştıkça işitilen tek şey giderek artan konuşma uğultusuydu.

Marie irkildi ve yüzünü buruşturarak yavaşladı.

"İyi olacak mısın?" diye sordu Estelle anlayışla, kız kardeşinin yanında duraklayarak.

"Oldukça gürültülü," dedi Marie, ama yılmaz bir gülümseme takındı. "İdare ederim; dans etme fırsatım pek az oluyor, oysa çok severim."

Estelle Marie'nin koluna girdi. "Haydi, içeri birlikte girelim."

Salon tam bir renk cümbüşüydü; gökkuşağının her tonunda elbiseler giymiş hanımlar ve en az onlar kadar parlak yelekler kuşanmış bazı beyler... Estelle bu göz kamaştırıcı manzara karşısında gülümsemeden edemedi. Mutlu insan kalabalığının sesi onları sarıp sarmalıyor, insanlar bu gece için süslenip hazırlanırken sürülen parfüm ve pomatların sıcak karışımı da etraflarını dolduruyordu.

"Sence Bay Yates'le dans eder misin?" diye sordu Marie sinsice. Estelle bir adımı kaçırıp sendeledi; yüzüstü yere kapaklanmasını engelleyen şeyin kız kardeşinin kolu olmasına sevindi.

"O burada olmaz," dedi inanmaz bir tonda gülerek. "Aman, böyle bir balo mu? Onun gibisi için fazla sıradan."

Neden durmadan o adamın adını anıp duruyorlardı? Sırf yakışıklı, zengin ve en eski aile dostlarından birinin torunu diye iyi bir koca adayı sayılmazdı. Estelle böyle bir konuyu aklından bile geçirmiş değildi zaten. Bu artık fazla olmaya başlamıştı.

"Bence sen aslında onun burada olmasını istemiyorsun," diye belirtti Marie. "Lord Ferndale ile Bayan Yates çoktan burada," diye ekledi, onlara el sallayarak.

Estelle kız kardeşine susmasını söylemek istiyordu; bu da muhtemelen bir tartışmanın fitilini ateşlerdi. Ama tam o sırada kuzenleri Joshua yanlarına yürüyüp dikildi; yüzünde küçümseyici bir ifadeyle onları baştan aşağı süzüyordu.

Ah, şu adam! Estelle kendini bir başka çatışmaya hazırladı.

"İyi akşamlar, Kuzen Joshua," dedi Estelle, olabildiğince kibar bir sesle.

"Bu elbiseleri nereden aldınız?" diye sordu Joshua, bir selam bile vermeden. "Matthew'nin çocukları bir işletmenin başına bırakması ne kadar gülünç, siz de tüm kârı harcıyorsunuz..."

"Biz çocuk değiliz, Kuzen Joshua," dedi Estelle, sesinde bir keskinlik vardı ve nefesini düzenlemeye çalışıyordu. Kalbi zaten hızla çarpıyordu ama onun karşısında boyun eğmemeye kararlıydı. "Ayrıca işletmenin mali durumunun sizinle hiçbir ilgisi olmadığını düşünüyorum."

Marie şaşkınlıkla nefesini tuttu. Dürüst olmak gerekirse, Estelle kendisi de bu kadar cesur çıkışından şaşırmıştı. Joshua'nın yüzü mosmor kesildi ama Estelle yerinden kıpırdamadı ve geri adım atmadı. Kuzen Joshua'nın kendilerini eleştirmesinden ve hem onu hem de kız kardeşlerini sindirmeye çalışmasından bıkmış usanmıştı; birkaç gün önce babalarının ölümü hakkında attığı o açık yalan, bardağı taşıran son damla olmuştu. Bir sonraki kitap sandığının gelmesini sabırsızlıkla bekliyordu. Babasından gelecek bir sonraki mektubu zaferle Joshua'nın suratına sallayacaktı.

"Mali durum beni ilgilendirir," diye karşılık verdi Joshua. "Miras şartlarına göre o binada fiilen bir işletme yürümeli, yoksa bina elden gider. Kâr yoksa işletme işliyor sayılmaz."

Ne düzenbazın teki, bunu gündeme getirmek! Bu tartışmayı skandala dönüşmeden sürdürmenin hiçbir yolu yoktu. Bunu halka açık bir baloda gündeme getirmesi tam bir küstahlıktı. Ona haddini bildirmek dilinin ucuna gelmişti ki tam o sırada bundan daha iyi bir anda olamayacak şekilde araya biri girdi.

"Bayan Baxter!" diye seslendi neşeli bir ses. Estelle, Bay Yates'in kalabalığın arasından kendisine doğru geldiğini görünce şaşkınlıkla soluğunu tuttu; bakışları sanki odada başka kimse yokmuş gibi yalnızca ona odaklanmıştı. "Sizi burada görmek ne kadar güzel! Bayan Marie." Marie'ye hızlıca bir selam verdi ama bakışları çabucak Estelle'in yüzüne geri döndü. "Bayan Baxter, benim için boş bir dansınız olduğunu söyleyin? Dans kartınız çoktan dolduysa mahvolacağım!"

Onun ortaya çıkışı gerçekten de son derece şanslıydı; Joshua Baxter orada öylece duruyordu, bir şey mi söylemeli yoksa uzaklaşmalı mı emin değildi.

Tanıştırılmayı mı bekliyordu? Estelle, Felix'in kendisini o kadar popüler sanıp dans kartında boş yer kalmamış olabileceğini düşünmesinin komik fikrine neredeyse güldü. Daha yeni gelmişti; henüz tek kişiyle bile konuşmamışken nasıl bütün dansları söz verilmiş olabilirdi ki?

"Çok naziksiniz, Bay Yates," dedi—tam da doğru zamanda araya girmişti. "Sizinle dans etmekten memnuniyet duyarım." Bu, Kuzen

Joshua'dan kaçmak için hoş bir fırsat olurdu. Üstelik Estelle'in keyfinin yerinde olduğunu ve eğlendiğini görmek Joshua'yı çileden çıkarabilirdi.

"Mükemmel! Ve sizin benimle bir ya da iki turdan fazla dans etmeyecek kadar görgülü biri olduğunuzdan hiç şüphem olmadığına göre, Bayan Baxter, kız kardeşlerinizle de dans etmek benim için bir zevk olur—benim için bir tane ayırırsınız, değil mi Bayan Marie?"

"Çok memnun olurum, Bay Yates." Marie son derece eğlenmiş görünüyordu; Bay Yates ona bir kez daha selam verdikten sonra Estelle'in elini yakalayıp koluna yerleştirdi ve onu dans pistine doğru adeta sürükledi. İlk turu dans etmek üzere dizilen diğer çiftlerin arasına katıldılar. Geride, Kuzen Joshua öfkeli bir ifadeyle arkalarından bakakaldı.

"Kesinlikle çok güzel görünüyorsunuz," dedi Bay Yates, müziğin başlamasını beklerken karşı karşıya dururlarken hayranlık dolu bir tonla.

Estelle kızarmaktan kendini alamadı. "Teşekkür ederim," diye mırıldandı.

"Her zaman olağanüstü güzel olmadığınızı söylemiyorum— çünkü öylesiniz—ama bu renk üzerinizde fevkalade duruyor. Gözlerinizdeki yeşili ortaya çıkarıyor. Büyülendim!"

Abartıyordu ama sesi o kadar içtendi ki Estelle kendini ona gerçekten gülümserken buldu. O da geniş bir gülümsemeyle karşılık verdi ve Estelle içi hafiflemiş halde çiftler dizisinde ilerledi; geçerken Lord Ferndale ve Bayan Yates'in hoşgörülü gülümsemelerle izlediklerini fark etti.

Dans, onları yalnızca ara sıra kısa süreliğine bir araya getiren bir kır dansıydı ama Estelle yine de son derece keyif aldı. Bir dansa katılmayalı çok uzun zaman olmuştu ve adımlar hoş bir anı gibi ona geri geldi.

Müzik sona erdiğinde Bay Yates ona zarif bir şekilde selam verdi ve o da reverans yaptı.

Dans pistinden ayrılmak için döndüğünde karşısında ekşimiş, onaylamayan yüzlerden oluşan bir duvar buldu. Kuzenler Joshua ve Phoebe, Phoebe'nin Hatfield'da onların izni olmadan hiçbir şey olmaması gerektiğini düşünen yardakçılarından bazıları ve St John Kilisesi'nin papazı Rahip Millings.

Estelle papazın balolara ve diğer eğlencelere neden geldiğini hiç anlamamıştı. Her türlü eğlence ve neşenin Cehenneme giden bir kısayol olduğuna inanan türden biriydi ve bunu Pazar vaazlarında söylemekten asla geri durmazdı. Şimdi ona onaylamayarak bakıyordu ama ondan böyle bir ifadeye oldukça alışık olduğundan, eskiden olduğu gibi incitmiyordu. Onu neredeyse görmezden gelebilirdi çünkü bu zaten yüzünün doğal ifadesi gibiydi.

Ancak Kuzen Phoebe'yi görmezden gelmek biraz daha zordu, özellikle de Estelle'in dirseğini yakalayıp çimdiklediğinde. Estelle, ertesi gün orada bir morluk olacağından şüphelenerek kolunu sertçe çekti.

"Lord Ferndale'in torununu nereden tanıyorsunuz?" diye fısıldadı Phoebe ve Estelle'in cevap vermesini beklemeden hemen devam etti, "ve onu bize tanıtmamaya nasıl cüret edersiniz, hemen bizi tanıştırmalısınız!"

Estelle, Bayan Yates'in onları zaten tanıştırmamış olmasının nedenini sormak üzereydi; Phoebe zaten Ferndale'ların yanında duruyordu ve Felix'in kim olduğunu biliyordu. Salonun uğultusu reddetmek için bir bahane bulmasını zorlaştırdı ama Estelle yine de acele etmedi. Phoebe'ye isteğini anladığını belirtmek için yavaşça başını salladı, sonra aynı yavaşlıkla Bay Yates'in nereye gittiğini bulmak için odaya baktı.

Büyükbabasının ya da büyük halasının yanında değildi, bu onu şaşırttı. Ah, işte oradaydı, limonata masasının yanında.

Phoebe onu zorla dirseğinden yakaladı ve ileri itti. "İşte orada, hadi şimdi!"

Kuzeninin sesindeki çaresizlik tonu Estelle'i uyardı: Eğer

uymazsa akşam çok daha kötüleşebilirdi. Phoebe'nin herkesin önünde bir öfke patlaması yaşayıp korkunç bir sahne yaratabileceğinden, Estelle'i de olayın sorumlusu ilan edebileceğinden şüphesi yoktu.

Bay Yates'e yaklaştıklarında Phoebe ansızın gösterişli, tiyatral bir kahkaha patlattı ve, "Kuzen Estelle, ne de şakacısınız!" dedi.

Estelle hiçbir şey söylememişti; Phoebe yalnızca dikkatleri kendi üstüne çekiyordu. Yine de işe yaradı ve Bay Yates dönüp baktı. Estelle'i görünce yüreği eriten bir gülümsemeyle ona gülümsedi. Sonra yanında duran kadını gördü ve kaşlarının arasından hafif bir çizgi geçti.

Kuzen Phoebe'nin oyununu hemen sezmesi gerçekten hayranlık vericiydi; ardından da kusursuz bir zamanlamayla, "Sanırım tanışmadık?" dedi.

Phoebe bunu neşeli bir şakaymış gibi gösterip bir kez daha gereğinden coşkulu bir kahkaha attı.

Estelle söze girdi. "Bay Yates, müsaadenizle kuzenimin eşi Bayan Baxter'ı takdim edeyim."

Phoebe ona bir bakış fırlattı; Estelle neden bu açıklamayı eklediğini doğrusu kendisi de tam açıklayamıyordu.

"Bayan Baxter, Hatfield'daki saygın Baxter hanımlarından biriyle daha tanıştığıma memnun oldum. Bu kasaba onları barındırdığı için gerçekten çok şanslı."

Phoebe öyle bir dönüş yaptı ki Estelle'i adeta aradan itip çıkardı. Sonra da sahiplenircesine elini onun dirseğinin kıvrımına yerleştirdi. "Ben Joshua Baxter'ın eşi Bayan Baxter'ım; kocam Hatfield'ın en saygın sulh hâkimidir."

Konuşurken Bay Yates'i limonata masasından ve Estelle'den uzaklaştırmayı da başardı; zaten başından beri niyeti buydu. Çok geçmeden ikisi kalabalığın içinde gözden kayboldu, Estelle'i tek başına bırakarak. İçini hafif bir kaygı yokladı, ama Bay Yates'in Phoebe'yle başa çıkabileceğini düşündü.

Bir bardak limonata tam da iyi gelirdi; uzanıp bir bardak aldı. Sonra yakınlarda Bayan Yates'i fark edip onun için de bir tane aldı.

"Bayan Baxter, ne kadar tatlısınız!" dedi Bayan Yates, içeceği alırken. "Bu renk size pek yakışmış!"

"Cömertliğiniz için size ne kadar teşekkür etsem az, Bayan Yates. Kız kardeşlerim bu kadar çok yeni elbise dikecek kumaşa sahip oldukları için çok mutlu oldular."

"Kıyafetlerin böylesine iyi değerlendirildiğini görmek beni çok sevindiriyor. Hem bu yeşil size harika yakışmış; benim de en sevdiğim renktir."

"Tekrar teşekkür ederim." Doğrusu Estelle bütün geceyi Bayan Yates'e teşekkür ederek geçirse bile yetmezdi. O değerli kadın neredeyse kusur sayılacak denli cömertti.

"Söyle bakalım canım, Bayan Baxter bizim Felix'le ne yapıyor?"

Estelle, Felix adını zihninde evirip çevirdi ve bundan epey hoşlandığını fark etti. Çünkü kabul etmeliydi ki, ondan hoşlanmaya gerçekten başlamıştı. Yalnızca görünüşü yüzünden değil; az önce onu Joshua'dan kurtarması ve Phoebe'ye karşı temkinli ama nazik davranması, Estelle'in gözündeki yerini epey yükseltmişti.

"Bayan Baxter tanıştırılmak istedi; şimdi de o, kuzen Joshua ve Rahip Millings Bay Yates'in başının etini yiyor. Tahmin etsem, baloların ne kadar uygunsuz olduğundan söz ediyorlardır."

"Madem öyle uygunsuz, kendileri de gelmekten geri durmuyor ama," diye takıldı Bayan Yates.

Estelle elinin arkasında hafifçe güldü. "Sanırım bunca sefahate bizzat tanık olabilmek için burada bulunmaları gerekiyor. Bu pazar ağzımızın payını alacağımıza eminim."

Bu kez kıkırdama sırası Bayan Yates'teydi. "Sohbetiniz de düşünce tarzınız da pek hoşuma gidiyor, Bayan Baxter; insanın kendini genç hissetmesini sağlıyorsunuz. Peki, bu akşam Felix'le aranız nasıl gidiyor? Dans ettiğinizi gördüm. Tavsiyemi dinlemesine sevindim. Umarım ayak parmaklarınızı ezmemiştir?"

Hiç de değil; rüya gibi dans etmişti ve bunu hatırlayınca Estelle'in yüzüne hafif bir sıcaklık yayıldı. "Çok iyi dans ediyor, Bayan Yates, hem ayak parmaklarımı da ezmedi."

Bayan Yates boş bardağını yakındaki bir yan masaya bıraktı.

Odanın öte yanından Felix Estelle'in bulunduğu tarafa dönüp sanki dudaklarıyla 'yardım' dedi.

Estelle, "Anlaşılan kurtarılmaya ihtiyacı var. Gidelim mi?" dedi.

"Peh, Akdeniz'de gemiyle yolculuk etmeyi atlattıysa sizin kuzeninizle birkaç dakikayı da atlatır. Eminim karakterini geliştiriyordur."

Midesine ansızın bir boşluk çöktü; Estelle bunun gerçekten yardıma koşması gerektiğini söylediğini hissetti. O onun yardımına koşmuştu; şimdi iyiliğin karşılığını vermesi gerekirdi. Belki kız kardeşlerinden biri dans etmek isterdi? Onlarla dans etmekten memnuniyet duyacağını söylemişti. Sıradaki Marie olmalıydı; akşam ilerledikçe sık sık olduğu gibi ortalık fazla gürültülü olmadan önce bir dans etmeyi tercih ederdi.

Ama hayır. Odanın öte yanında, Kuzen Phoebe'nin Felix'i can ciğer dostu Bayan Grey'le tanıştırdığı anlaşılıyordu; Bayan Grey'in de başından savmaya hazır üç kızı vardı. En büyükleri Bayan Grey'in kızı, Felix elinin üzerine nazikçe eğilirken cilveli cilveli gülümsüyordu. Phoebe ile Bayan Grey, Felix'in genç kıza dans teklif etmesini açıkça büyük bir ısrarla ima ediyorlardı. Bu isteğe uymayı reddetmesi son derece kaba olurdu. Bir an sonra Felix ile genç Bayan Grey—Estelle içinden kendini sertçe azarlayıp ona Bay Yates dedi—oluşmakta olan bir sonraki dans grubuna katılmışlardı.

Estelle hafif bir bulantıyla yüzünü çevirdi. Bunu seyredemiyordu. Bay Yates'in güzel, sarışın, modaya uygun giyinmiş genç Bayan Grey'le dans ediyor olması önemli olmamalıydı. Gerçekten olmamalıydı.

Ama bir şekilde önemliydi, hem de çok; Estelle midesindeki o kıvranan, çimdikleyen histen de boğazını yakan sıcak öfkeden de hiç hoşlanmadı.

Ben kıskanıyorum, diye fark etti ve bundan ötürü kendinden hiç hoşlanmadı.

"Şunlar pek nefis görünüyor, canım," dedi Bayan Yates; belki de Estelle'in dikkatini dağıtmaya çalışıyordu, çünkü tam o sırada bir hizmetçi arkalarındaki masaya küçük turtalar ve sandviçlerle dolu bir tepsi bırakmıştı. "Neden bir şeyler almıyorsunuz?"

Estelle güç bela gülümsedi. "Gerçekten güzel görünüyorlar. Size de bir tabak hazırlayayım mı, Bayan Yates? Şuraya oturabiliriz."

Oturup küçük lokmalarla atıştırdılar. Kısa süre sonra Bayan Poole da yanlarına katıldı; Hatfield Yoksullar Derneği'ne ve balodan gelen bağışların nasıl kullanılacağına dair Bayan Yates'e neşeyle gevezelik edip duruyordu. O iki sevgili dost, hastane komitesi de dâhil olmak üzere kasabanın birkaç komitesinde birlikte yer alıyordu. Hatfield'ın henüz bir hastanesi yoktu; işte bu yüzden, günün birinde bir hastaneleri olsun diye bir komiteye ihtiyaç duyuyorlardı. Bayan Poole'la Bayan Yates'in sohbetini dinlemek hoşça vakit geçirtiyordu; arada öyle tatlı bir ayrıntı çıktı ki Estelle kendi kendine sırıttı. Bayan Phoebe Baxter bu komitelere dâhil olabilmek için çok uğraşmıştı, ama nedense toplantı saatlerini hep kaçırıyordu.

Buluşma saatlerini ayarlayanların Bayan Yates'le Bayan Poole olduğu ve Bayan Baxter başka bir işle meşgulken bunları sözde kazara aynı saate denk getirdikleri apaçık ortadaydı.

Estelle oturup dans edenleri izledi; bakışları ister istemez Felix'e çekildi. Bayan Grey'yle eşleşmişti; yüzünde neşeli bir ifade vardı. Sonra bakışları, olup biteni dikkatle izleyen Phoebe ile Bayan Grey'nin bulunduğu tarafa yöneldi.

Phoebe Baxter'de akşamın bütün neşesini çekip alma kudretine sahip bir şey vardı; Estelle birdenbire kendini son derece yorgun hissetti.

Bayan Yates ona doğru eğildi. "Endişelenmeyin, canım. O işten bir şey çıkmaz," dedi, Bayan Grey'yi işaret ederek.

Felix'in—Bay Yates'ın—başka kiminle dans ettiği aslında önem taşımamalıydı. Ne de olsa geceye başlarken onun burada bile olmamasını yarı yarıya ummuştu. Bir dans etmişti; aynı beyefendiyle ikiden fazla dans etmek dedikodulara yol açardı. O hâlde Bay Yates, yalnızca nezaket ve misafirperverlik gereği başka hanımlarla da dans etmek zorundaydı.

Belki Marie eve gitmek ister, diye düşündü ama hayır; Marie, Estelle'in olmasını beklediği yerde değildi. Kız kardeşi dans ediyordu; partneri de Estelle'in uzaktan Ferndale mülklerinin kiracı çiftçilerinden biri olarak çıkardığı, yapılı bir genç adamdı. İç çekerek limonatasından bir yudum aldı ve kendini Bayan Yates ile Bayan Poole arasındaki sohbete kaptırmasına izin verdi. Önerileri epey ilgi çekiciydi; özellikle Hatfield'da bir hastane gerekliliği ve bunun nereye kurulabileceği konusunda. Çok geçmeden sinir bozucu Bay Yates'ı ve Bayan Grey'yi unuttu, konuya bütünüyle daldı.

Öylesine dalmıştı ki müziğin bittiğini duymadı.

"Bana ikinci dansı söz vermiştiniz, değil mi Bayan Baxter?"

Kulağının dibinde konuşan o tok ses onu irkiltti; dönüp baktığında Bay Yates'ın yanı başında durup ona doğru eğildiğini gördü.

Kendinden o kadar memnun görünüyordu ki Estelle'in ona derhâl canı sıkıldı. "Böyle bir şeyi yapmayı düşünecek kadar bile iyi vakit geçiriyor görünüyordunuz." O sivri laf daha dudaklarından çıkar çıkmaz geri almayı istedi. Bu gece ona ne oluyordu böyle?

Biraz yutkundu, ama hızla toparlandı; o sevimli gülümsemesi yine yüzüne yerleşti. "Sizinle yeniden dans etmekten daha büyük bir zevk düşünemem. Ama kuzeniniz Bayan Baxter, sanki Hatfield'daki bütün münasip genç hanımları dikkatime sunmaya kararlı; ben de bütün danslarım başkalarına söz verilmeden önce bir tanesini daha sizinle ayırmayı tercih ederim." Omzunun üzerinden hafifçe tedirgin bir bakış attı, sonra yeniden ona dönüp, "Lütfen?" dedi.

O tek kelime Estelle'in direncini eritiverdi; onun kurtarılmaya ihtiyacı olduğunu anladı. "Sizinle dans etmekten büyük memnuniyet duyarım," diye itiraf etti Estelle, "ve elbette daha önce kız kardeşlerimle dans etmek istediğinizi söylemiştiniz. Elbette sizi buna mecbur tutmam, ama kuzenimin size takdim ettiği her genç hanıma dans teklif etmemek için böyle bir sözü mazeret olarak kullanabilirsiniz."

Bay Yates bu öneriyi duyunca yüzü aydınlandı. "Bayan Baxter, ne kadar güzelseniz o kadar zekisiniz," diye övdü.

Estelle'in içindeki suçluluk duygusu ve midesindeki hafif bulanma hissi yatıştı. Bay Yates sanki karşılaştığı herkese yanında kendini bütünüyle büyülenmiş hissettirmenin sırrını keşfetmişti.

Yeniden dans ederlerken fırsat buldukça kısa kısa konuştular; o Estelle'in elbisesine iltifat ediyor, Estelle de karşılığında onun dans maharetini övüyordu. Phoebe'den olabildiğince uzak durdular, ama dans figürleri bazen onları onun çevresine yaklaşmaya mecbur bırakıyordu. Böyle anlarda Estelle hakkında onun yüzünü kızartacak bir iltifat ediyor, üstelik bunu çevredeki herkesin duyabileceği kadar yüksek sesle söylüyordu.

Birkaç adım sonra yine Phoebe'nin grubundan uzaklaşıyorlardı. Boynunun arkasını kaşırken neredeyse utangaç görünüyordu. Gergin olması mümkün değildi, değil mi? Belki de oluyordu. Daha önce konuştuklarında hep dükkânın sessizliğinde konuşmuşlardı. Belki de karakter olarak biraz Marie'ye benziyordu; yüksek müzik dikkatini toplamasını zorlaştırıyordu. Ona yanlış kediyi geri getirdiği için çıkıştığında bile böyle gergin ya da utangaç görünmemişti—derken yine yaptı; Estelle'i döndürmek için elini almadan önce boynunun arkasını ovuşturdu.

Hareket ederken Estelle, yakasının üstünde kızıl bir iz gördüğüne neredeyse yemin edebilirdi. Tam da kaşıdığı yerdeydi. Belki de kolonya sürmüş de alerji geliştirmişti? Ona doğru gülümsedi, sonra başını çevirip odada Bernadette'i görebilecek mi diye etrafa baktı. En küçük kız kardeşinin böyle bir rahatsızlık için bir merhemi olabilirdi, ama Estelle şu anda onu göremiyordu.

Kısa anlar için yan yana geldiklerinde dans edip konuşmayı sürdürdüler.

"Büyük halama ne kadar değer verdiğinizi gerçekten takdir ediyorum," dedi. "Size ve kız kardeşlerinize çok kıymet verir."

Buna cevap vermek kolaydı. "Bayan Yates çok kıymetli bir dosttur ve cemiyetin de çok sevilen bir üyesidir."

Yine, sanki heyecana kapılmış ya da bir tahrişten mustaripmiş gibi, kolunun içini boynuna sinirli sinirli sürttü. Bir dahaki kez yan yana geldiklerinde ve elleri birleştiğinde, Estelle ustalıkla onun kol ağzını biraz daha yukarı sıyırdı. Sıra hâlinde dizilmiş üç kabarık nokta gördü. Şimşek hızıyla kol ağzını tekrar aşağı çekti ve nefesini tuttu. Kimsenin bunu fark etmediğinden emindi; olabildiğince normal görünmek için dans etmeye ve sohbet etmeye devam etti. Söyleyecek bir şey olsun diye havadan sudan konuştu. "Evet, gece hoş ve ılık. Çok sıcak olmaması da yağmur yağmaması da büyük şans."

Sonunda müzik bitti; Estelle dikkatle, kimse fark etmeden sıvışmaları gerektiğini mırıldandı.

Bay Yates'in yüzü sevinçle aydınlandı, ama Estelle kaşlarını çattı. Ona kesinlikle yanlış fikir vermişti ve bunu nazikçe düzeltmesi gerekecekti.

Kimsenin onları duyamayacağı bir yerde, can alıcı sözü söyledi. "Bay Yates, olay çıkarmak istemem ama korkarım sizde tahtakurusu izi var. Beş dakika sonra kitapçının yanındaki kemerli geçitte benimle buluşun."

Yüzü ciddileşti; Estelle de hemen ona üzüldü. Onunla ay ışığında gizli bir buluşma ayarlamaya çalışmıyordu; onu, dolayısıyla Ferndale ailesini de, toplumsal mahvoluştan korumaya çalışıyordu.

BÖLÜM 10

Kaşıntıyı Gidermek

İki dakika sonra Estelle, kitapçının arkasındaki küçük avludaydı ve karanlıkta otlar topluyordu. Yaprakları hafifçe ovuşturduğunda yayılan koku, doğru limon kokulu sardunyaları topladığını gösteriyordu. Bir dakika sonra Red Lion'ın yanındaki kemerli geçidin yakınına dönmüştü ve onu bekleyen, Bay Yates'e ait bir gölge buldu.

"Bu iş pek tuhaf," dedi adam, kolunu kaşıyarak.

"Belki zamanla buna gülüp geçeriz ama şimdi şu otları kollarınıza tıkıştırın ve... ee... pantolonunuzun içine sokuşturun." Karanlığa son derece müteşekkirdi, böylece Estelle'in yüzünün kızarmış olduğunu görmeyecekti. "Şimdi, şu ceketi giyin ve sıkıca çekin, dükkândan beni takip edeceksiniz. Hızlı ve sessizce yürüyün ki tahtakuruları dükkâna dökülüp kitaplara zarar vermesin."

Bir kitapçıda tahtakurusu mali ve sosyal mahvolma demekti. Bu bir felaketti.

Yarım dakika sonra avludaydılar ve Estelle küçük bir fırtına lambasını aldı. Çatıdan su toplayan büyük bir fıçı vardı. Bernadette birkaç gündür yağmur yağmadıysa bitkileri sulamak için onu kullanırdı.

"İçine girin," diye fıçıyı gösterdi.

Bay Yates ceketi çıkardı ve asmak için en iyi yeri aradı.

"Yere bırakın. O da fıçıya girmesi gerekecek. Ayakkabılarınızı bana verirseniz, içlerini sardunyayla doldurup muşamba içine sarabilirim."

Bay Yates gömleğinin eteklerini biraz kaldırdı ve pürüzsüz karnını fırtına lambasının ışığına tuttu. Orada da derisinde kabartılı noktalar vardı.

İnledi. "Yine mi başıma geldi!"

"Daha önce tahtakurusuna mı yakalandınız Bay Yates?"

"Yunanistan'dan dönerken gemide," diye karşılık verdi. "Berbat şeyler. Ah, kahretsin, bunun ne olduğunu daha önce anlamalıydım." Fıçıya tırmandı ve ani soğuklukla kısa bir çığlık attı. Su her yana sıçradı ve Estelle geri adım atmak zorunda kaldı. Kendini batırmaya çalıştı ama fıçı pek de büyük değildi.

"Hangisi daha kötü emin değilim," dedi, "Soğuk su mu yoksa fıçıdan kazanacağım kıymıklar mı."

Fırtına lambasının ışığında Estelle, ıslak gömleği aracılığıyla gövdesinin çok fazla ayrıntısını görebiliyordu.

"Bir kova su ve biraz çamaşır sodası getirmem gerekecek," dedi.

Mutfakta Estelle önce kendisi için soğuk bir su içti, sonra avluya bir çorba kepçesi götürdü. Şimdi kaşınmaya başlamıştı ama bu sadece tahtakurusu düşüncesi olabilirdi, gerçek böcekler değil. Bay Yates'le o kadar yakın dans etmemişti.

Şükürler olsun ki vals olmamıştı, zaten böyle skandal bir dans Hatfield Balosu'nda asla yapılmazdı!

Çorba kepçesini uzatıp, "Başınızı ıslatıp yıkanmaya başlamanız gerekecek. Sonra çıkmaya hazır olduğunuzda, ıslak giysilerinizi fıçıda bırakın ki tahtakuruları onlarda kalsın ve boğulsun."

Onu başbaşa bırakmak için dönmeye başladı ama adam geri seslendi, "Beni soğuk bir su fıçısında terk etmeyeceksiniz, değil mi?"

"Ee, aslında, ee, sobaya çaydanlığı koymaya gidiyordum."

"Banyumu ısıtmak için mi?" Sesi umutlu çıkmıştı.

"Bize çay yapmak için." Bütün bunlar bittiğinde sinirlerini yatıştırmak için bir kaşık fazla bal gerekecekti.

Felix ayağa kalktı, sırılsıklam gömleği vücudundan soyarken ona yapışıyordu.

Estelle'in yüzünden ve boynundan öyle bir sıcaklık yayılıyordu ki kitapçıyı neredeyse ateşe verebilirdi. Bu ilk kez değildi; iyi ki karanlıktı.

"Yunanistan'ı anlatın bana," demeyi başarabildiği tek şeydi. Zihni allak bullak olmuşken hiç fena değildi.

"Yunanistan güzel. Ve sıcak. Ve pek çok yönden farklı. Eski bir ruha sahip ama canlı, genç bir tini olan bir ülke."

Estelle'in içinden özlem sancıları geçti. Seyahat etmek çok keyifli olmalıydı ama onun için o kadar ulaşılmazdı ki aya yolculuk hayal etmekle eşdeğerdi.

"Orayı çok severdiniz," diye ekledi adam.

"Eminim severim. Yani, severdim. Yani... tam olarak ne demek istediğimi bilmiyorum. Kulağa hoş geliyor." Saçmalamayı durdurmak için dudağını ısırdı. Sonra pratik bir düşünce geldi aklına. "Size kuru giysiler getirmeliyim."

Bu ona kaçıp kalbinin bu kadar hızlı çarpmayı durdurmasına izin verme bahanesi verdi. İçinde bulundukları durumdan ötürü yüzü utançtan yanıyordu. Şükürler olsun ki onu balodan zamanında uzaklaştırmıştı, her ne kadar Phoebe dahil birkaç kişi yokluklarını fark edecek olsa da. Kuzenleri bir dahaki sefere gelip talepte bulunduklarında uyduracak makul bir yalan düşünmesi gerekecekti.

Babasının giysilerini karıştırırken akşamı düşündü. Baloda Bay Yates'e yakın duran kimse olmuş muydu? Aman Tanrım, kuzeni Phoebe elini adamın koluna dolamıştı! Tahtakurularının Bay Yates'te kaldığını ve başka yerlere göç etmediğini içinden dua etti. Kuzenlerinden hoşlanmasa da başlarına böyle bir musibet gelmesini istemiyordu.

Birkaç dakika sonra Bay Yates için temiz bir gömlek ve babasının pantolonlarından birini almıştı.

"Alıştığınız türden ince bir kumaş değil," dedi, avluya geri yürürken. Adam fıçıda ayakta duruyordu, ıslak derisi fırtına lambasının ışığında altın gibi parlarken başına bir kepçe su döküyordu. Su vücudundan aşağı süzülüyor, Estelle'e antik heykelleri hatırlatıyordu.

Kendisini duymamış olmalıydı; şaşkınlıkla dönmedi, kendini örtmeye de çalışmadı.

Estelle yüksek sesle öksürdü ve dedi ki, "Bunları buraya bırakıyorum, hazır olduğunuzda. Ben de şu çayı hazırlamaya başlayayım."

Felix, Bayan Baxter'ın kitapçıya dönmeden önceki son sözlerini duyduğunda donup kaldı. O ne zamandan beri oradaydı? Kendisini hovarda biri sanmıştır muhtemelen, ama o sırada tamamen yalnız olduğunu düşünmüştü. Sandığın içinde ayağa kalkmadan böcekli giysilerini nasıl çıkarabilirdi ki? En azından dizlikleri hâlâ üzerindeydi! Dışarı çıkıp onları da çıkarması gerekecekti. Bunu yapmadan önce fırtına lambasını söndürdü ki karanlık bir tür edep perdesi olsun.

Temiz giysileri ıslak tenine geçirmek pek hoş bir deneyim değildi ama bir an önce giyindi. Böcek istilalı şık giysilerini fıçıda ıslanmaya bırakarak, ayın hafif ışığında yalınayak el yordamıyla içeri ilerledi.

"Ah," diye mırıldandı Felix, merdivenleri çıkarken ayak parmağını vurunca. "Ah, ay, ay!"

"İyi misiniz, Bay Yates?" Estelle elinde bir feneriyle önünde belirdi, güzel, anlamlı yüzünde endişe yazılıydı.

"Sanırım ayak parmağıma bir kıymık battı!" seke seke masaya doğru gitti, beceriksizce oturdu ve ayağını karşı dizine kaldırarak parmağının ucuna bakmaya çalıştı.

"İzin verin."

Bayan Baxter'ın sesindeki gülüşü duydu ve kadın feneri masaya koyup zarif bir hareketle diz çökerken sessiz bir aşağılanma içinde gözlerini kapadı. *Bu hayranlık uyandıran kadının önünde sürekli kendimi rezil ediyorum. Beni tam bir budala sanıyor olmalı.*

"Bir dakika." Estelle ayağa kalktı ve Felix'in zihninde 'eczacının dolabı' diye adlandırdığı dolaba gitti. Bir çekmece açtı ve elinde küçük bir pirinç alet olduğu halde geri döndü.

"Bu nedir?" diye sordu Felix tedirginlikle. Oldukça keskin görünüyordu.

"Cımbız." Aleti uzattı ve Felix'in gördüğü, ortasından katlanmış, iki ucu keskin bir noktada birleşen ince bir pirinç parçasıydı. "Kıymık, parmaklarımla tutamayacağım kadar küçük ama bununla alabileceğimi düşünüyorum. Tırnağınızın altında; korkarım, çıkarmak biraz acıtacak."

Parmağı zaten müthiş bir şekilde zonkluyordu, bu yüzden Felix omuz silkti. "İçeride olmasındansa dışarı çıksın daha iyi sanırım!"

"O zaman kıpırdamayın." Parmağını nazikçe kurcaladı.

Parmakları tenine dokunuyor, damarlarında oldukça hoş bir ürperti uyandırıyordu.

Felix, Estelle kıymığı nazikçe çıkardığında tısladı ama zonklama hemen azaldı ve rahatlamış bir iç çekti.

"Bekleyin orada." Dolaba döndü ve bir kavanoz merhem getirdi, dikkatlice parmağının ucuna biraz sürdü. "Size giymek için çorap bulacağım; çizmelerinizin içine biraz şifalı ot koymam gerek ve korkarım babamın ayakları sizinkinden oldukça küçük, yani yedek ayakkabıları size olmaz."

"Önemli değil. Red Lion'daki odama döneyim..."

"Kesinlikle olmaz! O oda temizlenmeli ve... ah, Marie."

İkinci Bayan Baxter mutfağa yeni girmişti ve yalnızca nemli bir gömlek ve pantolonla masada oturan Felix'e ağzı açık bakıyordu.

Estelle kız kardeşine aceleyle yaklaştı ve dirseğinden tutarak merdiven boşluğuna çekti. Felix konuşmalarını duyamadı. Estelle sonunda mutfağa geri döndü.

"Marie'yi eşyalarınızı almaya gönderdim. Her şey temizlenmeli, bütün giysileriniz ve Red Lion'daki çarşaflar. Eğer yayılırsa..." Estelle başını salladı. "Bay Haye çok kızar."

"Orada uyumadım bile!" diye itiraz etti Felix.

"İki gece The Swan'da mı kaldınız?" diye sordu Estelle, inanmazlıkla.

"Şey, hayır, sadece bir gece katlanabildim, bu yüzden Ferndale Hall'a gittim..."

Estelle dehşet içinde ellerini havaya kaldırdı. "Ferndale Hall'a tahtakuruları götürdünüz!" Aman Tanrım. Bayan Yates'e haber vermem gerekecek."

Felix başını mahzun bir halde eğdi. "Her şeyi ne korkunç berbat ediyorum," diye mırıldandı.

"Ah, Bay Yates." Estelle'in sesindeki şefkati sezdi; bir an sonra da yanından hızla geçip sobaya yöneldi. "Size bir fincan çay yapayım, yiyecek bir şeyler de bulayım—baloda ağzınıza bir lokma koyabildiniz mi?"

"Hiçbir şey yemedim," dedi mahzun bir sesle; midesinin guruldamaya başladığını o anda fark etti.

Estelle, sesine hafif bir gülüş karışarak karşılık verdi: "Sizin iştahınızın düzenli olarak doyurulması gerektiğini zaten biliyorum." Masaya yarım somun ekmekle bir kavanoz bal koydu; ardından bir elma ve bir tabak ahududu getirdi. "Buyurun. Gecenin bu saatinde yapabileceğimin en iyisi bu."

"Tam bir şölen!" Felix neşelenip onun uzattığı bıçağı aldı ve ekmekten kalınca bir parça kesti. "Size de biraz, Bayan Baxter?"

"Belki biraz." Çay fincanlarını masaya koyup onun karşısına oturdu; Felix'in kestiği dilimi alıp üzerine biraz bal gezdirdi.

"Ekmek, bal ve meyve," dedi Felix, dalgın dalgın. "Neredeyse yeniden Yunanistan'daymışım gibi hissedebilirim; gerçi elma ve ahududu yerine incirle portakal olurdu."

"Yunanistan hakkında daha fazla şey duymak isterim," dedi

Estelle; Felix onun sesinde buruk bir özlem işitti. "Orada ne kadar kaldınız? Parthenon'u ve Akropolis'i gördünüz mü?"

"Elbette gördüm!" Hiç değilse bunu başarabilirdi; seyahatlerinden hikâyeler anlatarak onu eğlendirebilirdi.

Sohbete öylesine dalmışlardı ki Marie'nin içeri girişini neredeyse fark etmedi; Marie durup Estelle'e bütün giysilerinin leğene konduğunu söyledi, sonra usulca izin isteyip odasına çekildi.

Bir saat sonra, yan taraftaki müzik sustuğunda, Bayan Poole Baxter kızların en küçük ikisiyle birlikte içeri girdiğinde hâlâ konuşuyorlardı. Üçü de kapı ağzında durup ona bakakaldı.

Estelle telaşla ayağa fırladı. "Lord Ferndale ile Bayan Yates gittiler mi?" diye sordu telaşla.

"Evet, yaklaşık yarım saat önce," dedi Bayan Poole, belli ki şaşkındı. "Bay Yates..."

"Onlara tahtakurusu meselesini söylemedim!"

Tahtakuruları sözcüğünü duyar duymaz üçü de ne demek istediğini anladı; Felix de, Estelle'in onun derdine çare olmak için her şeyi bırakmış olmasını son derece doğal karşılamalarından rahatlama duydu.

"Bu gece Bay Baxter'ın odasında kalacaksınız o hâlde?" dedi Bayan Poole, bilmiş bir baş hareketiyle. "Hemen sizin için yatağı hazırlayayım, Bay Yates."

"Çok teşekkür ederim, Bayan Poole."

Bayan Poole ile en küçük iki kız kardeş mutfaktan çıktıktan sonra Estelle merakla, "Bayan Poole'u epey iyi tanıyor gibisiniz," diye sordu.

"Bayan Poole yıllardır büyük halamla aynı komitelerde görev yaptı. Aç bir küçük oğlan için cebinde her zaman bir şeker olurdu." Sevgi dolu bir gülümsemeyle devam etti. "Sanırım dul kaldıktan sonra durumu epey kötüleşti. Yanınıza o zaman mı geldi?"

"Bay Poole ile annem aynı grip salgınında öldüler," dedi Estelle başını sallayarak.

"Çok acı bir kayıp." Felix de anlayışla başını salladı. "Bir ebeveyni kaybetmek korkunçtur."

"Babanız nasıl vefat etti, sormamın sakıncası yoksa? Oldukça genç olmalıymış."

"Daha otuz yaşına bile gelmemişti." Felix son ahududuyu yiyip başını salladı. "Ben daha küçücük bir çocuktum; onu pek hatırlamıyorum. Zaten bana pek ilgi göstermezdi." Aslında, paranın satın alabileceği bütün maddi rahatlıklarla büyütülmüşken o sefil çocukluğundan söz etmemeliydi.

Estelle gözlerini hayretle açtı. "Dünyada neden?"

"Babamın, hayatta yalnızca kendi eğlencesi ve keyfi için olmayan hiçbir şeye ilgisi yoktu. Açık konuşmak gerekirse, tam bir hovardaydı ve büyükbabam için büyük bir hayal kırıklığıydı. Ben de ona olabildiğince benzememek için elimden geleni yapıyorum."

* * *

Estelle şok içinde Felix'e baktı. Ebeveynlerinden biri hakkında böyle hissetmek ne korkunç bir şeydi! "Size babanızla ilgili bunları söyleyen büyükbabanız mı?"

"Yalnızca büyükbabam değil. Onu tanımış herkes bunları söyledi, Bayan Baxter." Felix başını üzüntüyle salladı. "Bunun yalnızca büyükbabamın hayal kırıklığı olduğunu düşünmeyin. Babamın yaptığı tek yararlı şey annemle evlenmekti—büyükbabam tarafından seçilmişti ve son derece mantıklı bir kadındı—ve ondan bir varis sahibi olmak. Hiç anlaşamadılar. metresini ziyaretten eve dönerken körkütük sarhoş halde atından düşerek öldü."

"Tanrım." Estelle eliyle ağzını kapattı. "Ne korkunç!"

"Pek yas tutulmadı, kesinlikle annem de tutmadı. Büyükbabama ve Büyük Hala Florence'a düşkün olmasına rağmen, birkaç yıl sonra Londra'da kendisine talip olan uygun bir beyefendiyle tanıştığında, yeniden evlenmesi için mutlulukla rızalarını verdiler."

113

"Ama İrlanda'ya taşındı ve sizi geride mi bıraktı?" diye sordu Estelle, Felix'in çocukken yaşamış olması gereken acıyı düşünerek. Babasız, sonra da annesi tarafından neredeyse terk edilmiş!

"Eton'a gitmem gerekiyordu ve tatiller için seyahat etmek çok uzaktı. Üstelik ben Ferndale'in varisiyim."

Felix sevgiyle gülümsedi. "Büyükbabam küçüklüğümden beri bana malikâneyi öğretiyor. Bir sonraki bucak meclisi toplantısına katılmamı istedi, böylece bunları nasıl yöneteceğimi öğrenebilirim. Ona layık bir halef olmaya kararlıyım."

"Olacağınızdan hiç şüphem yok," diye içtenlikle yanıtladı Estelle.

"Gerçekten mi?" Bakışları karşılaştığında mavi gözlerinde şaşkınlık vardı. "Benim böyle olduğumu düşünmüyorsunuz..."

"Ne?" diye sordu şaşkınlıkla.

"Şey... biraz ahmak. Sizin önünüzde sürekli kendimi aptal yerine koyuyor gibiyim." Çaresizce kendisini, ıslak, üstüne oturmayan gömleği gösterdi, sanki tüm tahtakurusu rezaletini kastediyormuş gibi.

"Tahtakurusu herhangi bir talihsiz insanın başına gelebilir, Bay Yates. Ayak parmağını çarpmak ya da kaçmaya kararlı kızışmış bir kediyi dışarı bırakmak da öyle. Önemli olan, durumu düzeltmeye istekli ve muktedir olmanız, bir de size yardım etmek isteyenlerin tavsiyelerini dinlemeniz."

"Bunu gerçekten söylüyorsunuz," dedi yumuşak bir ses tonuyla. "Beni aptal biri olarak görmüyorsunuz."

"Hayır, sizi hiç ahmak biri olarak görmüyorum."

Sessizce birbirlerine baktılar, sıcak lamba ışığının aydınlattığı alan her şeyi çok yakın ve mahrem hissettiriyordu, sanki evde yalnızca onlar ikiydi, belki de tüm İngiltere'de yalnızca onlar ikiydi.

Çok yavaşça, sanki çekilmek isterse diye ona zaman tanırcasına, Felix uzandı. Elini, masanın üzerinde duran Estelle'in elinin üstüne koydu.

Eli çok sıcaktı.

Estelle kıpırdamadı.

"Estelle," dedi sessizce ve adını kullanması sırtından aşağı bir ürperti gönderdi. Gözleri büyüdü.

"Felix," diye neredeyse fısıldadı karşılık olarak.

"Beni ahmak biri olarak görmediğin için mutluyum. Zaman zaman aptalca görünebilirim ama sana söz veriyorum ki, ciddi bir adamım, sorumluluklarımı ciddiye alıyorum—ve sana gerçekten kur yapmayı düşündüğüm tek kadın olduğunu söylerken bunu içtenlikle söylüyorum."

"Sana inanıyorum," diye fısıldadı konuşmayı bitirdikten sonra düşen gergin sessizliğe.

"Ve beni doğrudan reddetmediğine göre, bunu küçük bir cesaretlendirme olarak alabilir miyim?" Gülümsedi ve sonra yavaşça ayağa kalktı ve masanın etrafından dolaştı, gözlerini hiç onunkilerden ayırmadan.

Estelle kıpırdamadan oturdu.

"Şimdi babanın odasına gideceğim. İyi geceler... Estelle."

"İyi geceler," dedi Estelle ve Felix eğilip dudaklarını onunkine bastırdı.

Öpücük yumuşak ve tereddütlüydü; teninde kıvılcımlar yaratan bir sıcaklık dokunuşuydu bu. Sarhoş edici, korkutucu duyguları alevlendiriyordu. Felix'in dudakları onunkilerin üzerinde kalırken Estelle'in kalbi hızla attı, tatlı ve nazikti. Etrafındaki dünyanın hiçliğe dönüştüğünü hissetti; tahtakurusu ya da sorumluluk endişesi yoktu —yalnızca paylaştıkları bu yeni hissin içinde ikisi vardı.

Dokunuşu temkinliydi, sanki anı bozmaktan korkuyormuş gibi ve zihni, hiç tam olarak düşünmeye cesaret edemediği fikirlerle dolup taşıyordu.

Bu filizlenen bağı kucaklamaya gerçekten cesaret edebilir miydi? Ama geri çekildiğinde, yüz hatlarında anlık bir belirsizlik ifadesi belirdiğinde, bunun açılan bir kapı olduğunu ve kapanmasına izin vermek istemediğini fark etti.

"Felix..." diye yumuşakça başladı, içindeki duygu fırtınasını nasıl dile getireceğinden emin değildi.

"Üzgünüm, yapmamalıydım..." diye başladı, hafifçe geri adım atarak. "Sınırları aşmak istemedim..."

"Hayır," diye araya girdi, nabzı hızlanarak. "Hayır, demek istediğim..." ama sözleri sessizliğe düştü, anın ağırlığı üstüne çökerken. Kendini ifade edecek sözleri yoktu.

Dudaklarında yarım bir gülümseme belirdi ve geri adım atmadan önce yanağına nazikçe dokundu. "İyi geceler," dedi sessizce. "İyi uykular."

Estelle onun mutfağı geçip koridordan babasının odasına gittiğini izledi ve göğsündeki sıcaklık daha da parladı. Çünkü ısrar etmemişti; tereddüdünü ve kararsızlığını görmüş, geri adım atmış ve kendi duygularını anlaması için ihtiyaç duyduğu zamanı ve alanı vermişti.

İyi uykular. Son sözleri üzerine neredeyse güldü. Kafasının içinde, Crafty'nin yavru kedilerinin yün yumağını kovalaması gibi birbirini kovalayan bu kadar çok düşünce varken, hiç uyuyabilirse şanslı sayılırdı!

Bir Mutluluk Baloncuğu

Tahmin ettiği gibi, Estelle kötü uyudu. Düşünceleri mavi gözlü, altın bukleli bir adamla, onun dudaklarının kendi dudaklarına değişiyle doluydu. Sabahın erken saatlerinde gözleri kum dolu gibi yatağından kalktı ve aşağı kata indi. Dün geceki işi bitirmeli ve o tahtakurularının yok edildiğinden emin olmalıydı. Kasvetli bir tatminle, suyun üstünde yüzen küçük böcekleri gördü. Felix'in giysilerini çıkarıp havada şaklatarak kalan böcekleri uzaklaştırdı. Sonra elinden geldiğince sıkıp lavanta çalılarının yanındaki duvardaki askılara astı, güneşte kurumaya bıraktı. Marie işin yarısında ona yardıma geldi. Birlikte varili devirdiler, pompadan aldıkları taze bir kova suyla yıkadılar ve boşalıp kuruması için bıraktılar.

"Puf." Estelle alnındaki teri sildi. Zaten sıcak bir sabah, giysileri kurutmak için mükemmeldi. "Bunun için teşekkür ederim."

Marie onaylar gibi başını salladı, sonra duraksadı ve yavaşça cebinden bir şey çıkardı. "Bu dün geldi. Balodan önce seni üzmek istemedim."

"Ah." Estelle, kız kardeşinin uzattığı katlanmış kağıda sanki zehirli bir yılana bakıyormuş gibi baktı. Sonunda önlüğünü çıkardı, ellerini üzerinde kurulayarak kağıdı Marie'den aldı. "Teşekkür ederim," diye mırıldandı ve Marie sessizce arkasını dönüp uzaklaştı.

Demek ki kötü.

İç geçirerek Estelle kitapçıya gitti ve tezgâhın arkasındaki tabureye oturdu, en azından Cumartesi olduğu ve dükkânı açmak zorunda olmadığı için minnettardı.

Kağıdı açarak birkaç dakika ona baktı.

Kâğıttaki meblağ dudak uçuklatıcıydı.

"Seksen pound," diye mırıldandı, sonra başını ellerinin arasına aldı, dirsekleri kağıdın iki yanında tezgâha dayalıydı. "Seksen pound. Tanrım."

Babalarının Fransa'ya gitmeden önce kredi çektiği bankadan gelen bir mektuptu; açıkça Matthew Baxter'ın vefat ettiğine dair raporların kendilerine ulaştığını ve bu nedenle krediye daha erken ve daha büyük ödemeler yapılmasını talep ettiklerini belirtiyordu.

Kuzen Joshua, diye düşündü Estelle kasvetle. Kalbi göğsünde dışa vurulamayan öfkeyle çarpmaya başladı. Bunun her yerinde Joshua'nın o bildik kötü niyetinin izi vardı.

Onu atlattıklarını sanmışlardı ama o zaten bir adım öndeydi. Kız kardeşler Kuzen Joshua'nın yalanını Matthew'nun mektubuyla çürütebilmiş olsalar da, bankaya babasının asla dönmeyebileceğine dair bir not göndermesi yeterli olmuştu. Muhafazakâr para adamları paniğe kapılmış olacaklardı.

Kuzen Joshua muhtemelen önce bankayı bilgilendirdi, o gün rahat rahat perde için pencere ölçüsü almaya gelmeden önce.

Ve şimdi, Estelle bir şekilde beklediğinden dört kat daha büyük bir ödeme yapmak zorundaydı. Felix'in bir gün önceki devasa alışverişi bile bunu karşılamazdı, ki o parayı zaten kafasında başka borçlar için ayırmıştı.

Bir döşeme tahtasının gıcırtısıyla başını kaldırdı. Felix merdivenlerden inip kitapçıdan geçerek ona doğru geliyordu. Dükkânın loş ışığında gözlerindeki parıltıyı göremiyordu ama anılarındaki görüntüyü zihninde canlandırabiliyordu. Babasının giysilerini giymişti, gömlek fazla boldu ama kollar fazla kısaydı. Çoraplı ayakları ses çıkarmıyordu ama binanın yaşından dolayı kitapçının ahşap zemini birkaç yerde gıcırdıyordu.

Felix onu görünce durdu ve Estelle, bankanın mektubunun yol

açtığı panik ve çaresizliğin yüzüne yansıdığını fark etti. Yanakları ıslaktı ve gözyaşlarını hızla sildi, kendini toplamaya çalıştı.

"Bugün açık olmadığımıza sevindim," dedi, neşeli görünmeye çalışarak, "çünkü şu anda kitapçıya giren herkes geceyi burada geçirdiğini anlardı. Bu tam bir skandal olurdu."

"Estelle," dedi alçak sesle, ona sunulan şakalaşma fırsatını görmezden gelerek. "Sorun ne? Ne oldu?"

Tereddüt etti, onun yakışıklı yüzüne, her yerine yazılmış endişeye baktı. İyi bir adam. Belki de sadece... onunla evlenmeliyim. Kitapçıyı kurtarmak, kız kardeşlerimi kurtarmak için. Çözüm tam burada önümde, altın tepside sunulmuş gibi.

"Lütfen yardım etmeme izin ver." Tezgâhın üzerinden uzanıp elini onunkinin üzerine koydu. "Her ne ise. Yardım etmeme izin ver."

Neredeyse pes edecekti. Şimdi kendisiyle savaşıyor ve neden bu kadar çok direnerek savaştığını merak ediyordu. Teslim olmaktan bu kadar korktuğu şey neydi? Rahat bir hayat, yakışıklı bir koca, kız kardeşleri için borç yok muydu? Bunu iki eliyle kapmalıydı. "Gerçekten ciddi miydin?" diye sordu. "Benimle evlenmek istediğini söylediğinde?"

Felix tereddüt etmedi. "Evet. Ciddiydim. Hâlâ ciddiyim."

Tereddüt eden oydu ve Felix ona yakından baktıktan sonra elini onunkinin üzerinden çekti. Dokunuşunun yokluğunu hissetti ve acaba geri mi çekiliyordu diye merak etti. Hayır, daha da yaklaşıyordu, tezgâhın etrafından dolaşıp yanında duruyordu.

"Seninle evlenmek istiyorum, Estelle," dedi alçak sesle, Estelle ona baktığında. "Ama evet demeni istiyorum çünkü sen benimle evlenmek istiyorsun, benim senin için bir sorunu çözebilmem için değil. Benimle evlenmek istemesen bile sana yardım edeceğim, çünkü sana büyük hayranlık duyuyorum ve büyükbabam ve büyük halam seni ve kız kardeşlerini son derece seviyor. Yardımımı almak için benimle evlenmek zorunda değilsin."

İşte o zaman gözyaşları yanaklarından gerçekten akmaya başladı ve Felix acı çekiyormuş gibi inledi.

"Estelle, canım, lütfen ağlama! Her şeye katlanırım ama buna katlanamam." Öne eğildi, sanki onu öpecekmiş gibi, yeterince yaklaşmak için bir adım daha attı... Estelle gözlerini kapadı, onun sıcak dudaklarının tekrar kendisininkilere değmesinin o tatlı hissini bekledi.

Tuhaf, ıslak bir çatırtı sesi duyuldu ve Felix'in dudakları onunkine ulaşamadı.

Bunun yerine, "Iyy," dedi.

Estelle'in gözleri birden açıldı.

Felix aşağıya, ayaklarına bakıyordu; yüzünde tuhaf, midesi bulanmış gibi bir ifade vardı.

Estelle de aşağıya baktı.

"Ah hayır. Crafty!"

"Bu da ne böyle?!" Felix ihtiyatla geri çekildi, çoraplı ayağındaki pisliğe dehşetle bakarak.

Estelle gülmeli mi ağlamalı mı bilemedi. "Korkarım bu, karnı deşilmiş bir fareye benziyor. Lütfen söyle, miden sağlam mı?"

"Fena sayılmaz." Yine de hâlâ biraz midesi bulanıyor gibiydi; Estelle onu bunun için pek suçlayamazdı.

"Kımıldama," diye uyardı, pisliğin yere yayılmasını önlemeyi umarak. "Yukarı koşup temiz çorap getireyim."

"Teşekkür ederim," diye kabul etti Felix ve Estelle tabureyi boşaltır boşaltmaz dikkatle oturdu. Estelle merdivenlere doğru acele ederken, Crafty'yi bu zamansız müdahalesi yüzünden içinden cehennem ateşlerine mahkûm ediyordu. Kitaplıklardan birinin tepesinde patilerini özenle temizleyen Crafty'nin yanından geçerken mırıldandı: "Orada herhalde çok mutlu olurdun. Lucifer'in uşaklarını peşine takardın."

Crafty onu fark etmeye bile tenezzül etmemişti ve Estelle iç çekti.

"Sanırım en iyisi bu. Düşünebilmek için zihnimi toparlamam lazım, onun öpücükleri kafamı çok karıştırıyor!"

Bir an yalnız kalınca, aklına bankanın ödeme talep mektubu geldi. Belki de babasının son kitap sandığıyla birlikte gelen mektubunu gösterirse, eski geri ödeme takvimine dönmeyi kabul ederler? Bu en azından, borcunu ödeyemeyeceği endişelerini yatıştırırdı. Ama tabii ki, yanında iş konuşacak bir... ah hayır, yanında onun adına konuşacak bir kocası olmadıkça bir kadınla görüşmeyi bile düşünmeyebilirlerdi.

Bu beladan çıkmanın tek yolu, Felix Yates'le evlenmekti. Tamamen kötü bir fikir değildi ama yine de Estelle için içine sinmiyordu. Çıkar evliliği yapmak Estelle'e göre değildi. Gerçekten de hoş bir adamdı ama birbirlerine gerçekten ne kadar uygunlardı?

Elinde bir çift temiz çorapla aşağıya geri döndüğünde, Bernadette kitapçıya inmişti ve bir bezle Crafty'nin bıraktığı artıkları temizliyordu. Bernadette açıkça Felix'in haline gülmemek için kendini zor tutuyordu ve Estelle ona keskin bir bakış attı. Zavallı Bay Yates'in, başına gelenler yetmezmiş gibi bir de onların kendisine gülmesine ihtiyacı yoktu! Şaşırtıcı biçimde yardımsever davranmıştı, her ne kadar ilk başta ortalığı karıştırıyor gibi görünse de.

Bernadette'in yüzündeki neşeyi silmenin en iyi yolu, ona bankanın ödeme talep mektubunu göstermekti. Keyfini de anında kaçırmıştı zaten.

"Eyvah," dedi Bernadette. "Bu, fare bağırsaklarını temizlemekten daha beter midemi bulandırıyor."

Estelle çorapları Felix'e uzattı ve o, çoraplarını giymek için bir kenara çekildi.

"Babamın mektubunu onlara göndermeli miyiz acaba?" dedi Estelle en küçük kız kardeşine dönerek. "Hâlâ aramızda olduğunu kanıtlamak için?"

Bernadette başını iki yana salladı ve "O mektubu yanımda tutardım. Sence bu Kuzen Joshua'nın işi mi?" dedi.

"Zamanlama, rastlantı olması için fazla şüpheli," diye onayladı Estelle. "Bu felakette kuzenimizin sinsi parmağı var."

Bankanın şimdi, birdenbire geri ödeme talep etmesinin başka hiçbir mantıklı nedeni yoktu. Fransa'da, bankanın duyup da kendilerine ulaşmayan bir şey olmuş olmadıkça ki bu da korkunç bir düşünceydi.

Bernadette endişeyle alt dudağını ısırdı. "Sandıklar ve babanın mektupları geldikçe, onun hâlâ hayatta olduğunu biliyoruz. Marie mektup yazmakta iyidir, bankaya söylenecek doğru sözleri bilir."

"Çok rahatlar. Teşekkür ederim," dedi Felix. "Özel konuşmanızı dinlediğim için özür dilerim ama bankaya benden bir mektup bir şekilde yardımcı olabilir mi? Baron unvanlı bir dedeye sahip olmak bazen işleri kolaylaştırıyor doğrusu."

Estelle'in tüm bedeni gerginlikle kasıldı; sanki Felix nihayetinde, evliliğe gerek kalmadan sorunlarına çözüm bulmuş olabilirdi.

Bernadette Estelle'i dürtükledi ve "Gördün mü," dedi Bernadette. "Birinin yardımını kabul etmek dünyanın sonu değilmiş."

"Seninle sonra hesaplaşırız" sözleri dilinin ucundayken Bayan Poole merdivenlerden kahvaltının hazır olduğunu seslendi.

Felix'in midesi iyice duyulur biçimde guruldadı, bu da endişelerine rağmen üçünü de güldürdü.

Kahvaltı için mutfağa gittiler. Bayan Poole masaya bir sandalye daha eklemişti ve her zamankinden biraz daha yakın oturuyorlardı. Bayan Poole, Estelle'in yanındaki sandalyeyi Felix'e işaret etti. Felix, Estelle'in sandalyesini çekti ve o da bu yardımı kabul etti.

"Size teşekkür etmem gerek, Bayan Bernadette," dedi Felix. "Bitkiler konusunda dikkate değer bir yeteneğiniz var. Merheminiz sayesinde Crafty'nin bana açtığı çizik neredeyse tamamen iyileşti bile." Elini kaldırıp kesiğin ne kadar küçük ve ince göründüğünü gösterdi. İyileşmiş ve hiç kırmızı değildi, bu da Estelle'i rahatlattı. Kırmızı ve sıcak olsaydı, iltihap kapabilirdi.

"Teşekkür ederim, Bay Yates. Bitkiler hakkında her şeyi annemin dizinin dibinde öğrendim," dedi Bernadette.

"Ne tür rahatsızlıkları tedavi ediyorsunuz?" diye sordu Felix.

Louise gözlerini hızla Estelle'e çevirdi, sanki bu bir tür tuzak olabilirmiş gibi. Estelle Bernadette'e baktı ve hafifçe başını iki yana salladı. En küçük kız kardeşi gözlerini devirdi.

Tabii ki bir erkeğe —neredeyse tamamen yabancı birine— gerçekte ne yaptığını söylemeyecek! Estelle, Bernadette'in sağduyusundan şüphe ettiği için küçük bir özür gülümsemesi sundu.

"Bir sürü küçük şey," dedi Bernadette. "Kasaba doktorunu işinden edecek bir şey yok tabii. İnsanlarla bir süre konuşmanın onları rahatlattığını görüyorum. Bitkiler harika kokuyor ve insanlar bunları çaya eklediklerinde kendilerini daha iyi hissediyorlar. Zencefil, bulabildiğimde, midesi hassas olan herkes için çok iyi. Yetiştirmeyi canı gönülden isterdim ama bitkinin kendisini bulmak zor."

"Masada uygun bir konu mu bu?" diye sordu Marie. "Kahvaltımın tadını çıkarmaya çalışıyorum, insanların hasta midelerini duymaya değil."

Bu söz konuyu bir anlığına kapattı, ta ki Felix, "Bu pastırma harika, Bayan Poole, teşekkür ederim," deyip Bernadette'e dönerek, "Lord Ferndale'in geceleri başlayan bir öksürüğü var. Biraz endişeliyim. Önerebileceğiniz bir şey var mı?" diye sorana kadar.

"Ah evet. Gece öksürüğü yaygındır, güneş batıp gece havası serinledikçe. Yardımcı olabilecek bir salatalık ve nane toniğim var."

"Teşekkür ederim, eminim Lord Ferndale çok takdir edecektir."

Louise atıldı, "Kitap ciltlerinin geri kalanını neredeyse bitirdim. Sonuncusunun tutkalı öğlen kurumuş olur."

Felix ona güzel bir gülümseme yolladı ve Estelle de bu sıcaklıktan payını almış gibi hissetmekten kendini alamadı. Dün gece başka bir kadına gülümsemişti ve içinde kıskançlık kabarmıştı. Ama şimdi kız kardeşine gülümsüyordu ve bu çok doğal geliyordu, sanki zaten ailenin bir üyesiymiş gibi.

"Söyleyin bana Bayan Louise, kitap ciltleme ve tamirinde nasıl bu kadar usta oldunuz?" diye sordu, her haliyle samimi bir ilgi göstererek.

Louise iltifatını savuşturmaya çalıştı. "Sanırım bunu o kadar uzun süredir yapıyorum ki artık benim için kolay."

"Lord Ferndale'in en sevdiği kitaplar için yaptıklarınızı gördüm. Yıllar önce Londra'da bazı kitapları tamir ettirmiştim ve kalite hiç bu kadar iyi değildi."

Louise kızardı ve hafifçe omuz silkti. "Teşekkür ederim," dedi, kızarmış ekmeğine biraz reçel sürerek. "Derinin kenarlarını doğru açıyla traşlamak önemlidir, yoksa kıvırdığınızda çok hacimli oluyor."

"Ne kadar akıllıca," dedi Felix teşvik ederek. "Meslek sırlarınızı ifşa etmeyeceğime söz veriyorum."

"Şey, babam bana nasıl yapılacağını gösterdi, ben de daha iyi yöntemler düşündüm, denedim ve işe yaradı. Sır, herkesin nefret ettiği pis kokulu tutkalda. Ben de pek sevmem aslında ama çok iyi iş görüyor. Kuruması biraz daha uzun sürüyor ama kitabın ömrü için değer."

"Özveriniz için teşekkür ederim," dedi Felix. "Londra'daki okuyuculara hizmetlerinizi tanıtmayı düşündünüz mü? Eminim Londralı müşterilerden daha fazla ücret alabilirsiniz."

Marie araya girdi, "Bu iyi bir fikir. Bunu The Times'daki bir sonraki reklamımıza ekleyeyim mi?"

Felix ekledi, "Birden işe boğulmadığınız sürece tabii."

Louise başını salladı. "Tutkal kuruyorken kitapları yerinde tutan iki mengenemin var. Bu, herhangi bir anda tamir edebileceğim kitap sayısını sınırlıyor."

Felix sordu, "Atölyenizde bir iki mengene daha için yer var mı?"

Louise kekeleyerek, "Ee, şey, yer var," dedi.

Estelle söylenmeyeni duydu - yer var, ama fazladan mengene ve kelepçe almak için para yok.

Felix çok yerinde bir noktaya değinmişti. Louise yaptığı işte inanılmaz yetenekliydi, tutkal kazanı günlerinin korkunç kokusuyla bile. Genişleyebilirlerse, belki bir çırak bile alabilirlerdi.

Masada Felix'le kız kardeşleri arasında geçen sohbet Estelle'i yatıştırdı. Soruları, onların hayatlarına ve yeteneklerine kulak verdiğini, çabalarına içten bir ilgi duyduğunu gösteriyordu. Kızarmış ekmeğinden küçük lokmalar alıp dikkatini Marie'ye yöneltmesini izledi; ilgi alanlarını ve hobilerini sorup Marie'nin, vakit buldukça piyano çalmayı sevdiğini çekinerek söylemesini dinledi.

İlk tanıştığımızda onu yalnızca kendi eğlencesinden başka bir şey düşünmeyen, bencil ve şımarık biri sanmıştım, ama çok yanılmışım. Üstelik sırf beni etkilemeye de çalışmıyor. Gerçekten umursuyor.

Estelle'in Felix Yates hakkında öğrendiği her yeni şey, evlilik teklifini kabul etmesi lehine bir puan daha ekliyordu.

"Şimdi." Felix ellerini çırpıp masadakilere baktı. "Görünüşe göre giysilerimin ve çizmelerimin kurumasını beklemem gerekecek, bugün size nasıl yardımcı olabilirim?" Hafifçe sırıttı. "Bayan Louise'a bile boy avantajım olduğuna göre, belki beni mobilyaların ve kapı çerçevelerinin üstlerini tozlamakla görevlendirebilirsiniz?"

"Ah, hayır efendim, sizden çalışmanızı kesinlikle bekleyemeyiz," dedi Bayan Poole hemen, tam o sırada Estelle, "Bu mükemmel bir öneri, Bay Yates," diye atıldı.

"Estelle!" Bayan Poole ona uyarıcı bir bakış fırlattı.

"Ne var ki? Yardım etmek istiyor, üstelik Cumartesi bizim temizlik günümüz!"

"O bir misafir!" Bayan Poole azarlarcasına başını salladı.

"Belki günü okuyarak geçirmek istersiniz, Bay Yates?" diye arabulucu bir tavırla önerdi Bernadette. "Sonuçta, bol bol bulunan tek şey okuyacak kitap ve babamın odasında çok rahat bir okuma koltuğu var..."

"Kesinlikle olmaz." Masadan kalkıp tabağını lavaboya götürdü. "Hiçbir beyefendi yan gelip yatıp etrafındaki hanımların tüm işi yapmasına izin vermez. Bu tabakları yıkayarak başlayacağım, ardından belki sizin için biraz daha su taşıyabilirim?"

Ağır su kovalarını dar merdivenden yukarı taşımak hepsinin nefret ettiği bir işti; Bayan Poole bile böylesine cömert bir teklifi reddetmeye gönlü elvermedi. Nitekim yarım saat sonra Estelle oldukça eğlendi; Felix'in ağır su kovalarını mutfak masasına kaldırıp yatak odalarına götürmek üzere sürahilere boşaltmasını takdirle izleyen tek kişinin kendisi olmadığını fark etti. Hamur yoğurmakla meşgul Bayan Poole'un gözleri ekmek karışımından çok, Bay Yates'in ince keten gömleğinin altında oynayan geniş omuzlarındaydı.

Estelle'in kendisi de baharat dolabını tozlama bahanesini bırakıp sadece ona bakakaldı.

Ne de olsa bakmaya değecek biriydi. Hele dün gece, lamba ışığında bedeninden süzülen su damlacıklarıyla... Gerçi kesinlikle aklından bile geçirmemesi gereken bir şeydi bu!

Bayan Poole, Felix boş kovaları alıp yeniden merdivenlerden aşağı inerken eliyle hafifçe serinlemeye çalıştı. Estelle'in bakışlarını üzerinde yakalayınca yaşlı kadın hafifçe mahcup bir kahkaha bıraktı.

"Bay Yates pek yakışıklı bir adam," dedi Bayan Poole; yanakları pembeleşmişti.

"Gerçekten öyle," diye utanmazca katıldı Estelle. Bay Yates'te sakıncalı bulduğu ne varsa bulsun —ve onu daha iyi tanıdıkça sakıncalı bulduğu şeylerin gitgide azaldığını fark ediyordu— görünüşü kesinlikle bunların arasında hiç olmamıştı.

Gerçi bunların dikkatini bu kadar dağıtması başlı başına bir sorundu; çünkü Felix'in içeri daha fazla su taşımasını durup seyrederken dalgınlıkla şifonyerin üstündeki büyük seramik lavanta saksısını devirmiş, saksı da anında kırılıp her yana saçılmıştı.

"Biz burada temizlik yapıyoruz, ortalığı daha da dağıtmıyoruz!" diye çıkıştı Bernadette, Estelle'e yardım etmek için yanına gelirken.

"Eh, en azından ev güzel kokacak," diye şaka yaptı Estelle; bakışlarını büyük bir çabayla Felix'ten ayırarak.

Normalde Temizlik Cumartesileri'nde vakit sürünerek geçerdi, ama Felix'in becerikli yardımıyla zaman her zamankinden çok daha hızlı geçti.

Çalıştıkları süre boyunca Felix, Estelle'i ne davası konusunda ne de borca yardım etme meselesinde bir kez olsun sıkıştırdı. Bunun yerine kız kardeşleriyle, onların ilgi alanlarına hitap eden sohbetler etmeyi sürdürdü; hatta Bayan Poole'yu bile yemek yapmadaki mahareti hakkında hevesli bir sohbete çekti.

Sözünü tuttuğu gibi, Felix boyunun avantajını kullanıp kitap raflarının en üstlerine ulaştı. Crafty, o tüylü toz bezi rafların ahşap üst kenarı boyunca gezinirken ucunu yakalamaya çalıştı. Felix bunu bir oyuna çevirdi; bu oyun tam on beş dakika sürdü.

Estelle birden gerçeği kavradı. Bu iyi adama bir özür borçluydu. İlk başta düşündüğü kadar hoppa ve boş kafalı biri değildi. Gündelik hayatın içinde neşe bulmayı bilen gerçekçi bir insandı. Bir baronun torunuydu, hatırı sayılır bir servetin varisiydi; ama burada el emeği gerektiren iş yapıyordu. Yardım etmeyi teklif etmiş ve sözünün arkasında durmuştu. Ama yardım ederken, fırsat doğduğunda küçük ve zararsız bir eğlencenin tadını çıkarmayı da ihmal etmemişti. Felix'in, kedi neredeyse bitap düşene kadar Crafty'yle oynamasını izlemek Estelle'e bir başka şeyi daha fark ettirdi. Bir yerde, hayatın getirdiği mutlu anların tadını çıkarma becerisini yitirmişti. Son birkaç yılı düşününce buna şaşmamak gerekirdi. Anneleri sadece birkaç yıl önce ölmüştü. Ardından yas ve keder gelmişti. Sonra babaları, Fransa'da gezerken işi yönetmeyi onlara bırakmış, üstelik şimdi banka o muazzam kredinin çok daha yüksek taksitlerle geri ödenmesini istiyordu. Buna bir de Kuzen Joshua'nın onları sokağa atma çabaları eklenince, Estelle'in hayatında fazla neşe kalmamış olmasına şaşmamak gerekirdi.

Bay Yates'le evlenmek yüklerinin son derece büyük bir kısmını ortadan kaldırırdı; üstelik onun yanında olmak, gündelik hayatta yeniden daha fazla neşe bulmasına da mutlaka yardım ederdi.

Böylesine becerikli bir yardımcı da işe koyulunca temizliği her zamankinden erken bitirdiler. Güneyden esen sıcak rüzgârlar Bay Yates'in kıyafetlerini kurutmuştu; çok geçmeden yeniden alışıldık zarif görünümüne kavuşmuştu.

Crafty, Bay Yates'le oynadıktan sonra öylece uykuya dalmamış, adeta sızmıştı. Pencere pervazına yayılmış, bacakları her yana açılmış tüylü siyah bir denizyıldızı gibi uzanıyor, burnundan minik hırıltılar çıkarıyordu.

Felix kediye gülümsedi, sonra mutfak masasının etrafında oturmuş, hak edilmiş birer fincan çayın tadını çıkaran kadınlara döndü. "Hanımefendiler, benimle bu kadar güzel ilgilendiğiniz ve Red Lion'u tahtakurusu istilasından kurtardığınız için size en derin teşekkürlerimi sunarım. Lütfen, küçük bir minnet nişanesi olarak bu akşam hepinizi orada yemeğe götürmeme izin verin."

"Evet, lütfen," dedi Bernadette hemen.

Louise, Marie'yi dirseğiyle dürterken genişçe gülümsedi; sanki aralarında söze dökülmemiş bir anlayış vardı. Acaba kendi aralarında bir iddiaya mı girmişlerdi?

Estelle, "Asıl bugün bize yaptığınız bütün yardımlar için size bizim teşekkür etmemiz gerek, Bay Yates," dedi.

Bayan Poole ellerini önlüğüne silip, "Kime kimin teşekkür etmesi gerektiğini akşam yemeğinde tartışırız. Kendi adıma, pişirmek zorunda olmadığım güzel bir yemeği memnuniyetle kabul ederim," dedi.

"Çok güzel söylediniz, Bayan Poole," dedi Felix.

Estelle çoğunluğa karşı koyamayacağını biliyordu. Ama aynı zamanda, iyi şeyler karşısına çıktığında onları fark etmeli ve kıymetini bilmeliydi. Hem de şimdi başlayarak. "Teşekkür ederim, Bay Yates, bu çok nazik bir teklif."

Red Lion sıcaklık ve neşeyle doluydu. Londra'dan ayrılan ve

Londra'ya dönen yolcular, başka masalarda oturan Hatfield'lı tanıdıklar, bir de güzel yemeklerin kokusu vardı. Ocakta ateş yanıyordu, ama yılın bu zamanında bu daha çok havayı güzelleştirmek içindi, ihtiyaçtan değil.

Altı kişilik masadakiler, don yağında ağır ağır pişmiş, ağızda dağılan fırınlanmış sebzeler yediler. Felix o kadar çok dana rosto ısmarladı ki herkese ikişer dilim yetecek kadar vardı. Onlar ratafia içerken o hafif bira içti. Estelle, Felix'in sohbeti ustalıkla yönlendirip kız kardeşleriyle türlü projeleri hakkında konuşmasını takdirle izledi. Onların ilgi alanlarını paylaşmaya canlı bir hevesle katılıyordu. Masada kahkahalar, hafiflik ve tok karınların huzuru vardı. Geçen birkaç ayın baskısı silinip giderken Bayan Poole'un kaşlarının arasındaki çizgi yumuşadı.

Estelle bu akşamı zihnine kazıdı; böyle anlar karşısına çıktığında kendini onlardan keyif almaya daha da kararlı hissediyordu. Hesaplar, banka kredileri, hatta Kuzen Joshua düşüncesi bile o anki mutluluğuna gölge düşüremiyordu.

Sanki masalarını büyülü bir ışık hâlesi sarmıştı; o hâlenin kaynağı da yanı başında oturuyor, hepsine çok ihtiyaç duydukları neşeyi getiriyordu.

Gecenin sonunda yüzü bu kadar çok gülümsemekten ağrıyordu ve Estelle, kendini en son ne zaman böylesine mutlu ve huzurlu hissettiğini gerçekten hatırlayamadığını düşündü.

Felix, parasını ödediği ama henüz kullanmadığı odada kalmak üzere Red Lion'da kaldı; Baxterlar ve Bayan Poole ise eve döndü. Estelle kendini yatağına bıraktı ve yüzünde bir tebessümle uykuya daldı.

Felix Estelle'e Hayran

Felix, Hatfield'daki St John Kilisesi'nin dışında büyükbabası ve büyük halasıyla birlikte, Baxter kız kardeşlerin gelişini hevesle bekliyordu. Özellikle de içlerinden birini. Bir an için, dün gece onları fazla doyurup fazla yormuş olabileceğini ve bu yüzden uyuyakaldıklarını düşündü. Bu, onun adına hiç de hoş bir davranış olmazdı.

Nihayet göründüler; Felix de istekli bir gülümsemeyle aceleyle öne çıktı. "Bayan Baxter, siz, kız kardeşleriniz ve Bayan Poole bizimle birlikte Ferndale locasına oturursanız büyük onur duyarım. Hepimize yetecek kadar yer var."

Bayan Poole başını salladı, sonra da gülümsedi. "Benim... şey... oturacağım başka bir loca var."

Dışarıda bekleyen küçük bir arkadaş grubuna katılmak için hızla başka bir yöne seğirtti.

"Onu bir şekilde kırdım mı?" Böyle bir şey yapmış olabileceği düşüncesi bile onu berbat hissettirdi.

Estelle güven vererek başını salladı, biraz daha yaklaşıp, "Fazla sosyalleşme fırsatı bulamıyor," dedi.

"Ha, anlıyorum," dedi Felix, Estelle'e bir gülümseme daha göndererek. İçi rahatladı. Sonra bir şeyi daha merak etti. "Siz de şey... gidip biraz sosyalleşmeyi tercih eder miydiniz?"

Estelle ona sevinçle ışıldayan bir gülümsemeyle karşılık verdi; Felix'in yüreği adeta havalandı. "Sizinle, Lord Ferndale'le ve Bayan Yates'le Ferndale locasında oturmaktan büyük memnuniyet duyarım.

Bu, benim için de kız kardeşlerim için de pek hoş bir sosyalleşme olur!"

Belki de ilk kez, ona köstek olmuyordu. Estelle, onun ilk teklifini tereddütsüz kabul etmişti. Felix, dün gece Red Lion'daki odasına çekildikten sonra kız kardeşlerin Estelle'le onun hakkında konuşup konuşmadığını bir an merak etti. Şimdi hepsi, kilisenin bahçesinde dururlarken ona bakıyordu. Louise, Bernadette'in kulağına bir şeyler fısıldamak için eğildi; bu da Bernadette'i güldürdü, öyle ki ağzını eliyle aceleyle kapatırken gözleri pırıl pırıl parladı.

"Bayan Baxter." Lord Ferndale, biraz yaklaşırken sıcak bir gülümsemeyle konuştu. Felix, artık aralarındaki havanın ne kadar dostane olduğunu görüp içten içe sevindi; büyükbabasının bundan memnun kalacağından emindi. "Sizi görmek ne güzel. Yaramaz torunum, onun hakkındaki fikrinizi biraz olsun düzeltebildi mi?"

"Bay Yates bu konuda epey hevesli davranıyor," dedi Estelle diplomatik bir tavırla.

Felix, bu yuvarlak cevaba hayal kırıklığıyla inlemek istedi.

Ona karşı yumuşamaya başladığını sanmıştı!

Büyükbaba iyi huylu bir kahkaha attı; bu da Felix'in içine hafif bir sıkıntı düşürdü.

Tam o sırada çanlar sustu; bu da herkesin kilisenin içine geçmesi için işaretti. Estelle onun yanında ağırbaşlı adımlarla yürüdü, geçerlerken dostlarına ve tanıdıklarına başıyla selam verdi. Felix, Baxter kız kardeşleri kilisenin en önündeki Ferndale locasına götürürken epeyce kişinin gözlerinin büyüdüğünü gördü. Yaşlı hanımlar birbirlerine sokulup fısıldaştı, başlarını bilmiş bilmiş salladı; Felix de Estelle'in koluna dayadığı elinin gerildiğini hissetti.

Gülümsemesi nezaketini koruyordu ama gergin görünüyordu. Yerlerine otururlarken Felix hafif bir ses tonuyla, "Görünüşe bakılırsa biraz dikkat çekiyoruz," dedi.

"Kız kardeşlerimle ben Hatfield'da zaten yeterince dedikodu konusu oluyoruz, Bay Yates. Saygınlığımız..."

"Bölgenin en saygın ailesinin davetlisi olarak kiliseye gelmekten daha saygın ne olabilir ki?" diye yumuşakça sordu.

Estelle sanki başka bir şey daha söylemek üzereydi, ama Rahip Millings'in karısı orgun başına oturup ilk ilahinin açılış ezgilerini çalmaya başladı. Ayağa kalkıp ilahiyi söyleme vakti gelmişti; dolayısıyla konuşmayı sürdüremezdi.

Kulaklarını hoş ezgiler doldurdu. Baxter kız kardeşlerin sesleri melodiyi hayli güzel taşıyordu. Elbette taraflıydı, ama yine de Estelle'in sesinin hepsinden daha güzel olduğuna emindi. Tanrı yardımcısı olsun — ki böyle bir yardım için doğru yerdeydi — Bayan Estelle Baxter'a büsbütün vurulmuştu.

Ona, ciddi ciddi kur yapmayı düşündüğü ilk kadın olduğunu söylerken doğruyu söylemişti. Ama bu ciddi düşünce ne zaman başlamıştı? Akşam yemeğinde şakalaştıkları sırada değil, kitapları satın alamadığı anda da değil.

Belki de kediyi ararlarken? İlk ilgisinin ne zaman hayranlığa dönüştüğünü gerçekten kestiremiyordu.

Bayan Baxter'ı uzun zamandır tanımıyordu ama şimdiden, Estelle'e her şeyi ciddiyetle ve düşüncelilikle ele alan bir kadın olarak hayranlık duyuyordu. Ailesini ve dostlarını derinden önemsiyor, herkes için en iyisini istiyor gibiydi. Bir de, bakmaya doyulmayacak kadar güzeldi doğrusu. İkinci kıtaya geldiklerinde, sesiyle onunkine yakışır bir tonda eşlik edebilmeyi umdu. Paylaştıkları ilahi kitabının sayfasını çevirmeye ikisi de aynı anda davranınca parmakları birbirine değdi. Onun dokunuşuyla içinde bir kıvılcım çaktı.

Estelle'in yanaklarına kızıllık yayıldığını fark etti; aynı kıvılcımı onun da hissedip hissetmediğini merak etti.

Rahip Silas Millings'in ateşle kükürtle dolu vaazı kasaba halkının çoğuna korku salmış olabilirdi, ama Felix öylesine mutluydu ki bu sözlerin zihnine yerleşip neşesini kaçırmasına izin vermedi. Yanında, Bayan Baxter başını tövbekâr bir kadın gibi öne eğmişti. Ancak gözlerini biraz daha yana kaydırınca dudaklarının kenarlarında alaycı bir tebessümün kıvrıldığını gördü.

İçinden bir neşe dalgası geçti. Kilisede gülmemek için hemen başka yöne bakmak zorunda kaldı. Bir baronluğun varisi olabilirdi ama ruhani önderleriyle alay etmek gibi bir günah işlerse rezil olurdu.

Vaaz sonsuza dek sürüyor gibiydi. Hem de rahip gerçekten kadının erkeği kutsallıktan saptırmak için yeryüzüne konulduğuna dair söylediği her şeye inanıyor muydu? Felix'in İncil'i okuyalı epey olmuştu ama ilk ayartıcının yılan kılığına girmiş Lucifer olduğuna dair orada bir şeyler geçtiğine oldukça emindi. Orgun önündeki taburede, elleri usulca kucağında kenetlenmiş, gözleri yere dikili oturan rahibin karısına baktı ve zavallı kadına acıdı. Kadın öylesine sinmiş görünüyordu ki sanki gülümsemek için hiçbir nedeni yokmuş gibiydi.

Üstelik rahip ilgi çekici bir konuşmacı da değildi; durmadan aynı tekdüze sesle konuşup duruyor, Felix de gözkapaklarının düşmeye başladığını hissediyordu. Yaz ortasında kilisenin içi oldukça sıcaktı, bir de tıklım tıklım doluydu. Uyanık kalmak için elini çimdikledi; o sırada yanında küçücük, boğuk bir gülme sesi duydu. Estelle bu hareketi fark etmiş, gülmemek için kendini zor tutuyordu; Felix ona baktığında gözleri eğlenceyle pırıldıyordu. Estelle'in ötesine doğru baktığında ise kız kardeşlerinden en az birinin gerçekten uyuduğundan neredeyse emindi — Marie'nin başı Louise'in omzuna yaslanmıştı ve gözleri, şapkasının gölgesinde kapalıydı.

Rahip Millings, kadınların erkek gözleri için birer ayartı olduğunu gürleyerek söyledi; Felix de gülümsemesini bastırıp bakışlarını yeniden kilisenin önüne çevirdi. Evet, Estelle onun gözleri için fazlasıyla ayartıcıydı.

Nihayet vaazın o uzun laf kalabalığı sona erdi; Felix de Estelle'e yine eğlenceli bir bakış atıp sessizce "Nihayet!" dedi. Estelle, vaaz yeniden başlayınca hafifçe "şşşt" diye ses çıkardı. Meğer hiç bitmemişti; din adamı yalnızca ikinci perdeye geçmeden önce bir yudum su içmek için durmuştu.

Bu işkence gerçekten bitmek bilmiyordu. Büyükbaba'ya bir bakış attı; yaşlı adam gözlerini papazın arkasındaki duvara sabitlemişti. Felix'e bakılırsa büyükbabası, gözleri açık uyuma sanatını çoktan kusursuzlaştırmış olabilirdi.

Yine de işin iyi tarafları da vardı. Felix, bu kadar çok insanın dua ederken başını eğmesine minnettardı; böylece o da Estelle'e her göz attığında genç kadının usulca kızardığını görebiliyordu.

Sonunda rahip nutkunu bitirdi ve koro, cemaate bir ilahi söyletebilmek için yeniden ayağa kalktı. Felix buna sevindi; o kadar uzun süredir oturuyordu ki kalçası iyice uyuşmuştu. Neyse ki hiç kaşınmıyordu; bu konuda da Baxter kız kardeşlerin yardımına bir kez daha son derece minnettardı.

Ayin sona ererken, Ferndale sırasına birkaç yastık daha almasını büyük halasına önermeliydi, diye düşündü. Can sıkıntısına ve sızlayan kalçasına rağmen Felix, kendini neredeyse rahibin konuşmayı sürdürmesini isterken buldu; sırf bu hoş kadının yanında biraz daha vakit geçirebilmek için.

Estelle ve kız kardeşleri büyükbabasına ve büyük halasına teşekkür etti; ardından grup, dostlarıyla sohbet etmek üzere orta neften geçip dışarıdaki güneşli havaya çıktı.

Kapılardan süzülen güneş ışığında gözlerini kırpıştırırken, Felix kendini Hatfield'daki St John's Kilisesi'nin evlenmek için çok güzel bir yer olacağını düşünmekten alamadı. Tabii nikâhı başka bir rahip kıysa iyi olurdu; yoksa insan kendi düğününde uyuyakalabilirdi.

Felix kapı eşiğinde, ön çimenliğe inen basamaklardan aşağı inmek üzere dururken büyükbabasıyla Rahip Millings onu kilisenin çatı onarımı için para toplama konuşmasına çekti. Büyükbabasına duyduğu sadakatle—zira parayı temin etmesi için en sert biçimde bastırılacak kişinin büyük olasılıkla o olacağını biliyordu—bu güzel günde Estelle'in yanında olma isteği arasında kalan Felix yerinden kıpırdamadı. Büyükbabasının yanında duruyor ve papaza bakıyor olabilirdi, ama kulakları kararlı bir biçimde Estelle'in bulunduğu yöne çevrilmişti. Kendini, avının peşine salınmayı umarak tasmasına asılan bir av köpeği gibi hissetti ve içinden içe gülümsedi.

İlk anda tanıyamadığı bir kadın sesi, "rezalet" diye bir şey söyledi.

Eyvah. Sahte bir öksürük çıkardı ve o tarafa baktı. İçi sıkışarak bunun Estelle'in kuzeni, o korkunç Bayan Baxter olduğunu fark etti; iki gece önceki baloda tam bir baş belasına dönüşmüş, arkadaşlarını ve onların kızlarını Felix'in üstüne atmaya kararlı davranmış, belli ki onu Estelle'den uzak tutmaya da bir o kadar hevesliydi. Bayan Baxter'ın kocası da yanındaydı; duruşlarından ve salladıkları parmaklardan, Estelle'e her ne sebeptense fena hâlde kızgın oldukları açıkça belliydi.

Gerçi belki de yaradılışları öyleydi ve kızmak için bir sebebe ihtiyaç duymuyorlardı?

"Evet, elbette," dedi Rahip Millings'e aceleyle. "Bunu birinci önceliğimiz yapacağız." Bu konuşmayı derhâl bitirmek istiyordu ama Rahip Millings bunu, Hatfield'a yayılan dinsizlik üzerine yeni bir nutka başlamak için fırsat bildi.

Rahibin gür ve çınlayan sesini zihninden silip atarken, kulağı Estelle'in kuzeni Bayan Baxter'ın tiz sesini yakaladı; kadın, parmağını Estelle'in burnunun dibinde sallayarak neredeyse çığlık atıyordu.

"Senin Ferndale sıralarında yerin yok, arsız kadın! Sen bir dükkâncıdan başka bir şey değilsin; haddini bilmelisin!"

Nabzı şakaklarında gümbürdedi, elleri sessiz bir öfkeyle yumruk oldu.

"Affedersiniz," dedi iki yaşlı adama da ve arkasına bakmadan uzaklaştı. Estelle altüst olmuştu ve onun araya girmesi gerekiyordu. Arkasında rahibin öfkeli bir ses tonuyla bir şey söylediğini, Lord Ferndale'in de kuru bir karşılık verdiğini duydu: "Torunum henüz Ferndale'in parasının dağıtımından sorumlu olmadığına göre, bu konuşmada bulunması gerektiğini sanmıyorum, Rahip. Devam edelim mi?"

Tanrı sizden razı olsun, Büyükbaba, diye düşündü Felix sessizce ve adımlarını hızlandırdı.

Bayan Baxter, Felix Estelle'e ulaşmadan tiradını bitirdi ve burnu havada, eli kocasının kolunda çekip gitti. Peşlerinden gidip o adama ağzının payını mı vermeliydi? Hayır, bu beklemek zorundaydı. Estelle'in acı içindeki ifadesi ve gözlerindeki yaşlar onu derinden yaraladı. Kollarını ona dolamak istiyordu ama çevrelerinde onları açıkça görebilecek elliye yakın kişi olduğunu düşünerek kollarını iki yanında tuttu ve genç kadının önünde dimdik durdu.

"Olabildiğince hızlı geldim ama yine de geç kaldım. Çok üzgünüm."

"Ah, Tanrım..." diye burnunu çekti Estelle; elini ağzına bastırıp çevredekiler gözyaşlarını görmesin diye başını eğdi.

Felix yeni ütülenmiş mendilini ona uzattı.

Estelle gözlerini sildi ve, "Ne kadarını duydunuz?" diye sordu.

"Ayağınızın tozuna bile layık olmadıklarını anlayacak kadarını işittim!" Çok öfkeliydi. Baxterlar onu nasıl yargılayabilirdi? Kilisede ailesinin yanına kimi davet edeceğine dair kendi hakkını nasıl sorgulayabilirlerdi?

Estelle titrek bir gülüşle hıçkırık arası bir ses çıkardı ve yüzünü yeniden sildi.

"Gidip onlara hadlerini bildireceğim!" dedi Felix, peşlerinden gitmek üzere hareketlenerek.

Estelle kolunu yakalayıp onu geri çekti. "Yapmayın, lütfen. Her şeyi daha da kötüleştirir. Hem zaten haksız da sayılmazlar. Ben yalnızca bir dükkân sahibiyim."

"Bayan Baxter, siz kuzenlerinizin onundan daha değerlisiniz; bunu herhangi bir ahmak bile görür."

Estelle iç çekip gözlerindeki son damlaları da sildi. Sonra ona küçük bir gülümseme verdi ve mendilini geri uzattı.

"Kalsın."

Burnunu çekip mendili koluna sıkıştırdı. "Teşekkür ederim. Çok naziksiniz, Bay Yates—aslında her zaman öylesiniz."

"Farkındasınızdır değil mi," dedi Felix umutla, "eğer Bayan Yates olsaydınız, asıl yeriniz Ferndale sırası olurdu."

İfadesini izlerken dudağını ısırdı, nefesini tuttu. Estelle bir an hiçbir şey söylemedi ama Felix'in büyük mutluluğuna, önerisini ciddi ciddi düşünüyor gibi görünüyordu. Gerçekten de evet demek üzere olabilir miydi? Dün sabah kitapçıda, o belgeye bakarken—ta ki Felix fare bağırsaklarının üstüne basana kadar—neredeyse diyecekmiş gibi görünmüştü.

"Ah, Felix!" dedi Lord Ferndale, kolunda Bayan Yates varken yaklaşarak.

Felix başını kaldırdı. Büyükbabasıyla büyük halası sadece birkaç adım ötedeydi. Ve üstelik havayı da bozuyorlardı. İkisini de çok seviyordu ama o anda ikisinin de çok, çok uzaklarda olmasını diledi.

BÖLÜM 13

Yine Böcekler!

Estelle, Lord Ferndale ile Bayan Yates'le burun buruna gelmeden önce kendini toplamak için derin bir nefes aldı. Ne kadar hoş insanlar olsalar da biraz daha uzak dursalardı, Estelle büyük olasılıkla Felix'e evet diyecekti.

Aklı da kalbi de zaten o yöne meylediyordu. Kuzen Joshua ile Phoebe, ona ve kız kardeşlerine korkunç davranıyorlardı. En güçlü zehirlerini özellikle ona saklıyor gibiydiler; belki de en büyüğü o olduğu için. Ama Felix haklıydı. Onunla evlenirse Estelle'in Hatfield'daki konumu Felix'in seviyesine yükselecekti; bu da kuzenlerininkinin epey üstündeydi.

Bir daha ona asla öyle konuşamazlardı.

Ama bu, öfkelerini Marie'ye yöneltecekleri anlamına mı gelirdi? Güzel, zeki ve nazik Marie'ye; kimse hakkında kötü bir söz söylemeyen ve etrafındaki dünyaya bu kadar duyarlı olan Marie'ye. Şanslarını Louise üzerinde deneyebilirlerdi ama o da büyük ihtimalle onlara gülüp geçerdi. Ya da üstlerine pis kokulu yapıştırıcı dökerdi. Bu düşünce Estelle'in neredeyse kıkırdamasına yol açtı.

Yoksa hedefleri Bernadette mi olurdu?

Bu düşünce midesini burktu.

Estelle yalnızca kendisi için kaygılanmak zorunda olsaydı, belki çoktan evet demişti; ama bu kararı verip de bunca insanın etkilenmesini engellemenin kolay bir yolu yok gibiydi.

Bayan Yates Estelle'in yanına sokulup, "Sizi genç Felix'le birlikte görmek ne hoştu," dedi. Sonra sesini daha da alçaltıp ekledi:

"Balodaki son dans için ikinizi de bulamadım. Umarım dans etmekten fazla yorulmamışsınızdır?"

Estelle imayı hemen anladı. Ortalıkta olmadıkları fark edilmişti ama Bayan Yates'in düşündüğü sebepten kesinlikle değildi. "Bayan Yates, konuşmamız gereken hassas bir mesele var."

Kadının yüzü aydınlandı. "Aşkın ilk öpücüğü mü?" diye sordu.

Estelle'in yüzüne renk hücum etti. Evet, ama mesele bu değildi. Felix'le öpüşmesinin anısı tenine yeniden yayıldı, ama çok daha ciddi bir konu uğruna bunu bir yana itmek zorundaydı. "Biz bu yüzden ortadan kaybolmadık. Şöyle ki, Felix'in..." Hızla omzunun üzerinden bakıp duyulmadıklarından emin oldu, sonra sesini alçalttı. "Tahtakuruları vardı."

Bayan Yates dehşetle soluk çekti. "Red Lion'dan mı? Olur şey değil!"

"Haklısınız, oradan değildi. Felix bir oda tutmaya çalıştı ama yer yoktu, o yüzden geceyi The Swan'da geçirdi. Tahtakurularını da oradan kaptı. Onları Red Lion'a taşımasına izin veremezdim; bu yüzden usulca sıvıştık ve babamın gardırobundan ona bir takım yedek kıyafet buldum."

Felix'in o fıçının içinde, ıslak gömleği tenine yapışmış hâlinin anısı yüzüne yeniden sıcaklık yaydı.

Bayan Yates'in gözleri yana kaydı; zihninde bir hesap yapıyordu.

"Yine haklısınız," dedi Estelle. "The Swan'da kaldıktan sonra Ferndale Hall'a dönüp kendi yatağında uyudu. Korkarım o yatakta da büyük ihtimalle tahtakuruları vardır."

Bayan Yates kaygıyla elini göğsüne götürdü. "Böyle bir meseleyi çözmeye nereden başlanır, aklım almıyor. Mobilyaları yakmamız mı gerekiyor?"

"Hayır, Bayan Yates, bu çiçek hastalığı değil, o yüzden buna gerek yok. Ama tüm yatak çarşaflarını ve yatak örtülerini, ayrıca mümkün olduğunca çok günlük kıyafetleri yıkamaları için hizmetkârlara talimat vermeniz gerekecek. Perdeleri de, tedbir olsun diye."

"Bu çok fazla!" Bayan Yates, sanki biri ondan Londra'ya kadar sekerek gitmesini istemiş gibi görünüyordu. Hem de geri geri! "İmkânsız. Bize yardım etmek için mutlaka Ferndale Hall'a gelmelisiniz."

Estelle kuşkuyla başını salladı. "Kâhyanız hanımefendi..."

"Peki ya Bayan Sykes?" Az önce kısa süre başka biriyle konuşan Lord Ferndale sohbete katıldı. "Korkarım pek iyi değil, Bayan Baxter."

Bayan Yates hemen araya girdi. "İşte bu yüzden Bayan Baxter'a, bu sorunla başa çıkmama yardım etmesi için bir süre bizimle kalması adına yalvardım, ağabey," dedi. Lord Ferndale şaşkınlıkla bakınca öne eğilip yüksek sesli bir fısıltıyla, "Tahtakuruları," dedi.

Lord Ferndale'in gözleri faltaşı gibi açıldı. "Aman Tanrım, hayır, Hall'da değil! Bayan Baxter, bize merhamet edin lütfen!"

Onların çaresiz yalvarışlarına hayır diyemedi. "Sanırım bir valiz toplayıp bir iki günlüğüne gelebilirim," dedi tereddütle.

"Elbette, mutlaka gelmelisiniz! Hemen eve gidip birkaç parça eşya toplayın, biz de arabayı hazırlatıp yarım saat içinde gelip sizi alalım." Lord Ferndale memnuniyetle başını salladı. "Felix! Lütfen Bayan Baxter'a kitapçıya kadar hemen eşlik et."

"Evet, Büyükbaba," dedi Bay Yates; Estelle de sanki bunu bir şekilde önceden planlamışlar gibi ona kuşkuyla baktı.

Yeterince ciddi bir ifade takınmıştı; belki de Estelle fazla kuşkucu davranıyordu? Ne var ki birlikte kitapçıya doğru yürümeye başlar başlamaz dudaklarında bir gülümseme belirdi.

"Bütün bunlar sizin suçunuz, bu kadar keyiflenmeyin," diye çıkıştı öfkeyle. "Ben gerçekten sorumluluklarımı böylece bırakıp gidemem!"

"Büyükbabamın emirlerine direnmek pek zordur," dedi Felix; bu, hiç de özür sayılmayacak bir cevaptı.

Estelle iç çekti. "Bu konuda haksız değilsiniz, Bay Yates; doğrusu

Bayan Yates'e de hayır diyemezdim ama ah, keşke o geceyi The Swan'da geçirmemiş olsaydınız!"

Tam o sırada kitapçıya yeni dönmüş olan kız kardeşlerine yetiştiler; Marie kapının kilidini açarken Louise dönüp Estelle'e baktı.

"Hangi sorumlulukları bırakıp gitmek?"

Estelle gücenik bir sesle iç çekti. Sesinin bu kadar yükseldiğini fark etmemişti. "Bayan Yates'in Ferndale Hall'da benim yardımıma ihtiyacı var. Kahyaları rahatsızlanmış. Tahtakuruları," diye açıkladı.

"Elbette gitmelisin," dedi Bernadette hemen. "Yanında götürmen için koca bir paket şifalı ot hazırlayayım." Hızla önce merdivenleri çıktı, konsolun altındaki dolaptan bir heybe çekip aldı. "Lord Ferndale'in öksürüğü için o tonikten de, Bay Yates!" diye seslendi omzunun üzerinden, şişeleri ve paketleri toplarken.

"Geri kalan her şeyi size bırakıp öylece gidemem," dedi Estelle mutsuzca.

"Elbette gidebilirsin," diye kesin bir dille karşı çıktı Marie. "Sen ve babam kitap almaya gittiğinizde de yokluğunuzda gayet güzel idare ettik."

"Ama bankanın mektubu ne olacak..."

"Sen dönünce de burada olacak; zaten onunla ilgili ne yapabileceğini sandığını da bilmiyorum." Marie omzunu silkti. "Ben biraz hesap defterlerine bakarım. The Times'a bir ilan daha gönderelim, hep çok iyi sonuç veriyor."

"Bir de Lord Ferndale'in kitaplarını götürebilirsin, hazır zaten!" dedi Louise; bunu Bay Yates'in yanında açıkça söylemese de, söylenmeyen ima şuydu: ve parasını da al. "Ben onları paketlerim!"

"En iyisi birkaç giysiyi bir valize koy," dedi Marie, "gel, yardım edeyim."

"Siz şuraya oturun, Bay Yates, ben de çay demleyeyim," dedi Bayan Poole her zamanki neşeli, anaç tavrıyla, "yanına biraz da bisküvi veririm."

"Siz tam bir hazinesiniz, Bayan Poole," dedi Felix coşkuyla, mutfak masasındaki sandalyeye otururken.

Estelle, Marie'nin onu âdeta yarı sürükleyerek yatak odasına götürmesine ve yatağın altından bir valiz çekip çıkarmasına izin verdi; ama Marie dolabını açıp asılı duran bütün gece elbiselerini tek tek almaya başlayınca itiraz etti.

"Marie! Ben sadece bir iki günlüğüne gidiyorum, üç gece elbisesine hiç ihtiyacım yok!"

"Hiç belli olmaz," dedi Marie, elbiseleri yatağın üzerine sererken gözlüklerinin ardından Estelle'e baykuş gibi bakarak. "Hem Ferndale Hall'da akşam yemeğine şık giyinirler. Güzel görünmek istersin, değil mi?"

"Evet, ama..." Birkaç gün kalmayı bile beklemiyordu. Üç gece elbisesinin ne anlamı vardı ki?

"Sana sarı benekli muslin elbisemi ve en iyi eldivenlerimi de ödünç veririm; yedek şapkanı da almalısın. Hadi, eşyalarını toplamaya başla!" Marie ellerini Estelle'e doğru telaşla salladı ve sarı elbiseyi getirmeye çıktı. Estelle bir kez daha iç çekip valize döndü. Oldukça genişti; gece elbiseleriyle ihtiyaç duyacağı iç çamaşırlarının yanı sıra dört gündüz elbisesini de sığdırabileceğini düşündü.

"Bu kadar kıyafetle insan bir ay kalır burada," diye homurdandı sonunda, kapağı aşağı bastırıp kayışlarını bağlarken.

"Ama yarı boş bir valiz götürmek saçma olur," dedi Marie neşeyle. "Hem arabayla gideceğin için taşıma derdin de olmayacak."

"İyi ki de öyle." Estelle kulpu yokladı, sonra ağırlığı hissedince inledi. "Belki içinden birkaç şey çıkarmalıyım..."

"Bay Yates onu sizin için taşıyacakken asla!" Marie onu omuzlarından yakalayıp yüzüne baktı. "Beni dinle, kız kardeşim," dedi ciddiyetle; Estelle donakaldı. Marie bu tonu nadiren kullanırdı.

"Ne?" diye cılız bir sesle sordu.

"Bunu bir tatil say ve keyfine bak."

Estelle başını sallayarak yarım bir kahkaha attı. "Giderek büyüyen bir tahtakurusu derdiyle uğraşmaya ben tatil demezdim!"

"Ferndale Hall'da tam kadro hizmetçi var; kahya rahatsız olsa bile sizin yapmanız gereken tek şey emir vermek. Eğlenin. Rahatlayın. Ve geri dönüşü olmayan kararlar vermeden önce Bay Yates'i gerçekten tanımak için bu zamanı değerlendirin."

Demek Marie'nin bunca ciddiyetle varmak istediği nokta buydu. Estelle'in keyfi kaçtı. Estelle'in yüzündeki hafiflik silindi; başını salladı.

Estelle'in birkaç günlüğüne evden uzak olması başka bir yarar daha sağlayacaktı: Ferndale Hall'da doyurucu yemekler yiyecek, evdeyse bir boğaz eksilecekti. Bu da birkaç peni tasarruf ettirir, biraz olsun işe yarardı. Lord Ferndale'den son ödemeyi alıp dönecek, sonra da bankayla nasıl konuşacaklarını en iyi şekilde kararlaştıracaklardı. O tek ödeme talep mektubu, küçük ama emekle elde ettikleri bütün kazanımları öyle hızlı silip süpürmüştü ki, nasıl devam edeceklerini düşünmek bile güçleşiyordu.

Belki de birkaç günlüğüne uzaklaşıp tahtakuruları gibi sıradan ama sinir bozucu bir meseleyle uğraşmak tam da ihtiyacı olan şeydi?

Estelle kız kardeşleriyle vedalaşıp onları öperken Louise, Lord Ferndale için olan kitapları Felix'e verdi; Felix onları bir kolunun altına aldı. Hiç itiraz etmeden kabul etti. Boştaki eliyle de Estelle'in valizini kolayca kaldırdı.

Bu, ilk izlenimleriyle hiç uyuşmuyordu; sokaktaki yığından dükkâna zar zor bir kitap taşımıştı. Estelle onu dalgın ve beceriksiz sanmıştı. Sonra dank etti. Felix hiç de güçsüz değildi; sadece aradığı o tek kitap yüzünden dikkati dağılmıştı.

Estelle içini çekti; Felix'i bu kadar çabuk yargılamakla ona büyük haksızlık ettiğini kabul etmek zorunda kaldı. Felix dükkân kapısını açarken hafif bir homurtu çıkardığını duydu; boyun kasları ağırlık yüzünden geriliyordu.

Estelle'in ağzından bir kıkırtı kaçtı. Zorlanıyordu, ama bunu belli etmemek için de elinden geleni yapıyordu. Her nasılsa bu, onu Estelle'in gözünde daha da yükseltti; çünkü şikâyet etmeden yardım etmek için gerçekten çabalıyordu.

Dışarıda güneşin altında, Ferndale arabası göründü. Sürücü iki atı yavaşlatıp Baxter's Fine Books'ın önünde durdurdu. Felix'in atı da arkaya gevşekçe bağlanmış, arabayı takip ediyordu. Estelle Bayan Yates ve Lord Ferndale'le yolculuk ederken, Felix de herhâlde dönüşte atına binip eve gidecekti.

Estelle arabaya binip Bayan Yates'in yanına oturdu; Lord Ferndale karşılarına oturdu. Felix de valizi arabacının bagaja yerleştirmesi için ona uzattı.

Estelle'in şaşkınlığına, Felix de arabaya bindi ve büyükbabasını ve büyük teyzesini yeniden selamlayarak onun karşısına oturdu.

Ayak koyacak yer pek dardı; uzun bacakları yüzünden dizleri Estelle'inkilere tehlikeli derecede yaklaşmıştı.

Lord Ferndale torununa buyurgan bir kaş kaldırdı. "Ata binip dönmüyor musun?"

"Hannibal biraz dinlensin dedim," diye karşılık verdi Felix, her zamanki o bastırılamaz gülümsemesiyle. "Kilisenin dışında bir kırmızı yonca kümesine denk geldi; şimdi huysuzlanır."

"İlginç," dedi Lord Ferndale, ama bunun ardından başka bir şey eklemedi.

Bayan Yates sıkıntıyla elini göğsüne götürdü. Sonra göğsünün üstünü kaşıdı. "Ben şimdiden kaşınmaya başladım. Hall'da bizi nelerin beklediğini düşünmeye korkuyorum."

Felix onu yatıştırdı. "Her şey yoluna girecek, hala; bizi kurtaracak Bayan Baxter var."

Estelle, onun övgüsü karşısında fazla gülümsememeye çalıştı, ama bu doğrusu çok güzeldi. Üstelik Felix de ona öyle nefis bir gülümsemeyle bakıyordu ki.

Devam etti: "Hem, Bayan Baxter o küçük ısırganların bende

olduğunu ben fark etmeden önce anlamıştı. Gözü keskindir; belirtileri bilir."

Bayan Yates yerinde huzursuzca kıpırdandı, Estelle'e çarptı.

Lord Ferndale uyluğunun bir yerini ovuşturup güldü. "Ne kadar düşünürsem, ben de o kadar kaşınmaya başlıyorum. Arabadaki minderlerin içinde olmaları mümkün mü?"

Araba bir tümsekten geçince Felix'in dizi Estelle'in bacağına bastırdı; kumaş katlarının ardından tenine adeta damga vurdu.

"Pek olası değil," dedi Estelle; belinin çukurunda hafif bir karıncalanma başlamıştı. "Çünkü Bay Yates Hall'da yalnızca bir gece kaldı ve arabayı kullanmadı. Bu kadar kısa sürede çok fazla yayılmış olamazlar."

"Muhtemelen konuyu değiştirmeliyiz," diye önerdi Felix. "Böyle şeylerden söz etmek insanın fazla düşünmesine yol açıyor... falan filan." Araba bir tümseğe daha vurunca o da kolunu kaşıdı ve dizleri yeniden Estelle'e çarptı.

Estelle, Felix'in yerinde tavsiyesine hemen sarıldı. "Lord Ferndale, umarım haddimi aşmıyorumdur ama Bay Yates akşamları bazen öksürükten muzdarip olduğunuzu söylemişti. Kız kardeşim Bernadette otlar ve şifalı çareler konusunda çok beceriklidir; böyle rahatsızlıklar için tavsiye ettiği bir şişe tonik verdi."

Yaşlı beyefendi takdirle başını salladı. "Bu gerçekten Bayan Bernadette'in büyük inceliği. Elbette deneyeceğim. Doktor Rasley'in şimdiye kadar önerdiği hiçbir şeyin faydası olmadı, Tanrı biliyor."

"Belki de şu... şeyle ilgilenip... yani bir düzene girdikten sonra Bernadette'in Hall'a gelmesini isteyebilirim; belki Bayan Sykes için de bir çaresi vardır?" diye önerdi Estelle.

Felix, Allah'ın cezası adam, bu kez yolda hiçbir sarsıntı olmadığı hâlde dizini Estelle'inkine vurdu. Üstelik bütün bu sırada o yakışıklı gülümsemesini sürdürüp Estelle'in içini kıpır kıpır ediyordu. Ona sert bir bakış atmaya çalıştı ama gönlü buna pek elvermiyordu. Ağzının kenarları durmadan yukarı kıvrılmak istiyordu.

Bayan Yates hoş bir dikkat dağıtıcı oldu. "Eminim Bernadette'le konuşmaktan memnun olur. Doktor Rasley biraz..." diye sözü havada bıraktı.

"İnsanı ürperten biri mi?" diye önerdi Estelle.

Felix araya girdi. "İhtiyar Rasley hâlâ çalışıyor mu gerçekten? Yoksa oğlu mu devraldı?"

"Bir süredir buralarda olmadığını unutuyorum," dedi Lord Ferndale. "Evet, hâlâ aynı Doktor Rasley. Oğlu Londra'da hekimlik yapıyor ve babasının işini hiçbir zaman devralmaya niyeti olmadığını gayet açık etti."

"Rasley'i kilisede görmedim," dedi Felix.

Lord Ferndale hafifçe öksürüp, "Sabahları pek iyi olmaz kendisi," dedi.

"Onu emekliliğe teşvik etmenin bir yolunu gerçekten bulmalıyız," dedi Bayan Yates. "Bunca, bunca yıllık hizmetine saygısızlık etmek istemem ama..."

Ferndale Hall görünürken Estelle pencereden dışarı baktı. Doktorun güven vermeyen uygulamaları, bir de üstüne eski kafalı ve yargılayıcı tavrı yüzünden, bu kadar çok kadın Bernadette'e geliyordu.

Lord Ferndale bıkkınlıkla iç çekti. "Doktor emekli olursa yerine birini atamak için Şehir Meclisi'yle görüşmem gerekecek; ne yazık ki azınlıkta kalacağımdan korkuyorum."

Hatfield'ın genel sağlığı açısından asıl sorunu ikisi de fark ettiği için, Estelle ile Bayan Yates'ten aynı anda bıkkın bir homurtu yükseldi.

"Ben bir şeyi kaçırıyorum," dedi Felix; kaşları şaşkınlıkla çatılmış, sırayla hepsine bakıyordu.

Lord Ferndale kıkırdadı. "Bir süredir uzaktaydın, delikanlı. Yerel sulh hâkimi artık Bayan Baxter'in kuzeni Joshua Baxter. Onun ahbabı Rahip Millings ve onların peşinden gitmeyi seven birkaç belediye meclis üyesi yüzünden, korkarım belediye başkanıyla ben sık sık azınlıkta kalıyoruz."

Felix inledi. "Aman Tanrım. Mahvolduk!"

"Yeni hastane için kaynak yaratabilirsek değil," dedi Bayan Yates kararlılıkla. "En az iki doktor daha çalıştıracak paramız olur; bir de şundan emin olun ki hastane komitesindeki hanımlar kimin atanacağı konusunda mutlaka söz sahibi olacak. Belediye meclis üyeleri karılarını dinler!"

"Yoksa haftalarca bezelye lapası yemek zorunda mı kalacaklar?" dedi Lord Ferndale eğlenerek.

Bayan Yates sırıttı. "Soğuk bezelye lapası."

"Düşüncesi bile korkunç!" diyerek ürperdi Felix.

"Umarım o taktik işe yarar, Florence," dedi Lord Ferndale, kız kardeşine şefkatle gülümseyerek. "Felix üzerinde kesinlikle işe yarardı, buna eminim; ama belki bizim meclis üyelerimiz karınlarının sözünü o kadar dinlemiyordur."

Araba dairesel giriş yolunda yavaşladı; Estelle başını kaldırıp devasa malikâneye baktı, elden geçirilmesi gereken sayısız çarşafı ve yatağı düşünerek iç geçirdi. "Sırası gelince. Önce Ferndale Hall'u istenmeyen misafirlerden kurtaralım!"

BÖLÜM 14

Estelle'in Yeni Yuvası

Felix, büyük halasının tahtakurusu meselesinde çaresiz numarası yapmasının tek sebebinin, Estelle'i kandırarak Ferndale Hall'a getirmek olduğundan epey emindi. Şüpheleri, sözde rahatsız olması gereken Bayan Sykes onları giriş holünde karşılayınca bütünüyle doğrulandı; kadının hasta olduğuna dair en ufak bir belirti bile yoktu.

"Rahatsız olduğunuzu anlamıştım, Bayan Sykes," dedi Estelle, gözlerini hafifçe kısarak.

Gerçekten yüksek sesle gülmemeliydi. Şu anda büyük halasının gözlerinin içine baksa her şeyi berbat edeceği için ona bakması bile mümkün değildi. Bayan Baxter'ı kasabadan ve omuzlarındaki ağır sorumluluklardan uzakta, birkaç günlüğüne daha yakından tanımak ne hoş olacaktı. Tanrı, Hala Florence'ı ve entrikalarını korusun!

"Eh, hafif bir soğuk algınlığım vardı, Bayan Baxter, ama şimdi tamamen iyiyim," dedi Bayan Sykes neşeyle. "Akşam yemeğine mi geldiniz, bayan?"

"Bayan Baxter birkaç gün kalacak," dedi Felix, bir uşağa işaret ederek. "Valizini arabadan içeri getirir misin, Matthew? Bir de büyük bir kitap paketi var; lütfen onu doğrudan Lord Ferndale için kütüphaneye götür."

"Elbette, efendim." Uşak söyleneni yapmak için aceleyle uzaklaştı, Felix de Bayan Sykes'a döndü.

"Sarı Süit Bayan Baxter için uygun olur mu?"

Evin idarecisinin gözleri neredeyse fark edilmeyecek kadar

büyüdü, ama yüksek sesle yalnızca, "Elbette, Bay Yates! Lütfen, Bayan Baxter, benimle gelin; Matthew eşyalarınızı birazdan yukarı çıkarır, ben de size bir hizmetçi ayarlarım," dedi.

"Ah, bir hizmetçiye hiç gerek yok," diye itiraz etmeye çalıştı Estelle.

"Evet, gerekli," diye sessizce mırıldandı Felix, Estelle'in başının üzerinden Bayan Sykes'a bakıp kuvvetle başını sallayarak.

Bu muhteşem olacaktı!

"Ah, bir konuğa hizmetçi vermemek aklımızın ucundan bile geçmez, Bayan Baxter!" dedi Bayan Sykes, yüzünde en ufak bir ifade değişmeden. "Bence Isabelle gayet uygun olur. Birazdan yukarı çayla birlikte gönderirim."

Estelle sanki yeniden itiraz edecekmiş gibi göründü, ama onayla gülümseyip başını sallayan Bayan Sykes'a hızlıca bir göz attıktan sonra sonunda alçak sesle "teşekkür ederim" diye mırıldandı ve Bayan Sykes'ın peşinden merdivenleri çıktı.

"Ah, Bayan Sykes," dediğini duydu Felix, onlar uzaklaşırken, "ben buraya yalnızca hoş vakit geçirmeye gelmedim. Korkarım küçük bir sorun var..."

Bayan Sykes öylesine iyi yetişmişti ki, Felix ondan Estelle'e en seçkin konuklar için ayrılmış, hatta birden fazla kez kraliyet mensuplarının kaldığı o süiti vermesini istediğinde nasıl büyük bir tepki göstermediyse, şimdi de yüksek sesle çığlık atmadı; ama bir an için olduğu yerde durup dudaklarını sıkarak Felix'e dönüp baktı.

Felix yüzünü buruşturdu. Tahta kurularının suçu tamamen kendisindeydi, bunu biliyordu. Önümüzdeki birkaç gün boyunca, Ferndale Hall'un personeli ne kadar becerikli olursa olsun, bütün ağır işi onların omuzlarına bırakmaya niyeti yoktu. Elini taşın altına koyacak, yarattığı karmaşayı düzeltmek için onlarla yan yana çalışacaktı.

"Sarı Süit mi?" Büyükbabası ona dirseğiyle hafifçe dokunup

keyifle güldü. "Hadi söyle bakalım, Felix. Bayan Baxter konusunda gerçekten ilerleme kaydediyor musun?"

"Bilmiyorum," dedi Felix, tam bir dürüstlükle.

"Eh, artık onu tam olması gereken yere getirdik." Büyük halası kolunu onun koluna doladı ve yüzüne bakarak gülümsedi. "Senin cazibenle Ferndale Hall'un güzelliklerinin birleşimine kim karşı koyabilir?" Etraflarını işaret etti; Felix de duvarlardaki atalarının tablolarına bakıp gülümsedi. Çoğu sert görünüşlü bir topluluktu; gizli favorisi olan büyük büyükannesi Lady Elizabeth hariç. O da onun gibi sarı saçlı ve mavi gözlüydü; ağzının kenarlarında da sanki birazdan gülecekmiş gibi belli belirsiz bir gülümseme vardı.

Estelle'e bütün aile tarihini anlatmayı dört gözle bekliyordu. Mirasının idaresini ona, gelecek nesiller adına bu mirasın koruyucusu olarak teslim etmeyi... Kararlılığı ve görev duygusuyla Estelle'den daha uygun birini hayal bile edemiyordu.

Elbette, şimdiye kadar gördüğü en güzel kadınlardan biri olması da işin cabasıydı. Merdivenlere doğru bir kez daha baktı; onu ne kadar kısa sürede yeniden göreceğini şimdiden düşünüyordu. Ferndale Hall'un şamdanlarından dökülen mum ışığında gözleri parlayarak akşam yemeğinde ne kadar güzel görüneceğini...

Sonra burada birlikte yedikleri son yemeği hatırlayıp kendi kendine kıkırdadı; Estelle onu görmesini engellemek için şamdanı kullanmıştı. Uşaklara yan sehpalara daha fazla mum koymalarını tembihlemesi gerekirdi. Masada arkasına saklanabileceği hiçbir şey olmamalıydı!

"Bunlar Bayan Louise'ten gelen kitaplarım mı? Ne harika!"

Felix dikkatini yeniden büyükbabasına çevirdi. "Sanırım öyle. Açmamı ister misiniz?"

"Kitaplarıma sakın elini sürme!" Lord Ferndale paketi sahiplenircesine göğsüne bastırdı.

"Peki, peki, anlaşıldı!" dedi Felix, ellerini kaldırıp gülerek. "Ama kitapçıdan hoşunuza gidebilecek bir iki şey de aldım. Gidip onları getireyim, olur mu?"

Bayan Sykes, Bay Yates'in Estelle'in kalması için ayırdığı Sarı Süit'e onu buyur ederken Estelle kendini toparlamak için derin bir nefes aldı. O ve kız kardeşleri geçmişte zaman zaman Ferndale Hall'da kalmışlardı. Daha birkaç gün önce de yağmur fırtınası kasabaya dönmesini engellediği için geceyi burada geçirmişti. O zaman kolaylık olsun diye rahat, küçük bir odada kalmıştı. Hayatında bir kez bile bunun kadar güzel ve böylesine ihtişamlı bir odada kalmamıştı. Bu kadar geniş bir alan ve böylesine güzel döşenmiş bir oda karşısında sevinçten kendi etrafında dönme isteğine karşı koymak zordu. Adının da ima ettiği gibi, duvarlar yüksek süslü tavandan beyaz lambriye kadar sarıya boyanmıştı. Duvarlardan biri boyunca resim askısına dizilmiş bir dizi manzara tablosu asılıydı. Bayan Sykes kalın, altın tonlu perdeleri geri çekince oda ışığa boğuldu. Estelle, manzara tablolarının aynı görüntüyü yılın farklı zamanlarında gösterdiğini fark edince dudaklarından hafif bir soluk kaçtı.

Geniş bir meşe ağacı, yazın yeşil yapraklarıyla sıcak bir günde hoş bir gölge sağlıyordu. Meşenin ötesinde, başka bir ağaç sırasının arkasından kıvrılarak uzanan nefis bir göl vardı; sanki çok daha ileriye gidiyormuş hissi veriyordu.

Sarı Süit birkaç odadan oluşuyordu; ilki zevkli döşenmiş bir oturma odası, ikincisi ise Estelle'in şimdiye dek gördüğü en büyük yatak odasıydı. Yatağın, uzun bir geçmişe ve köklü bir soya işaret eden, oyma meşeden kocaman bir başlığı vardı. Üzerine aslanlar ve armalar işlenmişti.

Bayan Sykes Estelle'e küçük bir reverans yaptı ve, "Umarım beğenmişsinizdir, Bayan Baxter?" dedi.

"Neredeyse nutkum tutuldu," diye itiraf etti Estelle. "Burası..."

"Biraz göz korkutucu mu?" dedi Bayan Sykes gülümseyerek.

"Biraz," diye kabul etti Estelle. "Ama aynı zamanda davetkâr da, sıcak da." Süitin geri kalanını incelemek için döndü; burada, üstelik belki de bir geceden fazla kalacak olmasına neredeyse inanamıyordu. Bayan Yates'in, kendisini tahtakurularından kurtarması için ona ihtiyaçları olduğunu söylemesi epey abartılı olmalıydı. Bayan Sykes gayet sağlıklı görünüyordu. Eğer bu, Estelle ile Felix'i bir araya getirmek için kurulmuş bir oyunsa, işe yarıyordu. Estelle her kalp atışında bu odaya biraz daha âşık oluyordu.

Pencerelerin altındaki köşede, kitapları doğrudan güneş ışığından uzak tutan alçak raflar vardı. Bir okuru içine çekip orada kalmaya özendirecek kadar zarif bir şezlong da vardı. Ne kadar da kusursuzdu.

"Çantalarınız birazdan gelir; size yardımcı olmak için Isabelle de gelecektir. Başka bir şeye ihtiyacınız olursa lütfen zili çalın."

"Ama Bayan Sykes, ben buraya o diğer hassas meselede size yardımcı olmaya geldim. Kız kardeşim Bernadette, işimize yarayacak pek çok ot ve bitki demeti hazırladı."

Bayan Sykes yutkundu. "Demek gerçekten tahtakurusu var?"

"Ne yazık ki öyle. Bay Yates The Swan'da kalmıştı, sonra Hall'daki odasına döndü; ertesi gün baloda da o..."

"...O musibet ısırıklarla kıvranıyordu," diye cümlesini Felix tamamladı; Matthew, Estelle'in valizini ve Bernadette'in otlarının bulunduğu çantayı taşırken içeri girmişti. "Bunlara er geç ihtiyaç duyacağınızı düşündüm."

"Bay Yates." Bayan Sykes Felix'e hızlıca bir reverans yaptı.

Matthew Estelle'e eğilerek selam verdi ve üçünü odada bırakıp çıktı.

Felix'in ışıl ışıl gülümsemesini görünce Estelle'in içine bir sıcaklık yayıldı. Bütün ev halkına çıkaracağı zahmet düşünülünce bu kadar neşeli olmaması gerekirdi; ama işte buradaydı, her zamanki neşesiyle dopdoluydu.

"Önümüzde epey iş var," dedi Estelle, çantayı açıp Bernadette'in paketlerini çıkarırken. "Bayan Sykes, bunlar yıkamaya katılacak otlar. Bu sıvı yer tahtalarının üzerine serpilecek. Bunlar da çekmecelerin diplerine ya da katlanmış çarşafların arasına konacak."

Kolay kolay sarsılmayan kâhyanın ifadesi değişmedi. "Teşekkür ederim, Bayan Baxter." Sonra, hep başkalarına yardım eden kadının bu kez kendisi yardım isteyince sesi neredeyse titredi. "Otlar ve benzeri şeyler konusunda pek bilgili değilim. Mutfak bahçesinden hangilerini toplaması gerektiğini Isabelle'e anlatmanızın bir sakıncası olur mu?"

Felix araya girdi. "Ben de yardım etsem nasıl olur? Nihayetinde bütün bu tatsızlığın sebebi benim. Kendimi epey sorumlu hissediyorum."

Bayan Sykes'ın kaşları belli belirsiz kalktı ki, Estelle bunu hayal edip etmediğini merak etti.

"Gerek yok, Bay Yates," dedi kadın.

Bayan Sykes, bir yandan bu haşere sorununu gidermeye hemen başlamak isterken, bir yandan da Bay Yates'i misafiriyle baş başa bırakmak istemiyor gibiydi.

Isabelle kapıda görünüp reverans yaptı. "Bakır kazanlarda su kaynatılıyor, Bayan Sykes."

"İyi," dedi Bayan Sykes, paketlerden birini yukarı kaldırarak. "Bu karışımı suya ekleyeyim."

Aman Tanrım, yanlış ot karışımıydı. Estelle bir şey yapmalıydı, yoksa Bernadette'in emeği boşa gidecekti. Başını öteki pakete doğru eğdi; Bayan Sykes da paketleri değiştirdi. Estelle, doğru paketi seçtiğini belirtmek için başını salladı.

Biraz abartarak, "Mutfak bahçesini görmeyi çok isterim doğrusu," dedi. "Hakkında ne güzel şeyler duydum; üstelik kız kardeşim Bernadette benden ayrıntılı bir rapor istedi."

"Peki, Bayan," diyerek usulca reverans yaptı Isabelle. "Size yerini gösteririm."

Felix, "Ben de mutfak bahçesini görmeyi çok isterim," dedi. "Daha çok kısa süre önce döndüm; Hall'daki görevlerimi de ihmal etmiş bulundum."

Estelle ekledi: "Bernadette bana işimize yarayacak bitkilerin bir listesini verdi. Eminim çoğu burada yetişiyordur."

Bayan Sykes saygılı bir tavırla başını eğdi. "Bahçıvanlar onları sizin için toplar."

"Büyük bir memnuniyetle..." dedi Estelle, sonra idrak eder gibi sustu. O buraya çalışmaya gelmemişti; yalnızca tavsiye vermek için gelmişti. Gerekli olanların bir listesini pekâlâ yazabilirdi. Hatta Bernadette kendisi yerine gelse belki daha iyi olurdu. Ama sonra... Felix'e kuşkuyla baktı. Her nasılsa, Bernadette'in davet edileceğini hiç sanmıyordu.

Felix kolunu ona uzattı; Estelle de koluna girdi, Bayan Sykes ile Isabelle tuvaletlere giderken onun kendisini bahçeye götürmesine izin verdi.

"Ne kadar muhteşem bir bahçe burası." Estelle etrafına bakındı. Yüksek tuğla duvarlar bahçeleri rüzgârdan ve kötü havadan koruyor, duvarlara bitişik inşa edilmiş camlıklar da buna ihtiyaç duyan bitkiler için kontrollü bir iklim sağlıyordu. Düzenli sıralar hâlinde ekilmiş sebzelerle şifalı otlar, yükseltilmiş tarhlarında gür bir biçimde serpiliyordu. Bu bahçede sırf süs için yetiştirilen tek bir bitki yoktu; her şeyin bir işe yaradığı belliydi, ama yine de her yer çok güzeldi. İki bahçıvan çalışıyordu; biri bezelyeleri sırıklara sarıyordu, diğeri çilekliğin otlarını ayıklıyordu. Estelle ile Felix yaklaşınca ikisi de ayağa kalkıp saygıyla eğildi.

"Bugün pazar, Willis, dinlenmen gerekmez mi?" dedi Felix yaşlı adama neşeyle.

"Hanım beni evden kovdu efendim, oğlanı da benimle yolladı. Bütün gün ayağının altında dolanmamıza dayanamayacağını söyledi. Biz de bari birkaç işi aradan çıkaralım dedik."

"Aman Tanrım, gidin balık falan tutun!" dedi Felix.

Bunu gülümseyerek söylemişti ama Estelle onun gerçekten öyle düşündüğünü görebiliyordu. Malikânedeki çalışanlarının boş vakitlerinin tadını çıkarmasını istiyordu; Estelle'in içi birden ona karşı ısındı. Bu nazik tavır, şüphesiz onu çalışanların gözünde daha da sevilen biri hâline getirirdi. Kuzeni Phoebe, hizmetçilerine haftada yarım gün izin vermeyi bile zor görür, pazar sabahlarını da kiliseye gitmeleri şartıyla verirdi; zavallı kızlar böylece kendilerine iki saat bile ayıramazdı. Oysa burada Felix, bahçıvanlara gidip balık tutmalarını söylüyordu!

"Gitmeden önce bizi doğru yere yönlendirir misiniz?" Felix Estelle'e döndü. "Bayan Baxter birkaç şifalı ot arıyor."

"Git de bir sepet getir, oğlum," dedi Willis oğluna; çocuk da hızla koşup uzaklaştı. Willis saygıyla Estelle'e eğildi. "Size nasıl yardımcı olabilirim, Bayan Baxter?"

Estelle listedekileri sıraladı; Willis başını salladı, sonra onu şifalı ot tarhına götürüp diz çökerek onun için mis kokulu lavanta sapları kesmeye başladı; az sonra oğlunun getirdiği sepete de bunları koydu. Sırada biberiye vardı; Bernadette'in buraya verdiği çelikler sayesinde burada çok iyi yetiştiğini zaten biliyordu. Sonra sıra camlıkların içindeki bitki hazinesine geldi; limonlar ve limon çiçekleri de bunlar arasındaydı. Büyük bir toprak saksıda küçük bir defne yetişiyordu. Defne yaprağını biliyordu; Bernadette'in listesinde olmamasına rağmen Estelle kurutmak için birkaç yaprak kopardı — ama fazla değil, çünkü bitki hâlâ küçük bir çalıydı. Bernadette bunları mutlaka isteyecekti.

Yarım saat kadar sonra, Felix şifalı otlar ve çiçeklerle dolu iki sepet taşıyarak onunla birlikte içeri dönerken Estelle'in aklına bir şey geldi: Ferndale Hall hizmetkârları ona alışılmadık derecede hürmetkâr davranıyordu. Sonuçta yıllar içinde buraya epey gelmişti ve hizmetkârların hepsi de hayatı boyunca tanıdığı Hatfield yerlileriydi. Daha önce ona şimdi yaptıkları kadar eğilip saygı göstermemişlerdi. Felix'e kuşkuyla baktı. Bu kesin onun işiydi.

"Bay Yates," dedi, uşaklarla hizmetçi kızların kovalar dolusu sıcak su ve yıkanacak çamaşır tomarları taşıyarak oradan oraya koşturduğu koridordan geçip şifahaneye doğru ilerlerlerken, "hizmetkârlarınıza benim hakkımda tam olarak ne söylediniz?"

"Nasıl yani?" diye sordu Felix; kaşları şaşkınlıkla çatıldı.

Estelle, o ifadeyle ne kadar sevimli göründüğünü düşünmemeye çalıştı; yoksa ona ne sorması gerektiğini unutabilirdi. "Hizmetkârlar bana alıştığımdan çok daha hürmetkâr davranıyor. Benim hakkımda onlara ne söylediniz?"

Cevabını beklerken kalbi biraz daha hızlı atmaya başladı.

"Ha." Birden dank etti. "Ferndale Hall'un gelecekteki hanımının siz olacağını ilan ettiğimi sanıyorsunuz."

Estelle şoktan neredeyse çığlığı basacaktı. "Sesinizi alçaltın!" diye tısladı Estelle; tam o sırada yanlarından geçen bir hizmetçi kızı duydukları yüzünden ayağını kaydırıp kovasındaki suyu etrafa sıçrattı. Kız hızla toparlanıp oradan uzaklaştı.

"Aman Tanrım! Daha önce söylemediyseniz bile artık söylediniz!"

Felix en ufak bir pişmanlık göstermeden sırıttı. "Söylememiştim, söz veriyorum. Ama Hall'a getirdiğim ilk hanım sizsiniz. Sanırım onlar da, şey, işi şansa bırakmak istemiyorlardır?" Mavi gözleri ona bakarken yumuşamıştı. Estelle'in bedeninin kimi yerleri buna karşılık verircesine titreşti. "Belki de sizi etkilerlerse beni kabul etme ihtimaliniz artar diye umuyorlardır. Sizden daha iyi bir hanım isteyemezler; eminim bunun farkındadırlar."

O mavi gözlerde kaybolabilirdi. Üstelik mantığında da hata bulmak istemiyordu. "Eh..." dedi; gülmek istiyordu ama hizmetkârların ne kadar konuşacağından da korkuyordu. "O hizmetçi kız, günün sonunda duyduklarını kuşkusuz öteki hizmetkârlara yayacaktır."

"Harika. O hâlde size hak ettiğiniz saygının gösterileceğinden tamamen emin olabilirim," diye neşeyle karşılık verdi Felix.

Sözlerini bile isteye yanlış yorumluyordu, ama Estelle ona kızamıyordu. Bunu nasıl başarıyordu? "Demek istediğim o değildi... siz gerçekten iflah olmaz birisiniz, Bay Yates!" dedi. Ama bunu söylerken yarı güler gibiydi; bitki hazırlama odasına vardıklarında Felix kapıyı ona açmak için sepetlerden birini yere bırakmıştı.

Bitki hazırlama odası sessizdi, kuruyan otların ve sertleşmeye bırakılmış sabunun kokusuyla doluydu. Ayrıca loştu, çünkü yalnızca kuzeye bakan küçük pencereleri vardı. Felix sepetleri odanın bir yanındaki uzun tezgâha koydu, Estelle de kesilmiş bitkileri demetler hâlinde ayırmaya başladı; hangilerinin taze kullanılacağını, hangilerinin daha etkili olmaları için kurutulması gerektiğini belirliyordu. Bernadette bu odada sevinçten havalara uçardı; ama yine de Estelle burada başka kimsenin olmamasına memnundu.

Kapı özellikle ardına kadar açık bırakılmıştı, ama yine de burada Felix'le baş başa olduklarının son derece farkındaydı. Duyuları keskinleşmiş gibiydi; sanki odada her hareket edişini üzerinde hissedebiliyordu. Dönüp bakmasına bile gerek kalmadan, onun hemen yanında durduğunu ve çeşitli demetleri ayırırken görünürde büyük bir ilgiyle izlediğini biliyordu.

Kolları birbirine değince Estelle yanaklarının kızardığını, nefesinin daraldığını hissetti. O bir adım daha yaklaşınca nabzı hızlandı. Yavaş yavaş aralarındaki mesafeyi kapattı. Estelle'in elleri durdu; o da kıpırdamadı, loş ışıkta onun bu yakınlığı karşısında adeta büyülenmişti. Bu oda serin olsun diye tasarlanmıştı, ama Felix'ten yayılan beden sıcaklığını hissediyordu. Bakışları dudaklarına kayarken Felix'in gözkapakları ağırlaştı. Boğazı birden kuruyunca yutkundu.

"Estelle," dedi; onun adı, özlem yüklü bir soru gibi döküldü dudaklarından.

Titrek bir nefesle, "Felix," diye karşılık verdi.

Felix'in gözkapakları yeniden kalktı ve bakışları birbirine kilitlendi. Sonra, "Keşke..." dedi.

"Evet." Estelle aralarındaki o neredeyse yok denecek kadar az mesafeyi kapattı ve dudaklarını onun dudaklarına bastırdı. İçini sıcaklık kapladı. Sinirleri titredi. Dudaklarının yumuşaklığı, bitkilerin keskin kokusu ve öpücüğün heyecanı kanında birlikte titreşiyordu. Bir anlığına nefes almak için geri çekildi, sonra yeniden birbirlerine döndüler; o anın mucizesine kendilerini bıraktılar. O yumuşak, artık ısınmış dudaklar ruhuna merhem gibiydi. Bu öpücüğün ikisi için de ne anlama geldiğine dair içlerinde büyüyen bir kavrayış vardı, ama bunu düşünmek istemiyordu. Yalnızca hissetmek istiyordu. Dertlerini geride bırakıp sevincin içinde yaşamak. Yalnızca kısacık bir anlığına bile olsa.

Felix'in kolları onu sıcak, şefkatli bir sarılışla kuşattı. Estelle de kollarını ona doladı; elleri onun ensesindeki buklelerle oynadı. Bu kadar çok yeni his yüzünden ikisi de artık biraz daha hızlı soluyordu.

"Harikulade," dedi Felix, geri çekilip hâlâ rahatsız edilmediklerinden bir kez daha emin olarak.

Estelle öpücüğün sürmesini istiyordu; daha fazlasını arzuluyordu. Aynı zamanda onun centilmenliğini de takdir ediyordu. Hizmetkârların ondan Ferndale Hall'un muhtemel hanımı diye söz etmesi başka şeydi, ama onları böyle yakalarlarsa çıkacak dedikodu çok daha zararlı olurdu.

"Sanırım bitkileri ayırmamız gerek," dedi Estelle; ama onun yakışıklı yüzüne öylesine dalmıştı ki kendisi de dönüp ayıklama tezgâhına geçmedi. Öylece durup birbirlerine hayret ve hayranlıkla baktılar.

Bayan Sykes'ın sesi dışarıdan bitki hazırlama odasına ulaştı; adımlarını bilerek daha sesli atıyordu, sanki hassas bir anı bölmek istemiyormuş gibiydi. Kapıya vardığında konuşmayı sürdürdü ve bir bahçe şapkasını kancaya asmak için onlara arkasını döndü. Felix o anda Estelle'den şimşek hızında bir öpücük çaldı, sonra masanın yanına geçip yüksek sesle, "Bayan Sykes, bize katılmanız ne hoş.

Bayan Baxter tam da bahçıvanlarımızı, elbette sizi de, övüyordu," dedi.

Estelle elini ağzına götürüp gülüşünü bastırdı.

Bayan Sykes, Estelle'e içten hoşnutlukla baktı. "Ne kadar naziksiniz, Bayan Baxter! Aman, ne muhteşem otlar bunlar. Şimdi, Bay Yates." Sert bir bakışı Felix'e çevirdi. "Siz burada bize ayak bağı olursunuz; haydi artık gidin de başka bir işe bakın."

"Yolunuzdan çekilirim, Bayan Sykes, ama Hall'a tahtakurusu getirdiğim için kendimi korkunç suçlu hissediyorum. Bütün işi size ve hizmetçi kızlara bırakamam; hele bir de pazar günü. Ben ne yapabilirim?"

Bayan Sykes, Felix'i bir an süzdü; sonra belli ki ciddi olduğuna karar verdi. Onaylarcasına başını salladı. "Bu çok düşünceli, Bay Yates. Pompalanıp taşınacak çok su var. Sanırım biraz pompanın başında durabilirsiniz."

"Elbette yaparım!" Felix kapıya yönelmeden önce Estelle'in elini gizlice sıktı. "Bayan Baxter'a benim için göz kulak olun, Bayan Sykes. Hall'un her yanını gösterin ona!"

"Onu bana bırakabilirsiniz, Bay Yates." Bayan Sykes o çıkıp giderken sevgi dolu bir kıkırdamayla başını salladı, sonra anlamlı bir bakışı Estelle'e çevirdi. "Evet gerçekten, Bayan Baxter. Haydi, Hall'a dair her şeyi size gösterelim. Eminim bu bilgiler ileride işinize yarayacaktır."

Estelle kızardı.

Kıpkırmızı kesildi.

BÖLÜM 15

Ferndale Hall Savaşı

Ferndale Hall o akşam yemek saatinde tıbbi bitkilerden çok kuvvetli bir şekilde kokuyordu ama kimse aldırmıyordu. Bitkisel kokularla tahtakurusu istilası arasında bir seçim yapılsa, herkes haftanın her günü bitkileri memnuniyetle seçerdi, Felix bundan oldukça emindi. Öğleden sonranın büyük bölümünü su pompasını çalıştırarak geçirmişti; kasları tatlı bir yorgunlukla sızlıyordu ama sonunda çamaşırhane hizmetçilerinin bir kova daha istemeleri sona ermişti ve terli başından aşağı dökmek için bir kova daha pompalamıştı. Gömleğini ve ceketini çoktan çıkarmıştı ve Estelle'in onu pompa avlusunun üstündeki bir pencereden gözetlediğini düşündü sanki.

Gözlerindeki suyu kırpıştırıp tekrar baktığındaysa, o gitmişti.

Estelle'i ıtriyat odasında bıraktığından beri görmemişti ve onun varlığını şimdiden özlediğini fark etti. Ailenin yemekten önce her zaman toplandığı salonun kapısında göründüğünde, ayağa fırladı ve onu içeri götürmek için aceleyle yanına gitti.

"İyi akşamlar. Bir kadeh şeri ister misin? Kesinlikle harika görünüyorsun." Sarı-beyaz çizgili ipekten güzel bir elbise giymişti, koyu saçları başının üstünde toplanmıştı, birkaç bukle yüzünü çerçeveleyerek ona çok yakışıyordu. Yanakları iltifatına kızardı.

"Bir şeri çok güzel olur, teşekkür ederim Bay Yates," diye mırıldandı Estelle, o da onu büyük halasının yanındaki kanepeye götürüp oturttu, ardından ona bir kadeh getirmek için büfeye gitti.

"Bernadette'in ilacını sizin için getirdim Lord Ferndale," dedi Estelle, Felix de dönüp dedesine tıpalı bir şişe uzatırken gördü onu. "Akşam yemeğinde bir kadeh şarabın içine iki çay kaşığı."

"Ah, çok teşekkür ederim canım!" Lord Ferndale şişeyi kabul etti. "Umarım şarabın tadını bozmaz."

Estelle güldü. "Bernadette bana tadının az olduğunu garanti ediyor. Yine de sizi uykulu hissettirebilir, bu yüzden yemekten kısa süre sonra çekilmenizi tavsiye ederim."

"Kitabımı kütüphanede oturmak yerine yatak odama götürüp okuyacağım," diye ciddi bir tavırla ilan etti Lord Ferndale.

Felix Estelle'e şerisini uzattı, Bayan Yates de o sabah kiliseden sonra Hatfield hanımlarından biriyle konuşmasını anlatmaya başlarken Estelle terbiyeli bir edayla şerisini yudumladı. Felix dinlemiyordu, Estelle'e bakmakla çok meşguldü, büyük halası "Öyle değil mi, Felix?" diye sorduğunda ise bu dikkatsizliğini hızla telafi etmek zorunda kaldı.

"Elbette, Hala Florence," diye aceleyle söyledi ve Estelle'in bir sırıtışını saklamaya çalıştığını fark etti. Dinlemediğini biliyordu, hay aksi! Ama tam önünde oturup bu kadar güzel görünürken odaklanmak çok zordu...

"Felix, bu hafta bir ara Benbury çiftliğine atla gitmeni istiyorum," dedi dedesi o sırada. "Çatı konusunda endişelendiklerini bildiren bir not aldım. Sonbahar yağmurları başladığında sızıntı olmasın, o yüzden git ve benim için bir bak, olur mu? Sağ ol evladım."

Benbury çiftliğine yapılacak atlı gezinti, çekici ormanlık alanlardan geçen hoş bir yolculuk olacaktı. Felix o anda Estelle için ahırlarda uygun bir yan eyer atı bulup ertesi gün onu bir gezintiye çıkaracağına karar verdi. Yalnız kalmanın yanı sıra onu malikâneyi gezdirmek için de harika bir fırsattı.

Ancak onunla yalnız kalma fırsatı beklediğinden daha erken

geldi. Yemekten sonra hem büyük halası hem de dedesi oldukça erken çekilince, Felix ile Estelle akşam yedide, temizlenmiş yemek masasının iki yakasında birbirlerine bakakaldılar.

"Kütüphane?" diye önerdi Felix ve Estelle başını salladı.

Bu basit baş hareketiyle kalbi nasıl da sevinçle doldu. Görgü kuralları gereği kütüphane kapısını sonuna kadar açık bıraktılar ama sonunda rahat okuma koltuklarında birbirine yakın oturmayı seçtiler.

"Biliyorsun ki burası benim bu malikânenin en sevdiğim odası," dedi Estelle, "Ama Sarı Oda da ona çok yakın."

"Çok sevindim," dedi. "Kütüphane neredeyse benim de en sevdiğim odam."

"Neredeyse mi?" dedi gülümseyerek, başını yana eğdi, narin kaşlarından biri sorgularcasına kalktı.

Bugün daha önce paylaştıkları muhteşem öpücüklerin anısı zihninde canlandı. "Son zamanlarda ıtriyat odasına fazlasıyla ısındım."

İkisi de buna hafifçe kıkırdadı.

"Ama kütüphane benim en sevdiğim oda olabilir," diye umut dolu bir imada bulundu.

Davetini memnuniyetle kabul edip eğildi ve onun yumuşak dudaklarına bir öpücük bıraktı.

"Şimdi oldu," diye takıldı.

Kapıya doğru bir bakış attı ve ayak sesleri dinledi. Hiçbir şey. Sanki tüm ev halkı onlara mahremiyet tanımıştı. Estelle'e döndüğünde, parlayan gözleri ve gülümsemenin izi başka bir öpücüğe davet ediyordu. Seve seve karşılık verdi.

Dudakları buluştuğunda kalbi deli gibi çarptı. Birbirlerine mükemmel uyum sağlıyorlardı.

Yaşadığı sürece, sevgili Estelle'inden aldığı öpücükler asla yetmeyecekti.

İşte bu.

Aşkın gerçekten nasıl hissettirdiği buydu. Hoştu, baş döndürücüydü; ama aynı anda insanı içine alan, güven veren bir yanı da vardı. Hiç de rahatsız edici değildi; o büsbütün yanlış bir fikirdi.

Bu aşktı. Başka türlüsü olamazdı.

O, Felix Yates, Estelle Baxter'a âşıktı.

Ve bu muhteşemdi.

Koridorda ayak sesleri duyuldu. Belli ki varlığını özellikle belli etmek istercesine atılmış ağır adımlardı bunlar. Estelle ondan uzaklaşıp kitabını okuyormuş gibi yaptı. Felix kapıya doğru baktı ve gülümsedi. Avizedeki mumları söndürmeye gelen Bay Thorne'du.

"Hâlâ okumakta olduğunuzu fark etmemiştim," dedi uşakbaşı, eğilerek. Estelle'e sanki çoktan evin hanımıymış gibi davrandı ve, "Başka bir şey ikram etmemi ister misiniz, Bayan Baxter?" diye sordu.

Estelle utangaç bir gülümsemeyle, "Teşekkür ederim, Thorne; belki biraz şeri?" dedi. Sonra Felix'e baktı; o da kendisinin de isteyeceğini belli edercesine başını salladı.

Hizmetkârlar ona çoktan hak ettiği saygıyı göstermeye başlamıştı ve Estelle de bunu şahane bir ustalıkla karşılıyordu. Bu konağın kusursuz bir hanımefendisi olurdu.

Uşakbaşı başını sallayıp bir kez daha eğildi. Az sonra geri döneceğini bilen Felix usulca Estelle'e sokuldu; bir öpücük daha kondurdular, sonra da biri gelmeden birbirlerinden ayrıldılar. Thorne geri döndüğünde raflara göz atıyorlar, masumiyetin adeta resmi gibi görünüyorlardı.

Thorne, Felix'in şerisini yakındaki bir masaya bırakırken mırıldandı: "Pekâlâ, efendim."

Felix, uşakbaşının bununla herkesin Estelle'i onayladığını ima ettiğini düşünmeden edemedi.

"Thorne, lütfen bugün benim... düşüncesizliğim yüzünden fazladan çalışmak zorunda kalanlara yarın öğleden sonranın izin olduğunu personele bildirin. Hak ettikleri dinlenme gününden mahrum kalmalarını istemem."

Thorne gülümsedi ve her zamanki gibi, "Pekâlâ, efendim," dedi.

Thorne çıkınca Estelle ona dönüp, "Bunu yapman çok nazikçe," dedi.

Felix omuz silkti. "Asıl nezaket, tahta kurularını en başta eve getirmemiş olmam olurdu. Belirtileri tanımam gerekirdi; daha önce de yaşamıştım, Yunanistan'da."

"Yine de eminim, hizmetkârların bu kadar görevlerini ciddiye almalarının sebebi de bu. Çok çalışıyorlar ama takdir edildiklerini biliyorlar."

"Kesinlikle öyle," diye katıldı Felix. Estelle'in çok da uzak olmayan bir gelecekte hizmetkârları ne kadar şahane yöneteceğini düşünmek bile onu tatminle doldurdu. "Bu durum benim hatamdı. Sorunları ben çıkardım, ama düzeltmek için işi başkaları yapmak zorunda kaldı. Bu beni rahatsız ediyor. Daha çok yardım etmeliydim."

Bu söz Estelle'i şaşırttı. "Ama bütün gün su taşıdın; kendini bitirircesine yordun."

"Demek penceredeki sendin?"

Estelle güzelce kızardı; bu da cevabın ta kendisiydi.

Onun kendisini izlediğini artık bildiği için Felix kendi kendine güldü. Aslında gösteriş yapmaya çalışmıyordu ama çalışmak onu fena hâlde ısıtmıştı, su da elinin altındaydı. "Gerektiğinde ağır işten korkmam," dedi.

Estelle başını salladı. "Buna artık birçok kez tanık oldum. Başta seni yanlış yargıladığım için de üzgünüm."

"Geçti gitti," dedi Felix, elini sallayarak. "Yalnızca babama hiç benzemiyor olmama seviniyorum. İşte ağır işten korkan bir adam vardı."

Estelle onun eline uzanıp destek verircesine sıktı; bu da onu devam etmeye teşvik etti. Elinin kendi elinde oluşu öylesine kusursuzdu. Öylesine doğruydu ki.

"Pek bir şeye tanık olmadım; çünkü zamanımın çoğu çocuk odasında geçti, sonrasında da yatılı okula gittim. Ama korkunç derecede savurgandı. Annemi de feci halde mutsuz etti. Annem bunu elinden geldiğince sakladı ama belirtiler ortadaydı."

Estelle yüzünde acıma değil, ilgi ifadesiyle başını salladı. Tam da onun devam edebilmesi için ihtiyaç duyduğu tavır buydu.

"Annem yeniden evlendi; şimdi ikinci kocasıyla İrlanda'da yaşıyor ve mutlu. Yakın zamanda onu ziyaret etmek isterim ama döndükten bu kadar kısa süre sonra büyükbabamı ve Florence halamı bırakmak da istemiyorum. İkisine de büyük bir hayranlık duyuyorum. Hem burada, konakta benim yardımıma ihtiyaçları var. Yarın akşam onunla birlikte katılmam gereken bir yerel meclis toplantısı var; duyduğuma göre oylar onun lehine değil."

Estelle başını salladı; Felix onun içinde bulunduğu ikilemi anladığını gördü. "Lord Ferndale ile Bayan Yates de son birkaç yıldır ailemin iyi dostları oldular," dedi Estelle. "Sizin eve dönmüş olmanızdan ikisinin de büyük memnuniyet duyduğunu görebiliyorum."

Şeriler unutuldu; birkaç öpücük daha çaldılar. Her biri bir öncekinden daha kusursuz, daha mucizevi geliyordu. Felix bir anlığına konağa tahta kurusu getirmiş olmasına neredeyse şükretti; çünkü bu sayede Estelle'i tanımak için çok daha fazla zamanı olmuştu. Kütüphanede bütün gece onu öperek kalabilirdi; büyük ihtimalle de öyle yapardı; ama bir süre sonra Estelle, utangaç bir gülümsemeyle ve öpücüklerle kızarmış dudaklarıyla geri çekilip ona iyi geceler diledi.

Kahvaltıda Felix'in büyükbabası neşe saçıyordu. "Sevgili Bayan Baxter, en içten tebriklerimi Bayan Bernadette'e iletmelisiniz. Yıllardır ilk kez bu kadar iyi uyudum!"

"Bunu duyduğuma sevindim; eminim kız kardeşim de sevinecektir buna." Estelle ona ışıl ışıl gülümsedi.

"Felix'i de erkenden ayakta görmek güzel," dedi Lord Ferndale, hafifçe sataşarak.

"Erken kalkmak ruha iyi gelir," dedi Felix selam niyetine. Büyük halasına bir fincan çay doldurdu, sonra Estelle'e de bir fincan uzatıp onu davet etti. "Bayan Baxter, bu sabah benimle Benbury'ye kadar at sürmek ister misin? Pek hoş bir gezidir. Ahırda bir hanımefendiye uygun bir at olduğu söylendi; sevgili Florence halam yıllar önce binmeyi bırakmış olsa da yan eyerinin hâlâ kusursuz durumda olduğu söyleniyor."

Cevabını beklerken nefesini tuttu.

"Teşekkür ederim, buna çok memnun olurum."

Şükürler olsun. Dün gece fazla ileri gittiğinden ve Estelle'in yeniden düşünmeye başlamış olabileceğinden korkuyordu. Birlikte ata binmeleri ona hem Ferndale arazisinin sınırlarını gösterecek hem de Estelle'i kiracılara tanıtma fırsatı verecekti. Konaktaki hizmetkârlar gibi, onların da Estelle'i seveceğinden emindi.

Bir saat bile geçmeden, sınır boyunca uzanan kayın ve karaağaçların benekli gölgesi altında nehir kıyısında atlarını ağır ağır yürütüyorlardı.

"Çok iyi biniyorsun," dedi Felix, "oysa galiba buraya geçen gelişinde bir at kiraladığını söylemiştin?"

"Doğrusu, bize ait atlarımız yok ama ata binmek için pek çok fırsatım oldu. Babam eskiden beni İngiltere'nin dört bir yanındaki kitap alım yolculuklarına yanında götürürdü; Galler ve Cornwall kadar uzak pek çok kasabaya gittim, hatta bir keresinde Edinburgh'a bile! Genellikle daha küçük yüklerle at sırtında yolculuk ederdik, çünkü çok daha hızlı olurdu. Çok sayıda kitap aldıysak onları bir sandığa koyar, önden gönderirdik."

"Demek epey seyahat etmişsin," dedi Felix.

Cevap verirken sesi hafifçe dalgınlaştı. "Sanırım çoğu genç hanımdan daha fazla; ama bu adadan hiç çıkmamışken kendime pek de seyahat etmiş sayılmam doğrusu, hele karşımda Yunanistan'a kadar gitmiş bir beyefendi varken!"

Felix gülümsedi, başını salladı. "İnsanların her yerde aşağı yukarı aynı olduğunu gördüm; başka bir dil konuşsalar bile. Onları harekete geçiren şeyler farklı değil."

"Bu senden beklenmeyecek kadar felsefi, Felix."

"Eh, antik filozofların yurdu Yunanistan'da bulundum; birazı bana da bulaşmış olmalı!"

Estelle güldü; Felix'in göğsüne sevinç doldu. Güzel bir gün, iyi bir at ve yaptığı şakalara gülen güzel bir kadın; bir adam daha ne isteyebilirdi ki? Konuşmaları kolayca ve neşeyle akıp gidiyordu. Ilık yaz meltemi üzerlerinden geçerken sık sık gülüşüyorlardı. Felix, Estelle'in gerçekten hem kendisi hem de Ferndale Hall için doğru kadın olduğuna inanmaya, bunu umut etmeye başlamıştı.

Kısa süre sonra ağaçların arasından çıkıp başakları olgunlaşan bir tarlaya vardılar.

"Şu taraftan, çit boyunca." Felix eliyle gösterdi. "Dünyada gidip de çiftçinin ekinini çiğnemem."

Birkaç dakika sonra çiftlik evine vardılar; Benbury'ler onları karşılamak için aceleyle dışarı çıktılar. Felix atından indi, dizginleri çiftçiye verdi; sonra Estelle'i bineğinden aşağı indirirken, onu ayaklarının yere bastığı ana kadarki o kısacık süre boyunca kollarında tutmanın hazzını içine çekti.

"Aman, bu Bayan Baxter, değil mi?" dedi Bayan Benbury; bakışları Estelle'den Felix'e, sonra yeniden Estelle'e kayarken gülümsemesine merak sinmişti. Kısa bir reverans yapıp ekledi: "Ferndale'e tekrar hoş geldiniz, Bay Yates."

"Teşekkür ederim, burada gerçekten çok iyi karşılandığımı hissediyorum," dedi Felix, Estelle'in kollarına inişine yardım ederken. Onu hemen bırakmak zorundaydı; yoksa bunca insanın gözü önünde bile onu öpmekten kendini alamayabilirdi.

Estelle çiftçilere neşeyle gülümsedi. "Ne hoş bir çiftlik eviniz var, Bayan Benbury! Merhaba sana da, küçük Mary."

Estelle çömeldi; Felix de ancak o zaman annesinin eteklerinin arkasına utangaçça saklanmış, başparmağını ağzına almış küçük kızı gördü. "Sanırım cebimde hoşunuza gidecek bir şey olabilir... Bu da ne?" Küçük bir yağlı bez paketini açınca içinden reçelli bir tart çıktı; küçük kızın gözleri ışıldadı.

Felix o anda fark etti ki Estelle bu aileyi zaten tanıyordu. Küçük Mary Benbury'nin utangaç olduğunu biliyor, mutfağa gidip küçük kıza getirmek için aşçıdan bir ikramlık dilenmiş olmalıydı.

Ferndale mülkleri hakkında ona öğreteceği tek bir lanet şey bile yoktu. Estelle bu insanları ondan daha iyi tanıyordu.

"Bu pek nazik bir davranış, Bayan Baxter," dedi Bayan Benbury içtenlikle.

Küçük Mary utangaçça Estelle'e teşekkür etti ve reçelli tartı tek lokmada ağzına tıkıştırdı. Felix gülümsemesini gizledi ve dönüp yeniden çiftçiye baktı; aşağı yukarı kendi yaşlarında, sağlam yapılı bir adamdı.

"Büyükbabam çatınızla ilgili bir sorun olduğunu söyledi. Bana gösterir misiniz?"

"Evet efendim, bu kadar çabuk geldiğiniz için teşekkür ederim."

Bayan Benbury, Felix Bay Benbury'yle birlikte hasarı incelemek için çatı arasına tırmanırken Estelle'i bir bardak taze süt içmek üzere mutfağa davet etti; Felix on dakika sonra aşağı indiğinde kendisi de bir bardak süt kabul etti.

"Size katılıyorum, Jacob," dedi çiftçiye. "Kiriş böyle çürümüşken çatıya yeni arduvaz döşemenin faydası yok; üstelik bu tek başınıza halledebileceğiniz bir iş değil. Birkaç adam ve yeni bir kiriş ayarlamaya bakacağım; elimizden gelirse bir hafta içinde hallederiz. Daha fazla yağmur zararı büyütmeden önce onarmak en iyisi."

Estelle masada oturuyordu; küçük Mary kucağındaydı ve Mary, Estelle'e iki mısır bebeği gösterirken büyük bir ciddiyetle ona bir hikâye anlatıyordu. Felix onları seyrederken içinin eridiğini hissediyordu; Estelle'in ne harika bir anne olacağını gözünde canlandırabiliyordu. Bir zamanlar kendisinin de yaptığı gibi, Ferndale Hall'daki büyük merdivenin direğinden kayarken çocuk kahkahaları duymak istiyordu. O eski eve yeniden hayat gelmesi gerekiyordu.

Estelle başını kaldırıp Felix'e gülümsedi, sonra da üst dudağını işaret etti. Felix şaşkınlıkla göz kırpıştırdı; sonra bir süt bıyığı kalmış olması gerektiğini fark etti. Aceleyle cebinden mendilini çıkarıp bıyığı sildi.

Nazik misafirperverlikleri için Benbury ailesine teşekkür edip atlarına bindiler. Küçük aileye el sallayarak uzaklaşırken Estelle şöyle dedi:

"Mary'nin adam akıllı bir bebeği olmalı."

"Ferndale'in hanımı, Noel hediye sepetine bir tane koyar," dedi Felix yumuşakça.

"Kuşkusuz koyar," diye karşılık verdi Estelle ve ona dönüp gülümsedi. "Çatılarıyla ilgileneceksin, değil mi?"

"Elbette! Bu öğleden sonra Büyükbaba'nın kâhyasıyla görüşeceğim. Bunun bir süre önce yapılmış olması gerekirdi; sanırım malikânenin bütün mülklerinde denetim yaptıracağım. "Kış gelmeden herkesin çatısının su geçirmez olduğundan emin olayım."

"Senin hakkında ilk düşündüğümden çok daha sorumlusun," dedi Estelle. "Ferndale'in çok iyi efendisi olacaksın... hanımı kim olursa olsun."

Bu övgüyle kendini göklere çıkmış gibi hissetti. Ona daha önce hiç kimse böyle bir şey söylememişti; boğazı birden düğümlendi. "Teşekkür ederim," dedi boğuk bir sesle.

Estelle ona doğru gülümsedi; sonra gülümsemesi muzip bir hal aldı. "Şuradaki uzun meşeye kadar yarışalım," dedi ve o daha dizginlerini toplamaya fırsat bulamadan atının boynuna doğru eğilip dörtnala değil, rahvan bir hızla uzaklaştı.

"Hileci!" diye gülerek seslendi. "Hadi Hannibal, bir hanımın kazanmasına izin veremeyiz; şerefimiz buna bağlı!"

Atı yarışmaya fazlasıyla hevesliydi ama Felix, sırf Estelle'i zaferiyle mutlu, yanakları kızarmış ve kahkahalar içinde görmek istediği için atını bilerek tuttu, Estelle'in kazanmasına izin verdi.

Doğrusu, ona her baktığında daha da güzelleşiyor gibiydi.

Ferndale'e döndüklerinde, Hala Florence ile Bayan Sykes Estelle'i sıcak gülümsemelerle karşıladılar; tahtakurusu felaketinden de, onu edepli bir ifadeyle "eldeki mesele" diye anarak, çözümün nasıl gittiğine dair yeni sorular sordular.

Üç kadının böylesine bir uyum içinde birlikte çalıştığını görmek Felix'in içini daha da ısıttı. Estelle'in yalnızca kendi geleceğinin kadını değil, aynı zamanda Ferndale Hall için de doğru kadın olduğuna bundan daha açık bir işaret olabilir miydi?

Ferndale Hall'ı yönetmenin—Estelle yanındayken—ne kadar kolay olacağına dair hayaller kurmuş olabilirdi ama o öğleden sonra Felix'i bir anda acı gerçeğe uyandırdı. Baron Ferndale belediye meclisi toplantılarına başkanlık ediyordu. Bu da, o gelmeden toplantının başlayamayacağı ve tüm gündem maddeleri sonuçlanmadan da onun ayrılamayacağı anlamına geliyordu.

Bu, Felix'i bekleyen tatsız geleceğin bir parçasıydı.

Joshua Baxter da burada, kasabanın sulh hâkimi sıfatıyla saygın yerini almıştı. Kasabanın dinî önderi olarak Rahip Milings'in de bir sandalyesi vardı. Doktor Rasley'in de bir sandalyesi vardı ve yaşlı beyefendinin varlığı, Felix'e toplantıların neden akşam yemeğinden sonra değil de öğleden sonra başladığını fark ettirdi—çünkü Rasley ilk saatin ardından horlamaya başlıyordu.

Birisi, Doktor Rasley'in sabah erken saatler ona uymadığı için kiliseye gitmediğini söylememiş miydi? Akşamın erken saatleri de sınırlarını zorluyor gibiydi.

Bir de Bay Wellworth vardı; Felix o adamın kasaba için tam olarak ne yaptığını pek anlayamadı. Zaten önemli de değildi; o da Joshua Baxter'la aynı saftaydı. Bir de avukat Bay Burton vardı; o da Bay Baxter'ın grubundaydı.

Elbette büyükbabasının tarafında yer alan üç üye daha vardı; bunların arasında eczacı Bay Lennox, belediye başkanı ve büyükbabasının atadığı bir başka ihtiyar meclisi üyesi de bulunuyordu. Ama sayıca fena halde azınlıktaydılar.

Felix oy kullanamıyordu; ona yalnızca gözlemci statüsü verilmişti. Oylar durmadan Joshua Baxter'ın hizbi lehine beşe dörde düşüyordu. Dakikalar saatler gibi uzuyor, Felix'in son neşe ve iyi huyluluk kırıntılarını da tüketiyordu. Bu zamanı Estelle'i öperek geçirebilirdi.

Büyükbabası hastane komitesi raporunu gündeme getirdi; raporun toplantı tutanaklarına geçirilmek üzere okunmasını istiyordu. Konu oylamaya sunuldu ama kaybetti, dolayısıyla meseleyi açmasına bile izin verilmedi.

Bir raporun okunmasına bile izin vermiyorlarsa bu kasabada nasıl ilerleme kaydedilecekti?

Büyükbabasıyla eve dönüş yolculuğu baştan sona öfke ve bezginlikle doluydu. "Ne muazzam bir vakit kaybıydı," diye itiraf etti Felix, nihayet arabanın güvenli mahremiyetine yerleştiklerinde.

"Baronluğu devraldığında, iyisiyle kötüsünü birlikte devralırsın," dedi büyükbabası.

"Bu kadar kötü olacağını bilmiyordum," diye inledi.

"Bu gece özellikle berbattı," diye kabul etti Büyükbaba, ağır bir iç çekişle. "Normalde en azından kasaba komitelerinden bazılarının raporlarının okunması yönünde oy verirler."

"Neden hastane istemesinler ki?" Felix'i öfkelendiren kısım buydu.

Yaşlı adam kıkırdadı. "Ah, hastane istiyorlar elbette; bana yalnızca bunun kendi şartlarında, kendi istedikleri yerde olması gerektiği mesajını veriyorlardı. Bir de doğrusu, hastane komitesinin üyeliğini değiştirip eşlerinden daha fazlasını içeri sokmaya çalıştıklarından korkuyorum."

"Bir güç gösterisi mi?" Felix iyi bir entrikayı severdi. "Dur tahmin edeyim, Bayan Baxter hastane komitesinde olmak istiyor?"

"Tek seferde bildin," dedi Lord Ferndale gülerek.

Felix arabanın penceresinden dışarı baktı. "Ben orada olmasaydım sizin için muhtemelen daha iyi geçerdi."

"Bir sonrakine gelmemek için sakın bahane uydurayım deme," dedi Büyükbaba sertçe. "Yaptıkları engellemeye tanık olacak insanlara ihtiyacım var."

İkisi de buna güldü; belediye meclisi toplantılarının düpedüz korkunç olduğu ve sahiden baştan düzenlenmesi gerektiği gerçeğini örtbas etmek için. Kişisel bir garez yüzünden kasabadaki herkese yardım edebilecek bir hastaneyi engellemeye kalkışmak! Felix bunu bir türlü kavrayamıyordu.

***

Salı sabahı kahvaltıda Felix, Estelle'le yeniden dışarı çıkıp Ferndale'in mülklerini biraz daha dolaşmayı dört gözle bekliyordu. Birkaç ev daha denetleyebilir, damlar akıyor mu, pencereler kırık mı diye bakabilirlerdi. Bir de daha fazla öpücüğün tadını çıkaracak zaman bulabilirlerdi.

Estelle, 'küçük sorunlarının' yoluna girdiğini ve Hatfield'a, kız kardeşlerinin yanına dönmesi gerektiğini öylesine söyleyiverince Felix'in hevesi kursağında kaldı.

Midesine buz gibi bir ağırlık çöktü. Büyükbabasına, umduğu üzere belli belirsiz ama yalvaran bir bakış attı. Gitmesi için henüz çok erkendi. Evlilik teklifi almadan geri dönemezdi; Felix ise onun arkadaşlığının ve iltifatlarının tadını çıkarmaya öyle kapılmıştı ki buna bir türlü fırsat bulamamıştı. Ne budala bir herifti!

Dün geceki belediye meclisi toplantısına katılmak zorunda kalmasaydı, belki sormanın bir yolunu da bulabilirdi. Gerçekten tam bir zaman kaybı olmuştu.

Büyükbabası, Felix'in fırsatını boşa harcadığını açıkça belli eden öldürücü bir bakış fırlattı; sonra boğazını temizledi ve yenilmiş gibi konuştu. "Çok özür dilerim, Bayan Baxter, şey, dün gece Hatfield'dan dönerken fayton atlarımdan biri biraz topallamaya başladı. Eğer bir gece daha kalmanız sakıncalı olmazsa, hayvanın yeniden güçlü ve sakin olduğundan emin olmak isterim."

Ne koca bir yalandı bu, diye düşündü Felix ve gülümsemesini eliyle gizledi.

Büyükbabası sonra işi iyice ballandıra ballandıra anlattı. "Yoksa Sarı Süit'ten memnun değil misiniz? Beğeninize uygun değil mi?"

"Aman Tanrım, Lord Ferndale. Sarı Süit çok hoş. Burada adeta bir kraliyet mensubu gibi ağırlanıyorum."

Büyükbaba hoşnutlukla başını salladı. "Bu iyi, çünkü seyahatleri sırasında orada kalan bir iki dük de oldu. Ama sizin standartlarınıza uygun olduğunu duymak beni sevindirdi." Son cümleyi sırıtışla söyledi; Estelle de hafifçe güldü, omuzları gevşedi.

"Şaka yapmayı ne çok seviyorsunuz. Sarı Süit çok hoş ve bir gece daha kalmayı pek isterim. Yalnızca kız kardeşlerim için endişeleniyorum; benim bunca işimi de kendi işlerine ek olarak onlar yapmak zorunda kalıyor."

Sonra Estelle Felix'e döndü; bu yeni gecikmeden kuşkulanmış görünüyordu ama yine de kendisine sunulan misafirperverliğe karşı nazikti. Tabağına bir dilim kızarmış ekmek daha almak için uzandı; bunun üzerine büyükbabası yerinden kalkıp ikisine de pencerenin yanına gelmelerini işaret etti.

Lord Ferndale alçak sesle, "Böyle sudan bahaneler uydurup duramayız," dedi.

"Bu iyiydi aslında, atın hâlâ topalladığını söyleyebiliriz..."

"Kes şunu. Onu burada sonsuza kadar tutamayız. Kızın gönlünü almaya bak artık, delikanlı."

Felix başını salladı; durumun ne kadar ciddi olduğunu biliyordu. Güneş çayırın üstünde pırıl pırıl parlıyor, gölün suları ışıl ışıl kıpırdanıyordu. Aklına bir fikir geldi ve bunu daha önce düşünmemiş olduğuna lanet etti.

BÖLÜM 16

Felix'le Piknik

Estelle, Lord Ferndale ile Felix'in tam olarak ne konuştuklarını duyamıyordu ama ikisinin de durmadan ona gizlice bakmasına bakılırsa, konuşmalarının konusunun kendisi olduğuna dair epey sağlam bir fikri vardı. Kesin olan bir şey varsa, o da ikisinin de incelikte... ya da yalan söylemekte uzman olmadığıydı. Atlarından herhangi birinin topal olduğuna bir an bile inanmıyordu. Hele Ferndale'da hiç. Hayvanlarıyla ilgilenen o kadar iyi insanlar vardı ki, bir atın ayağı ağrısa bile büyük ihtimalle yedekte başka atları bulunurdu. Ama rahat etmesini sağlamak için bunca zahmete girmişlerken onları gücendirmesi de mümkün değildi.

Daha önce bir dükün kaldığı bir odada mı yatmıştı? Demek bu yüzden bu kadar huzurlu uyumuştu. Neyse ki o oda öyle uzun zamandır kullanılmamıştı ki tahtakurusu ihtimali neredeyse sıfırdı.

Felix'le Lord Ferndale pencerenin yanında baş başa durmuş, kuşkusuz hoş bir oyun tasarlıyorlardı. Hayatta biraz eğlence aradıkları için onlara darılamazdı. Malikâneyi idare etmek büyük emek ve uyum gerektiriyordu. Bu arada kendilerine neşeli vakit geçirmenin yollarını buluyorlarsa, hayatı da bir o kadar daha hoş kılıyordu.

Onların arkadaşlığına, bir de Bayan Yates'inkine bayılıyordu. Hizmetkârlar da ona öyle nazik ve saygılı davranıyordu ki, kendini tam anlamıyla benimsenmiş hissediyordu. Ne yazık ki bu da, kitapçıyla tek başlarına uğraşmaları için kız kardeşlerini geride bırakmış olmaktan duyduğu suçluluğu yalnızca artırıyordu.

Ya yeni hesaplar geldiyse?

Ya Kuzen Joshua geldiyse?

Sanki düşüncelerini duymuş gibi, Felix altın sarısı başını ona çevirdi ve ona gülümsedi. "Bayan Baxter, anlaşılan bugün de yine harika bir gün olacak. Hizmetkârlara bizim için bir piknik hazırlatalım mı?"

Estelle en son ne zaman kendine böyle hoş bir keyif verdiğini hatırlamıyordu. Hem bir daha ne zaman böyle bir fırsat yakalayabilirdi ki? Suçluluk duygusunu bastırdı.

Sadece bir gün daha. Kendine bunu tanıyacaktı.

"Teşekkür ederim, bu çok düşünceli. Memnuniyetle."

Lord Ferndale dirseğiyle Felix'i dürttü.

Bu adamlar yine ne planlıyordu?

Bunu, Felix'in peşinden göle kadar uzanan mevsimlik çiçek tarhlarının yanından geçtikleri o nefis yürüyüşte çok geçmeden öğrendi. Felix'in elinde piknik sepeti yoktu; bu da Estelle'in, piknik lafının yalnızca bu yöne doğru yürümek için bir bahane olup olmadığını merak etmesine yol açtı.

Kayıkhaneye vardıklarında, hizmetkârların göl kıyısında büyüyen bir söğüdün altında cennet gibi bir köşe hazırladıklarını gördüler. Felix onu kısa iskeleye yönlendirdi; orada, yüzüne güneş vurmasın diye büyük bir şemsiyeyle donatılmış, battaniyelerle minderler yerleştirilmiş bir sandal vardı.

Her şey öylesine kusursuzdu ki bunun bir rüya olması gerektiğini düşünüp duruyordu.

Felix, onu sandala bindirmeye yardım etmek için elini uzattı. Nazik ve yumuşak dokunuşuyla sıcaklık damarlarına yayıldı; Estelle de onun elini bırakmakta tatlı tatlı ağır davrandı. Altlarındaki sandal biraz sallandı ama az sonra Felix karşısına oturmuştu. Birazdan gölün ortasına açılacaklardı; oraya gölge düşmeyeceğinden, Felix onun için şemsiyeyi açtı.

Estelle koltuğuna iyice yerleşti ve elini sandalın kenarından aşağı sarkıttı; su parmaklarını gıdıklıyordu. Eğer mutluluğun daha iyi bir tarifi varsa, henüz rastlamamıştı. Sonraki birkaç dakikayı her şeyi zihnine kazıyarak geçirdi. Havadaki taze biçilmiş çimen kokusunu, günün sıcaklığını, onları usulca gezdiren o yakışıklı, altın saçlı beyefendiyi. Güneşe doğru açıldıklarında şemsiye görevini yaptı. Ama Felix ve altın bukleleri bütünüyle güneşin altındaydı. Estelle'in hoşuna gidercesine, Felix ceketini çıkardı, ardından gömleğinin kollarını sıvayıp etkileyici derecede bronzlaşmış önkollarını ortaya çıkardı. Buna böylesine takılıp kalmaması gerekirdi ama o küreklere asıldıkça kasları dalgalanıyor, sanki kendini ona, yalnızca ona sergiliyormuş gibi geliyordu.

Mutluluktan yanaklarına yayılan gülümsemeyi durduramıyordu. Dönüp Ferndale Hall'a bakmak, Lord Ferndale ya da Bayan Yates onları izliyor mu diye görmek isteği güçlüydü ama buna direndi; onun yerine bakışlarını Felix'in üzerinde gezdirmeyi tercih etti.

"Bu çok hoş, teşekkür ederim," dedi Estelle. Hayatında gerçekten gevşeyip küçük lükslerin tadını çıkarabildiği an pek az olmuştu. Kitapçıya dair bütün düşünceleri zihninden kovdu. Bir anlığına Crafty'yi bile unuttu.

Felix kayığı ağaçların ardındaki kuytu bir yere doğru çekti; böylece ne Ferndale Hall görünüyordu ne de pikniği hazırlayan çalışanlar.

Kürekleri bıraktı, onlar da bir süre huzur içinde suyun üstünde süzüldüler.

Sonra Felix ceketine uzandı; Estelle iç çekti, kollarını yeniden örtecek ve o güzel manzara sona erecek diye düşündü.

Ama öyle yapmadı. Bunun yerine cebinden bir şey çıkardı ve kayığın fazla sallanmaması için dengesini koruyarak dikkatle yer değiştirdi. Sonra onun önünde dizlerinin üzerine çöktü.

Estelle dikleşti ve güneşliğini elinden düşürdü. Neyse ki suya değil, kayığın içine düştü.

Ani hareketiyle kayık biraz sallandı ama kısa sürede yeniden dengelendi. Keşke kalbi de bu kadar çabuk durulsa! Nabzı kulaklarını dolduruyor, onun sözlerini bastırıyordu. Felix, elinde çok eski görünen bir inci bileklik tutarken son derece ciddi bir şeyler söylüyordu. Sanki Ferndale ailesinden kalma bir yadigâr gibiydi bu.

Zaman yavaşladı. Yutkundu; kulakları açıldı. Nihayet onun sözlerini duymaya başladı ve en önemli cümle kulağına ulaştı.

"... benimle evlenme onurunu bana bahşeder misin?"

Boğazı kurudu. Yüzü hem sevinçten hem mahcubiyetten ısındı. Kim bilir ne güzel bir konuşma yapmıştı da o neredeyse hiçbirini duymamıştı.

"Umarım bu senin için tam bir sürpriz olmamıştır?" dedi Felix; yüz ifadesi düşmüştü.

Aman Tanrım, onu reddettiğini mi sanıyordu? "Hayır."

"Bu 'hayır', bunun sürpriz olmadığı anlamında mı... yoksa öteki çok mühim soruya verilmiş bir 'hayır' mı?" Cevabını beklerken epey kaygılı görünüyordu.

"Bir an soluklanmama izin verin," diyebildi Estelle. Bu anın kusursuz olmasını istiyordu. Bu güzel gün, gölün üzerinde dans eden pırıltılı ışık, artık iki kez gömleksiz gördüğü o altın adam, bu inanılmaz mülk... ve evet, bütün bunlarla birlikte gelen para ve güvence. Şimdi ve gelecek yıllarda hayatta isteyebileceği ya da ihtiyaç duyabileceği her şey ona sunuluyordu. Felix'e karşı hisleri gerçekti. Bunlar iyi hislerdi ve aşk değilse bile, o menzile epey yaklaştıklarını düşünmeye başlamıştı.

Yapmam gereken tek şey, bu çok yakışıklı, sevimli, neşeli adamla evlenmek.

Bu evliliğin kız kardeşlerine sağlayacağı yararları ve herkesi ne kadar mutlu edeceğini düşününce — buna kendisini de dâhil ediyordu — onu reddetmek bencilce ve budalaca olurdu.

"Evet," dedi. "Evet, Felix Yates, seninle evleneceğim."

Felix rahatlamayla adeta çözüldü; kayık sallandı.

Kayık yeniden dengelenince ikisi de rahatlık ve mutlulukla birlikte güldü.

Felix hâlâ bilekliği ona uzatıyordu. "Kalbim gerçekten duracak sandım; her şeyi tamamen yanlış anladığımı düşündüm," dedi.

"Hiç de değil. Sadece bu ana dair her şeyi zihnime kazımam gerekiyordu."

"Ben de bunu uzun süre unutmayacağım," dedi Felix; bilekliği onun bileğine takıp tokasını kapattı. Yadigâr inciler ışıldarken Estelle'in teni de onlarla birlikte neredeyse parlıyordu. İçi güneşle doldu. Felix sonra onun elini kendi ellerinin arasına alıp parmaklarını öptü. Kirpiklerinin altından ona baktı; Estelle'in yüreği hop etti.

Kayığı fazla sallamamak için dikkat ederek birbirlerine uzandılar ve Estelle'in kabulünü bir öpücükle mühürlediler.

Temasıyla Estelle'in içinde bir sıcaklık çiçek açtı. Ömrü boyunca bu büyülü anı asla unutmayacaktı.

"Seni öylesine çok seviyorum ki," dedi Felix, öpücük sona erdiğinde titrek bir nefesle. "Hayatımı, mutluluğunun hiç eksilmemesini sağlamaya adayacağım."

Estelle onun yakışıklı yüzünü ellerinin arasına alıp bir kez daha öptü. Dudakları birbirine kusursuzca uyuyordu. Sanki birbirleri için yaratılmışlardı.

"Bana şimdiden çok büyük mutluluk verdin. Senin eşin olmak benim için hiç de zor olmayacak, Felix Yates."

Piknik, mutluluktan bir tatlı sersemlik içinde geçip gitti; çalışanlar her şeyi hazırlayıp sonra da gözden kaybolmuşlardı. Pek bir şey yemediler; birlikte vakit geçirmekle ve o anın mutluluğunu yaşamakla yetindiler.

Ardından daha nice öpücük geldi.

Yemeği erkenden bitirdiler; Felix de küçük kayık barakasının öte yanında birkaç uşak buldu. Kalan ne varsa yemelerini söyledi.

Estelle, Felix'in elini tuttu; birlikte Hall'e dönüp Lord Ferndale ile Bayan Yates'e bu harika haberi verdiler.

Estelle'in mutluluğu Lord Ferndale'i pek memnun etti; Bayan Yates de ikisini birden kucaklayıp öptü. Hatta şaşırmış numarası yapıp bunun "ne kadar ani" olduğunu söylediler; oysa Estelle, Felix'in niyetlerinden gayet haberdar olduklarından emindi. Felix muhtemelen ona sunmak üzere o yadigâr bileziği Lord Ferndale'in kasasından çıkarmak zorunda kalmıştı.

Mahzendeki şaraplarla ve şeriyle kutlama yaptılar; Lord Ferndale de mutlu çiftin şerefine kadeh kaldırdı.

Lord Ferndale, "Ferndale Hall'ün mükemmel bir ev sahibesi olacaksınız. Felix'in size o bileziği sunmayı uygun görmesine de sevindim," dedi.

"Çok güzel. Ona daima değer vereceğim," dedi Estelle.

"Bu benim büyükannemin bileziğiydi," dedi Bayan Yates Estelle'e. "Lady Elizabeth'in. Şuradaki portrede o var; Felix'e benzeyen, altın saçlı kadın. Felix, bunun size çok uygun düşeceğini düşündü."

"Bu benim için büyük bir onur, Bayan Yates." Bileziğin aileye kabul edilişini böylesine simgelemesi Estelle'i ağlatacak gibiydi.

"Aman lütfen, artık neredeyse aile sayılırız. Bana Hala Florence deyin."

Estelle, gerçekten sevinç gözyaşları dökebileceğini düşündü. Bu kadar çok gülümsemekten yüzü ağrıyordu.

"Benimle gelin," dedi Hala Florence Estelle'e alçak sesle; Felix'le Lord Ferndale birbirlerinin sırtını sıvazlamakla meşguldü. "Size vereceğim başka bir şey daha var, canım."

Estelle memnuniyetle peşinden gitti. Bayan Yates'i önce birinci kata kadar takip etti; sonra bir kat daha çıktılar. Ardından Bayan Yates onu dar bir koridordan geçirdi ve koridorun sonundaki bir kapının kilidini açtı; kapının ardında da bir başka merdiven vardı.

Bunca merdiven çıkılacakken Estelle'in fazla şarap içmemiş olması iyi olmuştu; üstelik sonra bir de hepsini geri inmeleri gerekecekti.

"Nereye gidiyoruz böyle?" diye sordu Estelle merakla, Bayan Yates merdivenleri çıkmaya başlarken.

"Tavan arasına. Burada size vermek istediğim bir şey var."

Estelle, Ferndale Hall'deki herhangi bir odanın fazla tozlanmasına göz yumulduğundan şüpheliydi; ama tavan arası gerçekten de pek kullanılmadığını belli ediyordu. Buradaki hava durgun, yılların ağırlığıyla koyulaşmış gibiydi; birkaç parça eşyanın üstü kalın bez örtülerle kaplıydı, sandıklarla kutular da duvar diplerine yığılmıştı.

"Buraya." Bayan Yates, Estelle'i büyük, deri kaplı bir sandığın yanına çağırdı. "Kapağı kaldırmama yardım edin, canım."

Birlikte deri tokaları çözdüler ve kapağı kaldırdılar; Bayan Yates de sandığın içindekilerin üstüne serili sade, beyaz bir keten örtüyü çekip aldı. "İşte," dedi yaşlı kadın memnun bir ses tonuyla. "Sapasağlam duruyor."

Sandık sedir ağacındandı ve hafifçe kafur kokuyordu; belli ki güveleri uzak tutmak için kullanılmıştı. Estelle, ne gördüğünü idrak etmeden önce bir an sandığın içindekilere gözlerini kırparak baktı.

"Bu... ipek mi, Bayan Yates?" Katlanmış ipek parçaları, bir düzineden fazla renk ve tonda duruyordu; bazıları sadeydi, bazıları desenli ya da işlemeliydi ve Estelle'e göre hepsi de çok, çok pahalıydı.

"Evet, öyle. Bu yıl elli yıllık oldu ama hiç kullanılmadı." Bayan Yates zümrüt yeşili bir ipek parçasını çıkarıp açtı; ince kumaştan en az sekiz yarda olduğu ortaya çıktı. Tavan arası penceresinden içeri dökülen güneş ışığında dalgalanıp parladı; ışık, havada süzülen toz zerrelerinin arasından bir yol açıyordu.

"Bu da nereden çıktı?" diye sordu Estelle.

"Çeyizim içindi." Bayan Yates hafifçe hüzünlü gülümsedi; sonra elini uzatıp zümrüt renkli ipeği Estelle'in etrafına sardı, onu elbise gibi görünecek şekilde üzerine yerleştirdi.

"Ah." Estelle daha fazlasını sormaya çekiniyordu, ama Bayan Yates yine de anlattı.

"Bir zamanlar nişanlıydım. Londra'da tanıştığım harika bir genç adam vardı. Bana, bugün gibi aydınlık bir yaz gününde evlenme teklif etti. Sonbahar başında evlenmeyi planladık; annem beni Londra'ya götürdü, bu ipeği o gün satın alıp eve getirdik. Evli bir kadın olarak başlayacak yeni hayatım için yeni elbiseler diktirecektik. Ama daha kumaşı kesmeye bile başlayamadan haber geldi; benim Henry'm sezonun ilk avında attan düştü ve... öldü."

"Çok üzgünüm," dedi Estelle yumuşakça. İnsan ne kadar rahat bir hayata doğarsa doğsun, yaşam bazen acımasız olabiliyordu.

Bayan Yates başka bir ipek parçasını aldı, bu kez altın sarısı bir kumaştı. Onu kendine tutup baktı. Soluk mavi gözleri uzaklara dalmış, başka bir zamanın anılarında kaybolmuştu.

"Başka biriyle de evlenebilirdim," dedi; sesi övünmekten çok teselli eder gibiydi. "Kısmetim de çıktı, evlenme teklifleri de aldım, ama hiçbir beyefendi kalbimi benim Henry'm kadar heyecanla çarptırmadı." Bayan Yates altın sarısı ipeği omuzlarına doladı ve gülümsedi; dudaklarının kıvrımında, elmacık kemiklerinin o yüksek yayında Estelle, Florence Yates'ın elli yıl önce ne büyük bir güzellik olduğunu görebiliyordu.

"Ağabeyim bana hiç baskı yapmadı; o da sevgili Emily de, Tanrı ruhunu huzura erdirsin, bana Ferndale'den ayrılmak zorundaymışım gibi asla hissettirmediler. İyi bir hayatım oldu, Bayan Baxter, benim için üzülmeyin. Ama bu ipek yeterince uzun zamandır kullanılmadan yatıyor. Onu sizin almanızı istiyorum; yoksa burada bir elli yıl daha çürüyüp gidecek!"

Estelle'in bunu reddetmesine imkân yoktu; hele de o kadar dokunaklı bir hikâyeden sonra. Bunun yerine öne çıktı, kollarını açtı; Bayan Yates de sarılmayı kabul edip başını Estelle'in omzuna yasladı. İkisi, üzerlerine dolanmış metrelerce ipekle birbirlerine sımsıkı sarılmış halde öylece kaldılar; ta ki merdiven boşluğundan gelen bir boğaz temizleme sesi Estelle'i gülümsetene kadar.

"Bizi gerçekten buraya kadar mı takip ettin, Felix?" diye sordu.

"Birkaç dakikadan fazla gözümün önünden kaybolmana

neredeyse dayanamıyorum," diye itiraf etti neşeyle. Bu sözler Estelle'i öylesine gülümsetti ki, yüzü bir hafta boyunca gülmekten ağrıyabilirdi.

Felix yaklaşıp onlara kocaman açılmış gözlerle baktı ve, "Bütün bunlar da ne?" diye sordu.

"Gelininize düğün hediyem bu," dedi Bayan Yates canlı bir tavırla, Estelle'i bırakarak. Estelle yaşlı kadının gözlerini sildiğini görmemiş gibi yaptı. "Şu yeşil, üzerinde olağanüstü görünmüyor mu, Felix? Gözlerindeki yeşili ortaya çıkarıyor."

"Estelle'e yeşil çok yakışıyor," diye onayladı Felix, "ama doğrusu onu şimdiye kadar herhangi bir renkte çirkin görmüş değilim. Hatta çuval bezi giyse bile bunu başarıyla taşıyabileceğine inanıyorum."

"Çuval bezi, öyle mi!" diye homurdandı Bayan Yates, ona sevgiyle gülümseyerek. "Geleceğin Lady Ferndale'i için en iyisinden başkası olmaz, seni yaramaz!"

"Öyle olduğu kesin," dedi Felix, sandığın içine göz atarak. Kaşları havaya kalktı; bakışları yana, Estelle'e kaydı. Sandığın içindekilerin değerini kafasında hesapladığını Estelle açıkça görebiliyordu.

İpeği satmayı düşünmek cazipti—fazlasıyla cazip. Hepsini olmasa da en azından bir kısmını satsa, bankaya olan seksen sterlini hemen ödeyebilirdi; ama Estelle, Bayan Yates'e böyle bir saygısızlık etmeyecekti. Hediye bunun için verilmemişti.

"Burada yirmi elbiseye yetecek kadar ipek olmalı," dedi düşünceli bir sesle. "Uygun görürseniz, Bayan Yates, kız kardeşlerimin her biri için de bir ya da iki elbise diktirsem sakıncası olur mu?"

Bayan Yates, soru saçmaymış gibi diliyle tuhaf bir cık sesi çıkardı. "Elbette olur, canım; ne hoş bir düşünce! Jüponlar ve astarlar için de bol bol pamuklu kumaşla muslin gerekecek; manifaturacıdan alın, ben de hesabın bana yazılacağına dair bir not gönderirim."

Estelle nazikçe itiraz etmeye çalıştı, ama söylediği her şey sanki yalnızca Bayan Yates'le Felix'i daha da cömert olmaya teşvik ediyordu. Onları mantıklı davranmaya ne kadar zorlasa, ikisi de onu hediyelere boğmaya o kadar kararlı hale geliyordu. Hatfield'daki gerçekliği bundan çok uzak olduğu için, Estelle bu güzel şeylerle dolu yeni dünyaya kapılıp gitmemek adına kendini çimdiklemek zorunda kalıyordu.

Onlar yeniden çatı katı merdivenlerinden inene, Felix de sandığı aşağı indirmeleri için iki uşağı yukarı gönderene kadar, Bayan Yates bir şekilde Estelle'in yeni elbiselerine uyacak ne kadar ayakkabı, eldiven ve şapka gerekiyorsa hepsini, kız kardeşlerine de yetecek kadar, satın alacağını ilan etmişti.

BÖLÜM 17

İkinci Sandık

Estelle mutluluk balonunun içinde süzülerek eve dönebilirdi adeta. Ferndale'ın arabası ise buna en yakın ikinci güzel şeydi. Felix, büyükbabası ve büyük halası düğün hazırlıkları için Ferndale Hall'da kalmış, Estelle ise Hatfield'a yalnız dönmüştü.

Kitapçıya adım attı; kapı tıngırdadı. Louise tezgahtan başını kaldırdı ve sevinçle çığlık attı. Birkaç saniye içinde birbirlerinin kollarındaydılar; sanki birkaç gün değil de aylarca ayrı kalmışlar gibi sarılıyorlardı.

"Evlenme teklif etti mi?" diye sordu Louise.

Estelle'in yüzüne kan hücum etti.

Marie içeri girip söylenerek, "Bu kadar gürültü etmek zorunda mısın, Lou?" dedi. Sonra Estelle'in döndüğünü gördü ve ikisine birden sarıldı. "Ah, peki öyleyse, böyle bir müjde için çığlık atmana izin var. Ben de Crafty'nin artıklarına bastın sandım."

Koparılan yaygara Bernadette'le Bayan Poole'u da kitapçıya çekti; dördü birden aynı anda Estelle'e sarılmaya çalıştı.

"Kızlar, kızlar," dedi Bayan Poole, "bırakın Estelle nefes alsın." Gerçi sıkış tepişin asıl sebeplerinden biri de kendisiydi.

Kız kardeşlerinin sevgisi Estelle'in içini neşeyle doldurdu. Yüzü ışıl ışıldı; tam onlara her şeyi doğru sırayla anlatmaya başlayacaktı ki Bernadette pat diye, "Teklif etti, değil mi?" diye sordu.

"Evet." Estelle başını salladı; düzgün düzgün konuşmalarının imkânsız olduğunu fark etmişti. Mutluluğa kapılıp kız kardeşlerine bir kez daha sarıldı. Bu kez teker teker.

Louise, Estelle'i omuzlarından tuttu. "Sen de kabul ettin, değil mi? Ettin mi?"

Kısacık bir an için şaka yapmayı denese mi diye düşündü ama içinden gelmedi. Zaten gülümseyen yüzü de her şeyi ele veriyordu. "Evet," diye doğruladı.

Onu sevgi ve tebrik yağmuruna tuttular. Sonra Bernadette bileğindeki bilekliği fark etti ve çığlık atıp Estelle'in kolunu kaldırttı; hepsi hayran hayran bakabilsin diye.

"Bayan Yates'in hediyesini görene kadar bekleyin," dedi Estelle gülümseyerek. "O hediyeyi hepinizle paylaşabilirim."

"Nereye istersiniz, Bayan Baxter?" Arabanın arkasında yolculuk eden iki hizmetkâr, ipekle dolu sandığı kitapçının dar kapısından içeri güçlükle soktu.

"Bunu merdivenlerden yukarı çıkaramayız. Şuraya, tezgâhın arkasına koyun; biz içini boşaltırız. Sonra da boş sandığı Ferndale'a geri götürebilene kadar yandaki Bay Thomas'a emanet ederiz," diye karar verdi Estelle.

Herkes sandığın içinde ne olduğunu görmek için meraktan çatlıyordu. Estelle de bunu onlarla paylaşmak için en az onlar kadar sabırsızdı. Sandığın kapağını kaldırdığında hayranlık dolu bir sessizlik oldu. Marie, üzerinde minicik beyaz çiçekler işli soluk pembe bir ipeğe dokunmak için elini uzattı.

"Hayatımda gördüğüm en güzel şey bu." Marie bunu neredeyse fısıldamıştı. "Bayan Yates bunları nereden bulmuş?"

"Bunlar onun çeyizi içinmiş. Elli yıllıklar, düşünebiliyor musunuz?" Estelle, kız kardeşlerine Bayan Yates'in biraz hüzünlü hikâyesini anlatıyordu ki kapı çanı tıngırdadı ve duymayı en son istediği ses şöyle dedi:

"Siz kızlar neye bakıyorsunuz?"

Estelle sandığın kapağını hızla kapattı; neredeyse Louise'in parmaklarını araya sıkıştırıyordu. Sonra dönüp dudaklarına bir gülümseme kondurdu. "Kuzen Joshua. Ve Kuzen Phoebe. Ne hoş bir sürpriz." İnci bileklik takılı bileğini tezgâh seviyesinin altında tuttu. Kuzenlerinin kendi nişanını daha öğrenmesine pek hazır değildi.

"Babamızdan birkaç kitap daha geldi," dedi Marie kayıtsız bir sesle. "Hâlâ sapasağlam hayatta olduğunun kanıtı."

Ne kocaman bir palavraydı bu; üstelik Marie'ye hiç benzemiyordu! Marie her zaman son derece dürüst olmuştu. Estelle kız kardeşine kaşlarını çatarak yan yan baktı ama Marie'nin yüz ifadesi pürüzsüz ve sakindi.

Öte yandan Kuzen Joshua'nın suratı kapkara kesilmişti. Oflayıp pufladı; sonra arkasını dönüp kapıdan çıkıp gitti, Phoebe de cıvıldayarak peşine takıldı.

Hepsi sessizce rahat bir nefes aldı. Neyse ki bu, önceki seferlerdeki gibi uzayıp giden bir yüzleşmeye dönüşmemişti. Estelle, Felix'le yaklaşan evliliğinin mutluluğuyla dolup taşıyordu; kimsenin bunu mahvetmesine izin veremezdi. Hele Joshua'nın hiç.

"İyi, böylece ipekleri görmeden başımızdan savmış olduk ama ne yalandı o, Marie!" Estelle kız kardeşine hayretle baktı. "Sende böyle bir şey olduğunu hiç düşünmezdim doğrusu."

"Yalan değildi. Babamızdan gelen bir sandık kitap daha gerçekten geldi, hem de dün." Marie ona kocaman sırıttı. "Ama hepsini açıp çoktan yukarı taşıdık. Kuzen Joshua'ya aslında baktığımız şeyin o olduğunu söylemedim ki."

"Mektup var mıydı? Şimdi babam nerede?" diye hevesle sordu Estelle.

"Mektup yoktu." Marie yüzünü buruşturdu. "En azından, henüz bulabildiğimiz bir tane yok. Belki kitaplardan birinin içine sıkıştırılmıştır da biz daha fark etmemişizdir diye düşündüm; o yüzden hepsini yukarı çıkardık. İçinde mektup olan kitabı yanlışlıkla satmayalım diye."

Bernadette ile Louise sandığı yeniden açmış, ipeklere yine dalıp gitmişlerdi. Estelle onlara gülümsedi. "İkiniz de ikişer tane seçeceksiniz. Bayan Yates'e de söyledim; sizin de yeni elbiseler için bunlardan biraz almanızı çok hoş bir fikir buldu. Burada yirmi elbiseye yetecek kadar kumaş var."

"En az o kadar," diye onayladı Louise, muhteşem adaçayı yeşili bir ipeği eline alarak. "Gerçekten emin misin, Estelle?"

Crafty birdenbire ortaya çıktı ve sandığın içine atladı.

Kedi içinde yuvarlanıp ortalığı birbirine katınca herkes ona çıkması için bağırdı.

Bayan Poole kediyi kaptı; Marie ise pençelerine takılan ipeği dikkatlice çekip aldı ve iplikleri sökmemeyi başardı.

"Elbette eminim." Estelle kolunu Louise'in beline doladı. "O yeşille harika görüneceksin. Benim düğünümde giyersin."

"Peki, hepsini yukarı çıkaralım," dedi Bayan Poole pratik bir tavırla, Crafty'yi uzaklaştırarak. "Hangi desen yaptırmak istediğine karar verene kadar şimdilik babanın odasına serebiliriz, o kediyi uzak tutmak için. Çeyizini dikmek için düzgün dikiş atan, işe sevinecek birkaç kız tanıyorum, Estelle."

"Ama buna gücümüz yetmez ki..." Estelle sustu, düşünerek. Hâlâ banka kredisi ödemesi derdi vardı ama—Felix'ten para istemeli miydi? Nişanlandıklarına göre bu o kadar da korkunç gelmiyordu. Sonuçta adam ona yardım etmesi için neredeyse yalvarmıştı ve gerçekten ihtiyacı olan yardım paraydı.

Bernadette, "Evlenince seni özleyeceğiz ama sadece Ferndale Hall'da olacaksın, orası da ancak bir saatlik yol. Ayrıca merak ediyordum," diye gülümsedi ve biraz durdu, "Lord Ferndale bahçesinde biraz şifalı ot yetiştirmeme çok mu kızar acaba? Seraları zencefil için uygun olurdu."

Louise ve Marie kumaşları ölçer gibi yaptılar ama susmalarından cevabı dinliyor olmalıydılar.

Estelle biraz şaşkınlıkla gözlerini kırpıştırdı. "Şey, Felix'le benim Ferndale Hall'a bu kadar çabuk taşınacağımızı... hayal edemiyorum..."

"Neden olmasın ki?" diye karşılık verdi Bernadette.

"Bunu gerçekten düşünmemiştim. Lord Ferndale Hall'ı yönetiyor ve Bayan Yates ev hanımı. Lord Ferndale vefat edene kadar Felix'le benim oraya yerleşmemiz gerekeceğini varsayamam ve umarım bu uzun süre olmaz. Bu arada, size tonik için son derece nezaketle teşekkür etti."

Bernadette iltifata ışıldadı ama sonra ifadesi sertleşti. "Bayan Yates'in bu yükü daha fazla taşıması beklenemez. Neredeyse yetmiş yaşında."

Bu sırada Louise krem renkli ipeklerin birini daha canlı bir maviye tuttu ve ne kadar güzel göründüklerine memnun bir "Oh evet" ile hayran bir nefes aldı.

Marie, "Haklı. Bayan Yates Ferndale'deki görevini fazlasıyla yerine getirdi, daha fazla dinlenmeye hakkı var," dedi.

"Kendimizi fazla kaptırmayalım. Bayan Sykes var, çok yetenekli biri," dedi Estelle, zihni yeni görevlerinin getireceği sorumluluklarla dönüyordu. Ferndale Hall'u ve kitapçıyı aynı anda nasıl yönetecekti?

"Gelen kitaplarla ilgili," dedi, konuyu değiştirerek, "Marie, onlara bakabilir miyim?"

"Tabii ki," Marie elinde tuttuğu ipekliği düzgünce katladı ve sandığa geri koydu. "Ve Crafty'yi uzak tut!" Kapağı sıkıca kapattı.

"Komşuya gidip Bay Thomas'ı getiririm." Bayan Poole biraz kızardı ama onunla dalga geçmekten kaçındılar. "Onu yukarı taşıyıp Bay Baxter'ın odasına koymasını isterim."

Yukarıda, Estelle ve Marie kitap yığınının üzerinden geçtiler, her birini sırayla alıp nazikçe sallayarak belirli bir yığına eklediler. Marie zaten bazılarını sıralamaya başlamıştı.

"Bu yığın The Times'daki bir sonraki ilanımızda listelemek için. Burada koleksiyoncuların isteyeceğini bildiğim değerli başlıklar var. Bu yığın dükkânda raflara koyabileceğimiz kitaplar ve bu yığın Louise'in yeniden ciltlemesi için."

Marie'nin organizasyon yeteneklerine şükretmeliydi. Başlıkları gerçekten iyi biliyordu. Bunların çoğu Fransızcaydı ve kitapları nazikçe ters çevirip mektup düşer mi diye bakarken, Estelle resimli sayfalar gördü.

"Aman Tanrım!" Kitabın, Estelle'in alnından ayak parmaklarına kadar kızarmasına neden olan o renkli levhanın üzerine açılması onun suçu değildi.

Marie bir göz attı ve kıkırdadı. "Tezgâh altında saklamak için ayrı bir yığına ihtiyacımız olabilir."

Devam ederken daha fazla gergin kahkaha patladı. Marie son kitabı silkelerken kabullenmiş bir tavırla içini çekti. "Mektup yok."

Estelle hayal kırıklığıyla ona katıldı. "Çok sinir bozucu."

"En azından kitaplar var ve bunların çoğunu sipariş üzerine satabiliriz, yani baba iyi iş çıkarmış."

"Ama mektup olmadan, onları ne zaman gönderdiğini nasıl bileceğiz?" diye sordu Estelle.

Marie arkasına yaslandı ve düşünceli bir şekilde, "Seni düğünde koluna girmesini dört gözle bekliyordun," dedi.

Estelle başını salladı, gözlerinde yaşların yakıcı ısısını hissetti. "Ve ne zaman döneceğine dair hiçbir fikrimiz yok."

Marie elini okşadı ve, "Eh, o zaman bu görevi sıradaki kişinin üstlenmesi gerekecek," dedi.

Estelle başını salladı ve, "Sıradaki kişi..." dedi.

"Kuzen Joshua!" ikisi aynı anda söyledi.

Estelle ürperdi.

Marie, Allah kahretsin, neşeyle kahkaha attı. "Bunu ne kadar nefret edeceğini hayal edebiliyor musun? Seni teslim ettiği an, ondan üstün bir konuma geçiyorsun! Ve tüm Hatfield onu kötü davranırken göreceği için en iyi halinde olmak zorunda kalacak."

"Aman Tanrım!" Estelle kendini toplamak için derin bir nefes aldı. "Baba eve gelene kadar düğünü ertelememiz gerekir." Bunu söylemek aileye sadakat gibi görünüyordu, her ne kadar Felix'e saatler geçtikçe daha çok bağlanıyor ve ne kadar yakında evlenebileceklerini merak ediyor olsa da.

"Sakın öyle deme. Joshua ve Phoebe'nin dişlerini sıkarak seni tebrik etmeye zorlandıklarını izlemekten keyif alacağım."

"Belki kasaba dışındadırlar?"

Marie ciddileşti. "Sence duyurulara itiraz etmezler, değil mi?"

Kuzen Joshua'nın ne kadar kötü niyetli olabileceğini bilemezlerdi. "Felix bu öğleden sonra Rahip Millings ile konuşuyor, ilkinin bu Pazar okunmasını sağlamak için."

"Töreni İhtiyar Cehennem mi yapacak?"

Estelle, birçok kişinin yerel papaz için kullandığı özel ismi tanıyarak yüzünü buruşturdu. "Muhtemelen."

Marie Estelle'in yanına oturdu ve onu dostça dürtükledi. "Düğün töreni dayanılması gereken bir şey olabilir ama sonrasında Bayan Felix Yates olacaksın ve resmi olmasa da fiilen Ferndale Hall'un hanımefendisi." Davetli konukları St John's'tan Ferndale'e götürmek için ekstra arabalar ve atlar ayırtacağız. Joshua ve Phoebe'yi uzak bir masaya yerleştireceğiz, böylece orada olduklarını zar zor fark edeceksin."

"Organize edilecek çok şey var," dedi Estelle, başını ovuşturarak.

"Ve her adımda senin için burada olacağız," dedi Marie.

⁕

Sonraki iki hafta boyunca düğün hazırlıkları Estelle'in uyanık olduğu her anı tüketti. Bayan Poole'a inanılmaz derecede minnettardı; kadın her şeyi soğukkanlılıkla karşılıyordu. Kitapçı hem kitap almaya gelen düzenli ziyaretçilerle hem de onları elbiseler için ölçmeye ve hizmetlerine fiyat biçmeye gelen olağandışı sayıda terzi ve esnafla dolup taşıyordu.

Bir diğer günlük ziyaretçi ise Felix'ti; sık sık herkes için düşünceli küçük hediyelerle beliriyordu ve eve götürmek üzere her zaman

191

birkaç kitap daha satın alıyordu. Bunların Lord Ferndale için olduğunu iddia ediyordu ve onlar da bu hafif yalanı itiraz etmeden kabul ediyorlardı.

Çok meşgul oldukları için Estelle, Louise'den pis kokulu tutkal gerektiren onarımları ertelemesini istedi.

"Yapamam," diye itiraz etti Louise. "Minerva'nın yeni kitap sevkiyatı geldi. Karton kapaklarını kalın tahta ve kumaş ciltlerle değiştirmezsem ödünç kitap bölümünde bir hafta dayanmazlar."

Estelle yalvardı, "Ödünç kitap bölümünü yenilemeyi düğüne kadar ertelemeye ne dersin?"

Louise başını yana eğdi. "Sanırım önce onları dikkatlice okuyabilirim. Biri bizi Brimstone'a şikayet eder diye raflarımızda uygunsuz hiçbir şey olmamalı."

"Tanrı razı olsun," dedi Estelle ve kız kardeşine sıkıca sarıldı.

Crafty'nin tırmalama direğine yeni bir çuval bezi parçası çiviledi, sonra tezgahın arkasında bağırsak kalıntıları olup olmadığını kontrol etti. Öf. Bir tane daha. En azından bu sefer üzerine basmamıştı.

Temizledikten sonra ön kapının kilidini açtı ve mektuplarını kontrol etmeye koyuldu.

Bir müşteri içeri girdiğinde ön kapı zili çınladı.

Ne yazık ki müşteri değildi. Joshua ve Phoebe'ydi; Phoebe'nin kollarında Küçük Yapışkan vardı ve diğer iki Baxter oğlu da onları takip ediyordu. En büyüğü Benjamin, babasının yanında durmuş, kollarını Joshua'nın saldırgan duruşunu taklit ederek kavuşturmuştu. Son zamanlarda uzamıştı ve babasından öğrendiği belli olan tehditkar bir sırıtış geliştirmişti.

Brutus yüksek bir rafın arkasına kaydı ve kitaplara bakmaya başladı. Phoebe, Küçük Yapışkan'ı yere indirdi. Çocuk alt bir rafta uyuyan Crafty'ye doğru koştu. Kediyi belinden tutup kaldırdı ve yüzüne sıkıştırdı. Kedi yumuşak, rahatsız bir miyavlama çıkardı ve gözlerini Estelle'e çevirdi, sanki "Bunu görüyor musun?" der gibiydi.

"O hayvanı bırak, Barnaby!" diye seslendi Phoebe.

Küçük Yapışkan bıraktı. Yapışkan elleri ve yüzü artık koyu kedi tüyleriyle kaplıydı.

En azından kitaplara o kadar çok reçel bulaştırmaz, diye düşündü Estelle.

"Evleniyorsunuz," diye bildirdi Joshua önemli bir havayla.

"Teşekkür ederim, evleniyorum," dedi Estelle, tebriklerinin tamamen eksik olduğunu not ederek.

Joshua sinirle burnundan soluyarak, "Babanız düğünden önce dönecek mi?" dedi.

Sevincini mahvedemeyecekti. İzin vermeyecekti buna. "Çok umuyorum. Ama onun yokluğunda..."

"... Sorumluluk bana düşüyor," diye tamamladı Joshua onun yerine.

Demek bu yüzden buradaydı, gününü mahvetmek için elinden geleni yapıyordu. Sorumluluk yerine onur diyebilirdi ama en azından gerçeği kabul ediyordu. Estelle kibarca, "Durum öyle görünüyor," demeyi başardı.

Zil yeniden çınladı ve Estelle'in içini bir rahatlama kapladı; belki de dikkatlerini dağıtacak bir müşteri gelmişti ve Joshua da onların önünde olay çıkarmazdı.

Felix'ti, bir koruyucu melek gibi önünde belirdi. Bu kadar erken burada olması için geceyi Red Lion'da geçirmiş olmalıydı.

"Bay Yates," dedi Joshua, neredeyse fark edilmez bir baş selamıyla.

"Bay Baxter," diye karşılık verdi Felix; "Bay"ı öyle silik söylemişti ki neredeyse hiç söylememiş gibiydi.

Felix, Joshua'ya neşeyle sırıttı ve Estelle bir kahkahayı bastırmak zorunda kaldı. Kuzeninin üstünlükten aşırı rahatsızlığa bu kadar hızlı geçtiğini hiç görmemişti.

"Dün duyuruları duydum," dedi Joshua, Felix'e hitap ederek. "Kuzenim Bayan Baxter ile evleneceksiniz."

Felix karşılık verdi, "Öyle. Ve tebrikleriniz için teşekkür ederim."

Tabii ki hiç tebrik etmemişti.

"İznimi istemediniz, Bay Yates." Joshua'nın tonu soğuktu ve bir an için Felix dondu, Estelle'e bakarak.

"İzninize ihtiyacımız yok, Kuzen Joshua," diye hemen söze girdi Estelle. "Yirmi beş yaşında olduğum için, babamın yokluğunda artık yasal olarak vasim değilsiniz. Kendi evliliğime rıza gösterebilirim."

Donma sırası Joshua'ya gelmişti; kaşlarını çatarak, kafasında yılları sayıyormuşçasına başka tarafa baktı.

"Doğum günüm geçen Nisan'daydı," diye ekledi Estelle, "bilirdiniz, son yirmi yıldır doğum günlerimizden herhangi birini hatırlama zahmetine girmiş olsaydınız."

"Bu saygısızlık!" diye başladı Phoebe ve ona ne kadar üzüldüklerini göstermek için yüksek sesle homurdandı. Güzel.

Joshua onu susturmak için el salladı ve Felix'e baktı.

"Babası dönmedi," dedi Joshua buyurgan bir tonla. "Onu teslim edecek kimse yok."

Felix'in gülümsemesi neredeyse hiç solmadı ama orada bir tereddüt kıvılcımı vardı, çünkü Estelle onun ifadelerine o kadar aşina olmuştu ki ince değişikliği fark etti. Onun en sevdiği ifadesi, ona gülümseyip dudaklarına baktığı andı, çünkü bu yine bir güzel öpücük paylaşacakları anlamına geliyordu.

"Sanırım," dedi Felix, "en yakın erkek akrabası olarak bu onur size geçer?"

Joshua göğsünü kabartarak şişindi. Phoebe de kendinden aşırı memnun görünüyordu. Reddetmeyeceklerdi, değil mi?

Joshua dedi, "Öyle oldu ki, müsait olmayabilirim."

Ne demek müsait olmayabilirim? diye düşündü Estelle.

"Öyle mi?" dedi Felix aynı anda.

Phoebe zafer kazanmış gibi keyifle sırıtıyordu. Belli ki Estelle'in Felix'le evlenmesinin önüne engeller koymak için plan yapmışlardı ve işe yarayabilecek bir fikir buldukları için kendilerinden memnun bir şekilde sırıtıyorlardı.

Ben ölmeden olmaz! diye düşündü Estelle.

Joshua devam etti. "Düğünü ben müsait olana kadar ertelemeniz gerekecek."

"Anlıyorum," dedi Felix. İfadesine bakılırsa morali bozulmuş gibiydi. "Ne zaman müsait olabilirsiniz?"

Joshua dikleşti ve ceketinin yakalarını kavradı. "Bakın, işin zor tarafı bu. Bilmiyorum. Matthew Baxter hayattaysa, döndüğünde kızını sunağa kadar yürütmeli. Onun yerine bunu yapmak onun hakkını gasp etmek olur. Öte yandan, asla dönmeyeceğinden kesinlikle emin olsaydık, o zaman bu görevi üstlenebilirdim. Ama bu aynı zamanda Matthew Baxter'ın artık bu dünyada olmadığı anlamına gelirdi."

Bu güzel konuşmayı önceden prova etmişti, Estelle bundan emindi. Fazlasıyla ezber kokuyordu. Bunun yanına kâr kalmasına izin vermeyecekti. "Babam döndüğünde, kıtada başka işleri olduğu için bu durumda devreye girdiğinizi öğrenince eminim çok memnun olacaktır."

"Evet, evet," dedi Joshua, onun itirazını eliyle savuşturur gibi. "Öte yandan, artık aramızda olmadığını bilseydik..."

Felix araya girdi. "Hiç endişe etmeyin, eminim büyükbabam bu görevi memnuniyetle üstlenir."

"Ne?" dedi Joshua ile Phoebe aynı anda.

Felix, Noel pudinginin içinden altı peni çıkmış gibi ışıldadı. "Lord Ferndale, istendiği takdirde cemaatteki herhangi bir ailenin adına hareket etmekten fazlasıyla memnun olur." Estelle'e döndü; onların hesabını bu kadar çabuk bozması, Estelle'in bütün bedenini hafifletmişti. "Eminim Estelle'in ihtiyaç duyduğu anda onun için ayağa kalkar. Yani siz müsait değilseniz hiç endişe etmeyin; başka bir yolumuz var."

Joshua afallayıp birkaç kez gözlerini kırpıştırdı, sonra da, "Müsait olmayacağımı söylemedim, yalnızca olmayabileceğimi söyledim. Bunu mali işlerimi yürüten adamla görüşüp... size haber veririm," dedi.

Felix ışıldadı. "Teşekkür ederim, Bay Baxter. Olumlu haberinizi dört gözle bekliyorum. Hem de yakında." Son kelimede demir gibi bir sertlik vardı.

"Haydi," dedi Joshua telaşla, ailesini toparlayıp ne Estelle'in ne de Felix'in gözlerine bakmadan. Phoebe, Little Sticky'yi kucağına aldı ve ardından dükkândan hışımla çıktı.

"Biraz daha kalabilir miyim?" diye sordu Brutus rafların arkasından.

"Nasıl istersen, eve giden yolu biliyorsun," dedi Joshua ve onu almadan çıkıp gitti.

Felix son birkaç adımı atıp Estelle'e geldi; rahatlamayla birbirlerine sarıldılar.

"Çok, çok teşekkür ederim," dedi Estelle. "Onunla tek başıma nasıl baş ederdim, bilmiyorum."

Felix onu öptü ve yumuşak bir sesle, "Artık hiçbir şeyle tek başına uğraşmak zorunda değilsin, sevgilim," dedi.

Estelle derin bir nefes aldı, başını kaldırıp ona baktı. "Bana yardım etmeme izin vermemi istemiştin ve şimdiden o kadar çok şey yaptın ki, ama..."

"Söyleyin."

Estelle cebine uzanıp bankadan gelen mektubu çıkardı. "Babam kitap aramak için Fransa'ya giderken bankadan kredi çekti. Oldukça büyük bir kredi. Elbette anladık; yolculuk ve kitap alımı için paraya ihtiyacı vardı. Biz de kredinin ödemelerini düzenli olarak yapıyorduk... ta ki şimdiye kadar."

Felix mektubu alıp okudu; kaşları çatılmıştı. "Ama babanın kesinlikle hayatta olduğunu söylememişmiydin?" diye sordu, açıkça kafası karışmıştı.

"Evet, ama son kitap sandığı içinden tarihli bir mektup çıkmayınca bunu bankaya kanıtlayamıyoruz. Ben şahsen, bankaya babamın öldüğüne dair söylentiyi en başta Kuzen Joshua'nın yaydığını düşünüyorum." Perişan bir halde omuz silkti. "Buna karşı yapabileceğim hiçbir şey yok; banka benimle konuşmayı bile reddediyor, çünkü ben bir kadınım."

"Benimle konuşurlar. Bu ödemeyi senin için halletmeme izin ver, Estelle; gelecek hafta da Londra'ya gidip onlarla görüşeceğim. Babandan yeni kitaplar gelmeye devam ediyor olması, onun hâlâ hayatta olduğunun yeterli kanıtı olmalı. Onları ödemeleri yeniden normal düzeyine indirmeye ikna ederim."

"Çok teşekkür ederim." Rahatlamayla omuzları düştü. Ondan yardım isteyebileceğini söylemişti ve sözünü tutmuştu. Gerçekten çok büyük yardım sağlayacaktı.

"Daha fazla paraya erişmek için Büyükbaba'yla konuşmam gerekir ama istersem kredinin tamamını da kapatabilirim... bunu sana düğün hediyem sayarım..."

"Kesinlikle hayır!" Estelle başını salladı. "Teklif ettiğin için teşekkür ederim, Felix, ama senden şimdiden bu kadarını istemek bile beni yeterince kötü hissettiriyor. Babamın gönderdiği kitapları satınca, siz o tutarı ilk taksitlerin düzeyine indiremezseniz bile, bir sonraki kredi ödemesi için fazlasıyla paramız olur. Sonra da babam döner, umarım çok yakında," diye ekledi kararlılıkla.

"Ben de öyle umuyorum." Felix mektubu katlayıp cebine koydu. "Pekâlâ, sevgilim, bana izin verdiğin kadarını yaparım; buna izin vermen de benim için bir onur." Estelle'i bir kez daha öptü, sonra da oradan ayrıldı.

Arkasından gelen bir ses üzerine Estelle, eli boğazına giderken hızla döndü; kitap raflarının arasından çıkan Brutus'u görünce irkilip nefesini tuttu. Çocuğun orada olduğunu unutmuştu. Ne kadarını duymuştu? Brutus duyduklarını babasına aktarırsa, Kuzen Joshua'nın bunu onlara karşı kullanmasına yarayacak bir şey söyleyip söylemediğini kısa süreli bir panik içinde düşünmeye başladı.

"Bay Yates gerçekten çok iyi biri gibi görünüyor," dedi Brutus; Estelle istemsizce gülümsedi.

"Öyle."

"Onunla evleniyor olmana sevindim. Sen iyi birini hak ediyorsun." Brutus duraksadı, sonra da utangaç bir gülümseme verdi. "Hem zengin biriyle evlenirsen, babam seni kitapçıdan çıkaramaz."

Estelle rahatladı. Brutus onların tarafındaydı! Joshua ile Phoebe'nin nasıl böyle iyi kalpli bir çocuk yetiştirmiş olduklarını anlamak mümkün değildi. Elinin hareketiyle onu yanına çağırdı. "Bir süre bana yardım etmek ister misin, Brutus? Raflara yerleştirmem gereken bazı kitaplar var. Onları konuya ve yazara göre nasıl düzenlediğimizi sana gösterebilirim..."

Brutus'un gözleri ışıl ışıl oldu; hevesle başını salladı. "Ah, evet lütfen! Yardım etmeyi çok isterim. Kitapları seviyorum," diye ekledi.

"Biliyorum," dedi Estelle; içinden, Brutus'un yaşındaki bir oğlan çocuğuna uygun birkaç kitap daha sipariş etmeyi not etti. Kuzen Joshua bunlar için asla para ödemeyecek olsa bile, Brutus onları dükkânda okuyabilirdi; Estelle başka alıcılar da bulabileceğinden emindi. "Al. Bunları taşıyabilir misin? Oldukça ağırlar."

"Ben güçlüyüm," dedi Brutus kararlılıkla; Estelle'in kitapları cılız kollarının üzerine yığmasına izin verdi. "Bana güvenebilirsin, Kuzen Estelle."

Belki de gerçekten ona güvenebilirdi. Daha küçüktü, ama öğrenecek kadar da büyümüştü. Ruth da yardım ederse, belki bu ek destek Estelle'in her hafta zamanın en azından bir kısmında kitapçıyı kız kardeşlerine bırakmasına yetecekti.

BÖLÜM 18

Çapraz Amaçlar

Felix, Hannibal'ın sırtından atlarken neşeyle ıslık çalıyordu. Atı şefkatle okşadıktan sonra seyise teslim etti. "İyice ovulup bol yulaf aldığından emin ol. Londra'dan dönerken ağırdan aldım ama sıcak bir gün oldu," diye talimat verdi.

"Emredersiniz, Bay Yates!" Seyis saygıyla şapkasına dokundu ve Hannibal'ı götürdü. Felix ise Ferndale Hall'ın ön kapısına çıkan merdivenleri ikişer ikişer çıktı.

"Hoş geldiniz efendim," dedi Thorne, Felix'in paltosunu ve şapkasını alırken.

"Sadece bir gece dışarıdaydım, Thorne!"

"Evet ama Londra'daydınız efendim ve hepimiz oranın nasıl bir ahlaksızlık yuvası olduğunu biliyoruz." Hafifçe göz kırptı ve Felix güldü.

"Yanılmıyorsunuz, Thorne. O yere katlanamıyorum. Çok fazla insan var ve yeterince hava yok, özellikle sıcak bir yaz gününde. Bu yol tozunu yıkarken serin bir bardak bira iyi gider..."

"Hemen göndereyim efendim."

Büyük bir bardak bira, serin bir banyo ve temiz giysilerden sonra Felix kendini yenilenmiş hissetti. Aşağıya inerken kütüphane kapısından içeri başını uzattı, büyükbabasını rahat bir sandalyede kucağında bir kitapla otururken görünce gülümsedi.

"Sizi burada bulmak ne sürpriz, Büyükbaba! Yanınıza gelebilir miyim?"

Lord Ferndale başını kaldırdı, gülümsedi ve gözlüklerini çıkardı.

"Afacan seni, beni başka nerede bulabilirdin ki? Tabii, gir, gir. Londra gezin nasıldı? Verimli oldu umarım?"

"Kesinlikle öyle oldu!" Felix büyükbabasının karşısındaki koltuğa oturdu. "Lord Ellesmere'e yazdığınız tavsiye mektubu için teşekkür ederim; eminim banka, mütevelli heyetinden birinin müdahalesi olmadan beni çok daha uzun süre bekletirdi."

Lord Ferndale hafif kendini beğenmiş bir tavırla başını salladı. "Eski dostlarla yazışmayı sürdürmek işe yarar Felix, bu sana bir ders olsun."

Felix, birkaç arkadaşına mektup borçlu olduğunu özellikle de evleneceğini bildirmesi gerektiğini suçlulukla düşündü ve pişmanlıkla başını salladı. "Haklısınız Büyükbaba."

"Peki bankayla işin başarıyla sonuçlandı mı?"

Memnuniyetle gülümsedi. "Evet, Estelle'e söz verdiğim gibi kredi ödemesini hallettim ve bankacılara Bayan Baxter kardeşlerin babalarından aldıkları son mektubu gösterdiğimde—ki bana emanet etme nezaketini gösterdiler—mektubun tam olarak bankacıların Bay Baxter'ın vefatı haberini aldıkları günle aynı tarihe sahip olduğu ortaya çıktı. Bu da tabii ki aldıkları haberin palavradan ibaret olduğunu kanıtladı." Felix memnuniyetle gülümsedi. "Bilgiyi kimin sağladığını söylemediler ama bana göre bu sadece Joshua Baxter olabilirdi."

"O adam iki dakika başını beladan kurtaramaz," diye homurdandı Lord Ferndale. "Sulh hakimi olarak atanmasını engellemek için daha fazlasını yapmalıydım." Tiksintiyle başını salladı. "Ama büyükannenin öldüğü yılın hemen sonrasıydı..."

"Yas tutuyordunuz Büyükbaba, kendinizi suçlamayın. Joshua Baxter'ı yakından takip edeceğim, söz veriyorum; Estelle'e ve kız kardeşlerine iyi niyetli değil ve onları rahatsız etmesine izin vermeyeceğim." Felix, Joshua Baxter'ın kendi ve Estelle'in düğününe müdahale girişimini kendine saklamıştı; büyükbabasının bu konuda öfkelenmesinden bir hayır gelmezdi ve eğer Joshua Baxter doğru olanı yapıp Estelle'i sunağa yürütmezse, Felix, Lord Ferndale'in bu onuru memnuniyetle üstleneceğini biliyordu.

"Her neyse, banka kredi ödemelerini orijinal programa geri döndürmeyi kabul etti ve yaptığım büyük ödeme sayesinde Bayan Baxter kardeşlerin Eylül ödemesini atlamalarına izin verdi." Felix hoşnutlukla gülümsedi. "Ayrıca Bay Matthew Baxter'ın ölümüne dair daha kesin bir kanıt olmadan başka bir işlem yapmayacaklarına söz aldım. Ve önce bana başvurmalarını sağladım, böylece Estelle ani talepler yüzünden endişelenmeyecek."

"Gerçekten!" Lord Ferndale onaylayarak başını salladı. "Çok iyi yaptın Felix; baştan sona iyi idare ettin. Sağlam bir müzakere; evraklarını hazır bir şekilde girdin ve tam istediğin sonuçla çıktın."

Büyükbabasının övgüsüyle Felix'in göğsünde sıcak bir his yayıldı. Biraz mahcup olarak başını eğdi ama Lord Ferndale henüz bitmemişti.

"Evlendikten sonra Ferndale'in mali işlerini sana devretmenin zamanının geldiğini düşünüyordum. Sen ve Estelle buraya yerleştikten sonra, sen ve ben defterleri gözden geçirmek için biraz zaman ayırabiliriz."

"Tabii efendim! Omuzlarınızdaki yükü hafifletmek için elimden geleni yaparım."

Lord Ferndale ona sıcak bir şekilde gülümsedi. "İyi bir genç adama dönüştün Felix. Seninle çok gurur duyuyorum. Bunu bilmeni istiyorum."

Felix'in yanakları yanıyordu ve gözleri bir tuhaf olmuştu. Bir şekilde teşekkür etmeyi başardı ve sonra, neyse ki, büyükbabası konuyu değiştirdi, yan masaya eğildi, bir mektup aldı ve Felix'e doğru uzattı.

"Bu bugün senin için geldi."

"Oh!" Mektup hâlâ mühürlüydü, Felix alırken gördü ve sonra çevirip annesinin kararlı elyazısıyla yazılmış adresi gördü. Annesine nişanlandığını bildiren mektubunun İrlanda'ya ulaşıp cevabın geri gelmesi için tam yeterli süre geçmişti, diye düşündü mührü kırıp mektubu açarken. Okurken gülümsedi.

"Beni Estelle'i İrlanda'ya götürmeye davet ediyor. Bir balayı olarak."

"Kulağa harika bir fikir gibi geliyor," dedi Lord Ferndale onaylayarak. "Düğünden hemen sonra ayrılın ve sonbaharda gidin, hava kötüleşmeden ve deniz geçişi zorlaşmadan önce. Noel'i annenle geçirin ve ilkbaharda dönün."

"Estelle seyahat etmek istiyor," dedi Felix mutlulukla. "Ne muhteşem bir plan! Tabii bunca zaman bensiz idare edebilirseniz?" diye sordu.

"Tabii ki yapabiliriz. Ayrıca anneni en son ne zaman gördün, altı mı yedi yıl mı oldu? Gelinini götürüp tanıştırmalısın. Aslında ısrar ediyorum!"

"Yarın Estelle ile konuşacağım. Cumartesi, bir iki hizmetçi ve birkaç uşak alıp gidip evlerini temizletmeyi planlıyorum. Baxter'lara ve Bayan Poole'a biraz nefes aldırayım."

"Bu çok nazik ve düşünceli Felix. Eminim Bayan Baxter bunu takdir edecektir, tıpkı banka işini halletmeni takdir edeceği gibi." Lord Ferndale gözlüklerini tekrar taktı ve kitabını yeniden açtı. "Şimdi hadi bakalım, uslu çocuk, ve beni okumaya bırak. Akşam yemeğinden önce bu bölümü bitirmek istiyorum."

Gülerek Felix büyükbabasını huzur içinde bıraktı. Zaten yapacak çok şeyi vardı, en önemlisi de Estelle'i İrlanda'ya götürmek için seyahat düzenlemeleri planlamaya başlamak!

❧❦❧

Ertesi sabah Felix, daha gün yeni ağarırken, bir seyahat sandığı taşıyan iki hizmetkârla birlikte kitapçıya geldi. Estelle tezgâhın arkasında oturmuş, hesap defterine bir şeyler yazıyordu; başını kaldırıp onu görünce öyle güzel gülümsedi ki, Felix'in yüreği sevinçle doldu, adımları da ona aceleyle yaklaşırken hızlandı. Ama son adımı atmadan önce, yerde tehlikeli ve cıvık bir şeye basmamak için hızla aşağı baktı.

"Edinilecek iyi bir alışkanlık," dedi Estelle gülerek, "ama ben bugün Crafty'nin sabah bıraktığını zaten topladım."

Felix bu kadına öylesine vurgundu ki, ona kocaman gülümsedi, ardından da hızlı bir öpücük kondurdu. "Cumartesinin genelde temizlik günün olduğunu biliyorum ama biraz yardım getirdim; sana, kız kardeşlerine ve Bayan Poole'a biraz soluk aldırmaya niyetliyim."

"Ah, ne kadar düşüncelisin, teşekkür ederim!" dedi Estelle; o yürek eriten gülümsemelerinden biri daha yüzünde belirdi, ama Felix'in huzuru için oldukça çabuk kayboldu.

"Ama üzgün görünüyorsun. Nedir mesele?"

"Hâlâ babamdan haber almadık. Çok sinir bozucu."

Felix onun ellerini kendi ellerinin arasına alıp parmak boğumlarını öptü. "Üzgünüm. Ama daha hafif bir habere gelirsek..." Ellerini bıraktı ve cebine uzanıp annesinin mektubunu çıkardı. "Annemden haber aldım. En içten tebriklerini ve en iyi dileklerini gönderiyor."

"Ne güzel!" dedi Estelle; gözleri aydınlandı.

"Yeni gelinimle tanışmak için sabırsızlandığını ve onu yakında İrlanda'da ziyaret etmemiz gerektiğini söylüyor. Ben de en geç sonbaharda yola çıkabileceğimizi; bir süre onlarla kalıp sonra kırsalı gezebileceğimizi, Noel'i ve kışı orada geçirip ilkbaharda dönebileceğimizi düşünüyordum."

Estelle elini geri çekti; yüzüne kuşkulu bir ifade yerleşti. "Bu... çok fazla geldi."

"Ama bizi davet etti ve ben onu uzun yıllardır görmedim. Ona bayılacaksın, bundan eminim. O da sana hayran kalacaktır."

Estelle'in sesi inceldi. "Altı ay boyunca buradan uzak kalacağız!"

"Öyle olması gerekir," dedi Felix kaşlarını çatarak; bunun Estelle'i neden bu kadar sarstığını anlayamıyordu. Estelle seyahat etmek istemiyor muydu zaten? Ve işte önlerinde altın gibi bir fırsat vardı! "Kışın deniz yoluyla dönmek tehlikeli olur."

"Bu imkânsız," diye haykırdı. "Kitapçıdan bu kadar uzun süre uzak kalamam!"

Felix gerçekten ne demek istediğini anlamadı. "Kitapçıyı artık sen işletmeyeceksin. Benim karım olacaksın."

Estelle yutkundu; sarsılmış görünüyordu. "Bunu bırakmak zorunda mıyım?"

Felix'in zihninde her şey birbirine girdi. Nasıl oluyordu da bu kadar iyi bir haber bu kadar kötü karşılanıyordu?

"Bunu kabul ettiğini sanıyordum." Ferndale Hall'un yeni hanımefendisi olurken bir yandan Baxter's Fine Books'ı nasıl idare edebilirdi ki? Bu, fiilen imkânsızdı.

"Tanrım, Felix, hayır. Yapamam!"

Felix'in zihni öyle hızla durdu ki, yeniden nefes alana kadar bir an yalnızca göz kırpabildi. "Ne... ne diyorsun?" Felix yüreğinin durabileceğini düşündü. Bu mutluluğa çıkan şahane yolun nasıl olup da böyle korkunç bir viraja girdiğini aklı almıyordu.

Estelle evlendikten sonra bile kitapçıda çalışmaya devam mı etmek istiyordu? Bu nasıl bir delilikti?

"Seni bu angaryadan kurtardığımı sanıyordum," dedi.

"Angarya mı? Bu benim hayatım. Ben bunu seviyorum!"

Felix'in dünyası bir anda başına yıkıldı. Estelle'e onu ne kadar sevdiğini söylemişti, ama Estelle aynı sözleri ona geri söylememişti. Yakında söylemesini umuyordu. Ama o, kitapçıyı seviyordu?

"Onu benden daha mı çok seviyorsun?" Gözlerine sıcaklık yürüdü; Estelle bunu söylerse gerçekten darmadağın olabilirdi.

"Ne?"

"Beni duydun. Evlenmek üzereyken bunu bilmemizin önemli olduğunu düşünüyorum; çünkü bu epey büyük bir adım." Cevabını nefesini tutarak bekledi.

Beklediği her saniye midesine saplanan bir ağrı gibiydi. Aralarındaki sessizlik ağırlaşıp asılı kaldı. Bu kadar ileri gelip de evliliklerinin aslında ne anlama geldiğini nasıl hiç konuşmamışlardı?

Artık beklemeye dayanamıyordu. "Evlendiğimizde Ferndale Hall'da yaşayacağız. Büyükbabama ve mülke karşı sorumluluklarım var. Bu yüzden personelle tanışmanız gerekiyordu; çünkü malikânenin hanımefendisi siz olacaktınız."

"Ama hemen değil, herhâlde?" diye karşılık verdi.

Buna verecek bir cevabı yoktu.

"Bu çok fazla geldi," dedi Estelle; gözlerinden yaşlar süzülüyordu, bu da Felix'in yüreğini parçalayıp duruyordu. "Sen hep fazlasını yapıyorsun ve... bence benden de çok şey bekliyorsun."

O yaşları onun için silmemek, Felix'in tüm gücünü aldı. Yardım etmek için onun adına her şeyi yapmak istiyordu, ama belli ki işi fazla ileri götürmüştü. "Ben böyle yardım ederim," dedi çatallanan, yalvarır gibi bir sesle.

Ağır bir iç çekişle omuzları çöktü. "Bu benim hayatım ve sen benden bunu bırakmamı istiyorsun," dedi.

"Ayrıca seyahat etmek de istiyorsun. Bunu kendin söyledin. Bunu sağlayabilirim ama mantıken, ister İrlanda olsun ister kıta, bu her zaman Hatfield'dan aylarca uzak kalmak demek olur. Neden bu kadar ayak dirediğini anlamıyorum. İçtenlikle umuyorum ki bu yalnızca son dakika telaşıdır; çünkü aksi hâlde söylediklerin hiç anlam ifade etmiyor. Benim gelip burada yaşamayı kabul edeceğimi gerçekten mi sandın, biz—"

"Susun!" Kendi sözlerinin şokuyla elini ağzına kapattı.

Felix de çenesini sıkıca kapattı ve bekledi. Sessizlik içini kemiriyordu.

"Bu benim hatam," dedi sonunda Estelle, başını yavaşça sallayarak. "Her şey çok hızlı oldu. Üzerinde yeterince düşünmemiştim ve tüm bunlar epey büyük bir sarsıntı oldu. Ama tuhaf bir şekilde, zamanımızı burayla Ferndale arasında paylaşabileceğimizi düşünmüştüm. Ama bu kadar erken değil."

Felix konuşmak için ağzını açtı ama Estelle avucunu kaldırıp onu durdurdu.

"Bu sadece ikimizle ilgili değil, Felix. İşin içinde daha pek çok insan var. Kız kardeşlerim, Bayan Poole ve genç R— Bayan Millings'in bize ihtiyacı var; Kuzen Brutus'nun da sığınacak bir yere ihtiyacı var ve..."

Artık kendini tutamadı. "Benim de sorumluluklarım var. Büyükbabama, büyük halama, Bayan Sykes'a ve Ferndale'deki bütün personele karşı; zamanı gelince Hatfield halkına karşı da."

"Ama burası benim evim!"

"O ev hâlâ burada olacak. Anlamıyorum. İnsanlar evlendiğinde birlikte yaşar."

"Peki ben ne yapacağım? Aylak bir hanımefendi olup senin paranı mı harcayacağım?"

"Şimdiye kadar harcamakta hiç zorlanmadın zaten!" Sözler ağzından çıkar çıkmaz Felix büyük bir hata yaptığını anladı. Hem de korkunç derecede büyük bir hata. Bütün gücüyle onları geri alabilmeyi diledi, ama sözler başlarının üzerinde Demokles'in kılıcı gibi asılı kaldı.

Yanlış Seçilmiş Sözler

Estelle'nin içi bulanıyordu. Birkaç gün sonra evleneceklerken neden Felix'le kavga ediyordu?

"Belki de gitmelisin... ikimizin de zihni toparlanana kadar," dedi; biraz yalnız kalıp düşünmek istiyordu. Gerçekten düşünmek. Hayatının aldığı yönü düşünmeyi; kitapçıdan ve şimdiye dek bildiği, kendisi için hayal ettiği her şeyden uzaklaşan o yönü.

"Bence kalmalıyım." Felix karşısında dimdik durdu. "Bunu çözmemiz gerek, çünkü birkaç gün içinde evli olacağız ve o zaman çözmek için çok geç olacak."

Şakaklarında bir ağrı zonkladı ve Estelle sertçe çıkıştı. "Eğer pişman olduysan, buyur, vazgeç."

Felix irkilip keskin bir nefes aldı. "Hayır!"

Fazla ileri gitmişti ama o anın hararetinde düşüncelerini toparlayamıyordu. "Birkaç hafta erteleyelim... ta ki... bilmiyorum işte."

"İrlanda yolculuğumuz için gerekli hazırlıkları çoktan yaptım."

Estelle tezgâha çöker gibi yaslandı. "Sen hep yardım ettiğini sanıp böyle şeyler yapıyorsun, ama bunun her şeyi nasıl daha da kötüleştirdiğini görmüyor musun? Benden Ferndale Hall'da yaşamamı beklemen başka, ama en azından orası İrlanda'dan çok daha yakın!"

"Seyahat etmek istediğini söylemiştin!" diye yalvardı Felix; yıkılmış ifadesi Estelle'in yüreğini parçaladı.

Estelle ellerini sıkıp yumruk yaptı. "İstedim. Hâlâ istiyorum! Ama... yapamam!"

"Ne istediğini bildiğini sanmıyorum!"

"Ben de senin ne istediğini bildiğini sanmıyorum!"

Felix geri çekilip ona baktı.

"Gerçekten biliyor musun?" diye üsteledi Estelle; ne söylediğini neredeyse kendisi de bilmiyordu. Ama bir şekilde onu susturmak, bu soruları sormayı bırakmasını sağlamak, onu hiç de hazır olmadığı bir karara zorlamasına engel olmak için çırpınıyordu. "Sen gerçekten ne istediğini biliyor musun, Felix? Yoksa görünüşe göre benden gelip Ferndale Hall'un idaresini üzerinden alarak hayatını kolaylaştırmamı mı istiyorsun? Ah, Bayan Yates'le Bayan Sykes'ın bana işi öğretmeye çalıştıkları gayet açıktı. Ben bütün işi yaparken sen ne yapacaksın? O tasasız, keyifli hayatına devam mı edeceksin?"

Haksızlık ettiğinin farkındaydı, ama kendini durduramıyordu. "Beni buradaki işimden koparmak istiyorsun, sırf senin için çalışayım diye. Güzel elbiseler ve para beni satın almaya yetmez, Felix!"

"Seni satın alabileceğimi hiç düşünmedim," dedi Felix sessizce.

"Hayatındaki her şey gibi benim de önüne hazır geleceğimi sandın, öyle mi? Ömründe bir gün bile gerçek anlamda çalışmadın. Hiçbir şey için didinmek zorunda kalmadın; çalışmanın ne demek olduğunu bildiğini bile sanmıyorum!"

Felix derin bir nefes aldı. "Kızgınsın. Bir nefes almamız gerek, öfkemizi yatıştırmamız gerek. Sakinleşmek için biraz zamana ihtiyacımız var."

"Bunu çözmeye vaktimiz yok, Felix," dedi Estelle; bir anda her şey ona apaçık gelmişti. "Seninle evlenmeyi en başta hiç kabul etmemeliydim; hele babam burada bile değilken asla."

"Estelle, bunu yapma." Rengi atmıştı. "Bunu istemiyorum..."

"Çünkü bütün mesele senin ne istediğindi, değil mi? Benim ne istediğim hiç olmadı. Durumum yüzünden ne kadar savunmasız olduğumu gördün ve bundan yararlandın."

"Haksızlık ediyorsun!" Artık öfkelenmeye başlıyordu. "Beni tanımıyorsun bile!"

"Tam da öyle!" diye neredeyse ona bağırdı. "Tanımıyorum! Bildiğim kadarıyla sen de baban kadar işe yaramaz olabilirsin; yalnızca becerikli bir kadın gördün ve hayatını kolaylaştıracağımı düşündün — tıpkı babanın annene yaptığı gibi! Bu sadece tarihin tekerrürü, ben de bunun bir parçası olmayacağım!"

<hr>

Estelle'in ağzından çıkan onca öfkeli söz arasında Felix'i asıl yıkan bunlar oldu. Neredeyse tokat yemiş gibi hissederek bir adım geri çekildi. O daha az acıtırdı.

"Benim babam gibi olduğumu düşünüyorsun." Sözler neredeyse bir fısıltıydı.

Estelle omuz silkti, aşağı bakıyordu, gözlerini onunkilerle buluşturmuyordu. "Babanı tanımıyordum," demekle yetindi.

"Hakkımdaki düşüncen buysa, benimle evlenmeyi neden kabul ettin?" Estelle hâlâ ona bakmıyordu; sebebi o anda anladı. "Para yüzünden. Benimle param için evleniyorsun."

"Herkes para için evlenir," dedi Estelle, yine ona bakmadan.

Felix, sanki yüreğine bir bıçak saplanmış gibi hissetti. Elini göğsüne bastırdı; birdenbire nefes almakta zorlanıyordu.

Uzun bir sessizlik oldu. Estelle masanın üzerindeki birkaç kâğıdı karıştırdı, ama konuşmadı.

"Yarın son nikâh ilanı okunacak, sonra da gelecek cuma evleneceğiz," dedi Felix, sesini çaresizce düzgün tutmaya çalışarak. "Benimle evlenmek istiyor musun, istemiyor musun, Estelle?"

Estelle'in elleri durdu, ama yine de ona bakmadı. Sessizlik uzayıp gitti.

"Demek mesele buymuş," dedi Felix; dudaklarından dökülen sözlere kendisi bile inanmakta zorlanıyordu. Arkasını döndü, omuzları düşmüş hâlde kapıya yöneldi. Oraya vardığında Estelle'e dönüp baktı. "Etrafta oyalanmamı istemediğinden eminim. Annemi görmek için o İrlanda yolculuğunu yapacağım—aradan yıllar geçti, onu görmek istiyorum—ama yalnız gideceğim."

Tam kapıya yönelmişken Crafty hızla gelip ayaklarının dibine sokuldu. "Olmaz. Bu kez olmaz, kedi." Eğilip kediyi geri çevirdi, kitapçıya doğru dönmesi için hafifçe itti. "Sen burada kal."

Crafty, sanki kaçmayı aklının ucundan bile geçirmemiş gibi, umursamazca uzaklaştı. Felix başını salladı. O lanet kediyi dışarı salmamış olsaydı, Estelle en başından onun hakkında daha iyi bir kanaate varır mıydı? Artık çok geçti. Belki de Estelle'in onun hakkındaki fikri daha o günden belirlenmişti. Omuzları çökmüş hâlde kitapçının kapısını açtı ve dışarı çıktı.

Parlak güneş ışığında gözlerini kırpıştırdı; kitapçının loşluğundan sonra ışık gözlerini acıtıyordu. Gözlerinin yanmasının sebebi bu olmalıydı; yine de yanaklarının neden ıslak olduğunu bir türlü açıklayamıyordu. Arabaya doğru hızla yürürken duraksadı; aklına ayak uşaklarıyla hizmetçi kızlar geldi, o sırada hâlâ üst katta temizlik yapıyorlardı.

Pekâlâ, kalsınlar, işi tamamlasınlar. Kendisi Ferndale Hall'a döner, sonra onları almaya arabayı geri gönderirdi. Burada kalamazdı; bir an bile daha fazla değil.

Araba St. John's'un önünden sarsılarak geçerken Felix, kiliseye girip papaza yarın nikâh ilanlarını okumamasını ve düğünü iptal etmesini söylemesi gerektiğini fark etti; ama o anda Rahip Millings'le uğraşmayı hiç istemiyordu. Ateşle, cehennemle korkutan o papazın, kadınların bütün günahların kaynağı olduğuna dair söyleyecek bir sürü lafı olacağı kesindi; Felix de bunu duymak istemiyordu.

Şu anda kimseyle yüzleşecek hâli yoktu.

Elbette Hall'a geri girdiğinde gördüğü ilk kişi, en son görmek istediği kişiydi; büyükbabası tam o sırada merdivenlerin dibinden çalışma odasına doğru gidiyordu ve şaşkın bir kaş çatışıyla dönüp ona baktı.

"Buraya niçin geri geldin, delikanlı? Günü Bayan Baxter'la geçireceğini sanıyordum."

Felix'in boğazı düğümlendi. Başını salladı.

Lord Ferndale'in yüzü karardı. "Ne yaptın?" dedi; sesi çok soğuktu.

"Eşyalarımı toplamam gerek," diyebildi Felix. "İrlanda'ya gidiyorum."

"Ben bu saçmalığın aslını öğrenmeden hiçbir yere gitmiyorsun, anlaşıldı mı!" Lord Ferndale çalışma odasını işaret etti. "İçeri! Hemen!"

Bu, hayatımın en berbat görüşmesi olmak üzere, diye düşündü Felix. Güç bela, titreyen bacaklarını ileri sürükledi; sonunda çalışma odasındaki bir sandalyeye çöküp başını ellerinin arasına aldı.

Elinde ne varsa darmadağın oluyordu. "Berbat ettim, Büyükbaba," dedi boğuk bir sesle.

"Belli," diye çıkıştı Lord Ferndale, masasının etrafında sert adımlarla gidip geldikten sonra sandalyesine oturdu. "Şimdi ne oldu?"

"Ben... birtakım varsayımlarda bulundum," diye itiraf etti Felix kasvetle. "Estelle'in ne istediğini sormadım, kendi ne istediğimi de açıkça söylemedim. Onun ihtiyaçlarını hesaba katmadan, planlarıma uyum sağlayacağını varsaydım sadece."

"Hm." Lord Ferndale duyulur biçimde burnunu çekti. "Tam da o züppe baban gibi. O işe yaramaz adam, bütün o boş hayatı boyunca bir kez olsun başkasını zerre kadar düşünmedi."

Felix inleyiverdi. Hayatı boyunca, Yates ailesinin kara koyunu ve Lord Ferndale için büyük bir hayal kırıklığı olan babasının tam tersi olmaya çalışmıştı. Hem Estelle'in hem de büyükbabasının, Felix'in babasına fazlasıyla benzediğini düşünmesi canını yakıyordu; sanki o da yalnızca bir başka hayal kırıklığıydı.

"Ama sen baban değilsin ve bunu laf olsun diye söylemiyorum; gerçek bu," dedi Lord Ferndale kararlılıkla. Felix başını kaldırdığında büyükbabasının ona delip geçer gibi baktığını gördü. "Öncelikle, ondan çok daha zekisin ve çok daha aklı başındasın. Şimdi söyle bana, açtığın bu karmaşayı düzeltmek için ne yapacaksın? çünkü İrlanda'ya kaçmak çözüm değil."

"Başka ne yapacağımı bilmiyorum!" diye feryat etti Felix. "Benimle evlenmek istemiyor."

"İstemiyorsa, yeterince çabalamamışsındır."

"Elimden gelen her şeyi yaptım." Felix düşündü taşındı, ama sonunda yalnızca şunu söyleyebildi: "Beni sevmiyor. Kitapçıyı seviyor."

"Sana nasıl baktığını gördüm, delikanlı. Sen ona yarım fırsat versen, seni sevebilir!"

"O bana fırsat vermiyor!" Öfkelenen Felix ayağa fırlayıp çalışma odasından çıktı; büyükbabasının geri dönmesini emreden sinirli sesini duymazdan geldi. Holde hızlı adımlarla ilerlerken büyük halasının merdivenlerden indiğini gördü ve hemen yönünü değiştirdi; bir kişinin daha onu azarlamasıyla yüzleşecek hâli yoktu.

Sonunda kendini yine dışarıda, Estelle'e dair anıların üzerine üşüştüğü mutfak bahçesinde buldu. Bahçıvanlar, yüzünün karardığını bir bakışta anlayıp ortadan kayboldular.

Felix bir biberiye çalısını tekmeledi. "Neden?" diye bağırdı çalıya. "Neden bana bir fırsat vermiyor?"

Çalı cevap vermedi; Felix de gidip bir banka çöktü, çalıya hiddetle baktı.

"Ben neden ona bir fırsat vermedim?" dedi birkaç dakika sonra sessizce. "Onu etkilemek için kendi kendime varsayımlarda bulunup büyük jestler yapacağıma, neden ne istediğini sormadım?"

Estelle'in, babası yokken kız kardeşlerine karşı bir sorumluluğu olduğunu biliyordu; ama bunu gerçekten hiç hesaba katmamıştı. Estelle'in tam şimdi, bugün çekip çevirmek zorunda olduğu sorumlulukları düşünmeye fırsat bulamamıştı; kendi geleceğinin sıkıntılarına gömülmekten başka bir şey düşünememişti. Kitapçı ve kız kardeşleri... Felix ortaya çıkmadan çok önce Estelle'in öncelikleri bunlardı ve sırf sorunun üstüne para saçabiliyor diye Estelle'den bunları öylece bırakmasını beklemesi adil değildi.

"Onun altı ay boyunca her şeyi arkasında bırakıp gitmesini bekleyemem," dedi yüksek sesle. "Babası hâlâ dönmemişken bu ona haksızlık." Doğrusunu söylemek gerekirse, ondan hemen şimdi kendisiyle evlenmesini istemek de haksızlıktı; Estelle elbette babasının düğününde olmasını isterdi!

"Bekleyebilirim. O beklemeye değer. Ne kadar sürerse sürsün!" Felix ayağa fırladı; araba Hatfield'a dönmek için geri çevrilmiş miydi diye merak etti. Dönmüşse, Hannibal'ı eyerler, oraya giderdi.

Ve bu kez, saçma bir anlaşmazlık yüzünden Estelle'i bırakıp çekip gitmeyecekti. Uzlaşabilirdi; onun ihtiyaç duyduğu hangi tavizse verebilirdi.

Çünkü Estelle buna değerdi.

Her şeye değerdi.

BÖLÜM 20

Çok Daha Güzel Sözler

Dünyasının ne kadar kötü bir hâle geldiğini fark etmek Estelle'i perişan etmişti. Hem de ne kadar çabuk. Ferndale Hall'un hizmetkârları o sırada onun ve kız kardeşlerinin hayatını çok daha kolaylaştırmak için seve seve çalışıyordu; o ise Felix'in yardımını müdahale sanmıştı.

"Ben delirmişim," dedi Estelle, Crafty'ye uzanıp kediyi kucaklarken. Tüyleri yumuşak ve sıcaktı; Estelle, yüreği dibe çöker gibi olurken, kedinin her zamankinden daha ağır olduğunu fark etti. Kedinin iki yanını okşayınca karnının dışa doğru yuvarlaştığını hissetti ve bir kez daha iç geçirdi.

Crafty başını Estelle'in çenesine doğru sürttü, sonra da tezgâhın üstüne yayıldı. Ben bir aptalım, diye düşündü Estelle; gözyaşları Crafty'nin tüylerine damlıyordu. Üstüne su damlamasına itiraz eder gibi bir miyavladı, sonra bir anda fırlayıp kaçtı.

Estelle yüzünü sildi, burnunu gürültüyle çekti. Yapacak bir şey yoktu; başını ellerinin arasına gömüp hıçkıra hıçkıra ağladı. Suçluluk, kederine bir de o eklenmişti. Borçları Felix sayesinde kontrol altına alınmıştı; Bayan Yates sayesinde de yeni elbiseler için şahane kumaşları vardı. İngiltere'nin en mutlu gelini olması gerekirdi; oysa bunun yerine, bütün bunları Felix'in yüzüne fırlatmış zavallı bir enkaza dönmüştü.

Bir de o kumaşlar! Hepsini geri vermeliydi ama çoğu çoktan kesilmişti; Bayan Poole da düğüne yetişsin diye yarım düzine mahalleli kıza harıl harıl dikiş diktiriyordu... bir de, aman Tanrım,

Rahip Millings'le karşılaşmak zorunda kalacaktı; muhtemelen onun o berbat nutuklarından birini dinlemek zorunda kalacak ve...

"Estelle?" dedi Marie yumuşak bir sesle, aradan bitmek bilmez bir zaman geçtikten sonra. "Ne oldu böyle?"

"Her şey," diye inledi ellerinin arasından. "Her şeyi mahvettim."

"Louise'i çağırayım. O ne yapılacağını bilir."

Bir dakika sonra Estelle, kız kardeşleri ve onların endişeli yüzleriyle çevrilmişti. Yeni bir gözyaşı sağanağına tutuldu. "Felix'e korkunç davrandım; ona beş para etmezsin dedim, şimdi de düğün olmayacak ve hepsi benim suçum," dedi bir solukta.

Louise, Estelle'i tezgahtan uzaklaştırıp kollarına sardı. "Şşş, şşş, o kadar kötü değildir, eminim."

"Daha da kötü," dedi Estelle burnunu gürültüyle çekerek; Bernadette de ona bir mendil uzattı. "Kavga ettik ve o düğünü iptal edecek."

Marie sordu: "Neden kavga edesiniz ki? Birbiriniz için biçilmiş kaftansınız."

"İşte sorun da bu. Ben de onun çok kusursuz olduğunu sanmıştım ama fazlasını yapıyordu, her şeyi eline alıyordu. Daha da kötüsü, benim sizi burada bırakıp kitapçıyı bensiz idare etmenizi öylece kabulleneceğimi sandı!"

Bernadette güldü.

Estelle ağlamayı anında kesip en küçük kız kardeşine baktı.

Bernadette omuz silkti. "Bunun neresi sorun?"

Estelle'in beklediği cevap bu değildi. "Bana burada ihtiyaç var. Kitapçıyı yönetmek büyük bir sorumluluk."

Louise, Marie ve Bernadette birbirlerine baktılar. Louise, "Biz çocuk değiliz," dedi. "Gayet becerikliyiz."

"Ama baba..."

"... geri dönecek. Bir noktada," diye hatırlattı Marie. "Seni sorumlu bırakmış olması, her zaman sorumlu olmak zorunda olduğun anlamına gelmiyor. Bize inisiyatif kullanmamızı söyledi, biz de kullandık. Kullanmaya da devam edeceğiz. Gayet iyi idare ederiz. Sen Bay Yates'i kabul etmeden önce bile bunu konuşmaya başlamıştık. Ben hatta Rahip Millings'le de konuştum; Ruth'a ücret ödememize izin vermiyor ama her pazar onun adına bağış tabağına iki şilin koyduğumuz sürece gelip bizim için düzgünce çalışabileceğini söyledi. Biraz eğitimle tezgâhın arkasında çok iyi iş çıkarır; yani elimiz eksilmeyecek bile."

"Brutus da ona ciltçiliği öğretip öğretemeyeceğimi sordu," diye araya girdi Louise, kendinden epey memnun görünerek. "Ben de tabii ki evet dedim; senin odanı da kurutma odası yapacağım, böylece ciltleme işlerimi büyütebileceğim."

Estelle itiraz edecek bir şey aradı ama aklına gelen tek şey şu oldu: "Demek bana ihtiyaç yok, öyle mi?" Onun yerini doldurmayı çoktan planlamışlar, hatta odası için bile karar vermişlerdi; üstelik ona tek kelime etmeden!

Bernadette öfkeyle ellerini beline koyup sesini yükseltti. "Biz öyle bir şey demedik! Söylediklerimizi çarpıtmayı bırak! İnsanların sözlerini böyle çarpıtıyorsan kavga etmenize hiç şaşırmamalı!"

Estelle'den yeni bir feryat yükseldi ama Bernadette onun sözünü kesti. "Bay Yates senin başına gelmiş en iyi şey. Gergin olman başka şey, mutluluk şansını elinle itip kakman bambaşka."

"Beni İrlanda'ya götürmek istiyordu. Altı ay boyunca uzakta kalacaktık!"

"İrlanda!" Louise hayretle baktı. "Aman Tanrım, ne macera ama! Şanslı şey seni!"

"Hayır, ama... ama..." İrlanda'ya gitmek istemediğini söyleyemiyordu. Sözcükler boğazına düğümleniyordu.

"Korktun işte," dedi Bernadette, Estelle ağzından doğru dürüst tek kelime çıkaramayınca. "Aklı başında en büyük kız sensin de, bebek gibi davranıyorsun!"

"Davranmıyorum!" diye sesini yükseltti Estelle; ama sesi kendi kulağına bile mızmız ve huysuz gelmişti. Yavaşça Louise ile Marie'ye döndü; ikisi de omuz silkip başlarını salladı.

Louise, "Bence davranıyorsun. Bay Yates harika biri. Yakışıklı, düşünceli ve sana çok iyi bakar. Aslında sadece sana değil, hepimizle de ilgilenildiğinden emin oluyor. Dün bana Londra'dan dört tane yepyeni kitap presi sipariş ettiğini söyledi!" dedi. Yüzü mutluluktan ışıldıyordu. "Ben de fazla cömert olduğunu söyledim; sonra ne dedi biliyor musun? Hiç kız kardeşi olmadığını, ama artık üç tane olduğunu, bu yüzden de bizi şımartmaya kararlı olduğunu söyledi!"

Estelle onlara tek tek baktı; yüzlerinde hem içtenliği hem de kendisine duydukları kaygıyı görüyordu. Söyledikleri her sözü gerçekten kastediyorlardı, bunu fark etti. Üstelik hepsi yetişkin kadındı artık, Bernadette bile; onun küçük kız kardeşleri değillerdi. O, Felix yüzünden kendinden geçmiş gibi dalgınken, onlar bir araya oturup Estelle olmadan tam olarak nasıl idare edeceklerini planlamışlardı. Üstelik iyi bir plandı; Estelle bundan daha iyisini bulabileceğinden kuşkuluydu.

Marie gözlüğünü düzeltti ve, "İrlanda'dan döndüğünde yine burada olacağız. Kitapçı da burada olacak. O zamana kadar Babamızın da eve dönmüş olacağına eminim. Gerçekten kaygılanacak hiçbir şeyin olmayacak," dedi.

"Biz gayet iyi idare ederiz," dedi Bernadette, Estelle burnunu sümkürür gibi çekince ona bir mendil daha uzatarak. "Ama burada somurtup Bay Yates'le evlenmezsen, o kadar saçma bir sebeple böylesine harika bir adamı kendinden uzaklaştırmış olmanla hepimizi delirteceksin."

"Ama ben sizinle ilgilenmek istiyorum," dedi Estelle; hislerinin aslını nihayet fark ederek. "Ben gidince size ne olacağı konusunda endişeleniyorum."

"Aman Tanrım!" diye bağırdı Louise. "Seni böyle sersemleten görev duygusu mu, beklenti mi, her neyse artık, şu yükü sırtından at da gidip o adamla evlen!"

İnsanın boyunu posunu küçültüyorlardı doğrusu, kız kardeşleri böyle olduklarında. Estelle, daha önce hepsinin birden ona karşı böyle birleştiğini sanmıyordu; bu gerçekten gurur kırıcıydı.

Ama midesine oturan bir his, söyledikleri her sözün doğru olduğunu söylüyordu.

"Gerçekten bu kadar aptal mı davranıyorum?" diye çekinerek sordu.

"EVET!" diye üçü birden ona bağırdı.

Estelle'in başı hafifçe döndü; bayılacak gibi oldu. "Ben ne yaptım?"

Louise ellerini çırptı, başını salladı, yarı gülerek, "Anladı! Sonunda!" dedi.

Perişanlığının içinden bir anda bir açıklık belirdi. "Felix'i kaybetmek istemiyorum."

Marie başını sallayıp kimseye özellikle hitap etmeden, "Âşık insanları anlamıyorum. Ne kadar saçma davranıyorlar," dedi.

"Ben âşığım!" dedi Estelle, bunu bir anda fark ederek. "Ben Felix Yates'i seviyorum ve ben... ben onu gönderdim! Uzaklaştırdım! Aman Tanrım. Bunu nasıl düzeltebilirim?"

Bernadette elini Estelle'in omzuna koydu ve, "Git onu bul, sersem," dedi.

"Ama İrlanda'ya gidiyor! Beni görmek istemeyeceğimden emin olmuş, tek başına gideceğini söyledi..."

"Bristol'e doğruca at sürüp bir gemiye bineceğini pek sanmıyorum," dedi Marie kuru bir tonla. "Böyle yolculukların hazırlanması zaman alır. Şu an Ferndale Hall'dadır, eşyalarını topluyordur. Eminim ona yetişebilirsin."

"Ya yetişemezsem, annesinin İrlanda'da nerede yaşadığını öğrenir, peşinden oraya kadar giderim." Estelle çenesini kararlılıkla sıktı.

"İşte, bir şeyi istedi mi hiçbir şeyin yoluna çıkamadığı ablam bu," dedi Bernadette gururla. "Daha ne bekliyorsun?"

"Haklısınız!" Estelle kapıdan fırladı. Bir an sonra yeniden içeri dalıp merdivenlere koştu ve, "Binici kıyafetim lazım!" diye bağırdı.

"Gelip üstünü değiştirmene yardım ederim," dedi Louise, Estelle'in peşinden merdivenleri çıkarken gülerek. "Sakin ol, Estelle. Ona yetişeceksin."

Dakikalar sonra Estelle, Red Lion'ın arkasındaki ahır avlusunda Somerset Valley Four'la yeniden karşı karşıyaydı.

Tam çıkmak üzereyken, Kuzen Joshua yine kusursuz denecek kadar berbat bir zamanlamayla kemerli geçitte önünü kesti.

"Nereye gidiyorsun?" diye sordu. Soru olmaktan çok buyurgan bir emir gibi çıkmıştı.

Ona ayıracak sabrı kalmamıştı; "Yakamızdan düşün!" diye bağırdı, sonra atı tırısa kaldırmak için diliyle şaklattı.

"Derhâl geri gel!" diye bağırdı Joshua, ama arkasında kalmıştı ve Estelle duymamış gibi yaptı.

Joshua'ya kabalığının yalnızca küçücük bir kısmıyla karşılık vermek bile iyi hissettirmedi; çünkü hemen öfkesini kız kardeşlerinden çıkarabileceği endişesine kapıldı. Büyük ihtimalle doğruca kitapçıya girip onlara çıkışacaktı.

Geri dönüp onlara yardım etmeyi ne kadar istese de, kendilerine bakabileceklerini söyleyip ona garanti vermişlerdi. Joshua onları mutlaka zorlayacaktı ama o sinir bozucu adamla kendi başlarına baş etmelerine izin vermesi gerekiyordu.

O anda yüreği tek bir ritimle çarpıyordu: Felix'e git. Felix'e git.

Acaba düğünü çoktan iptal etmiş miydi? Kitapçıdan çıkar çıkmaz doğruca kiliseye gidip Rahip Millings'e yarın son evlenme ilanlarını okumamasını söylemiş olabilirdi. Eğer bunu yaptıysa, bunun suçu bütünüyle ondaydı; ne de olsa bunu ona kendisi söylemişti.

Ne büyük aptallık ettim; tek umudum, Felix'e onu sevdiğimi söylemek için çok geç kalmamış olmam. Ona sevgimi söylemekten asla vazgeçmeyeceğim.

Onu bir daha hiç görememe düşüncesi kalbini paramparça edecek gibiydi. O geniş, neşeli gülümsemesini bir daha hiç görememek ya da sırf onu güldürmek için yaptığı o apaçık şakaları bir daha duyamamak. Onu öpememek. Birden Bayan Yates'in uzun zaman önce kaybettiği nişanlısı hakkında söylediği sözleri hatırladı: "Hiçbir beyefendi kalbimi benim Henry'min yaptığı gibi hızla çarptırmadı."

Felix benim kalbimi de öyle çarptırıyor, diye düşündü Estelle, Somerset Valley Four'u daha hızlı tırısa kaldırmaya çalışırken.

Ben onu gerçekten seviyorum, diye fark etti. Felix'in olmadığı bir hayatın geri kalanını hayal edemiyordu.

Yanında. Nerede yaşarlarsa yaşasınlar.

Ama önce ona ulaşmalıydı.

Eğer çoktan İrlanda'ya doğru yola çıktıysa, gerçekten de Lord Ferndale'e annesinin adresini vermesi için yalvaracak ve onu bulmak için oraya gidecekti. Bir de her şeyi bu kadar berbat ettiği için Lord Ferndale ve Bayan Yates'ten defalarca özür dileyecekti; ne kadar büyük bir hayal kırıklığına uğramış olabileceklerini düşünmek bile onu titretiyordu!

Somerset Valley Four onu Hatfield sokaklarından geçirirken zihninde birbirine karışmış sayısız düşünce dönüp duruyordu. St John Kilisesi hemen ilerideydi. Aptalca hatalarını telafi edebilseydi, Brimstone'un onları evlendirmesine bile katlanırdı.

Felix'i öbür yönden kiliseye doğru yaklaşırken görmek onu korkudan titretti. İşte oradaydı, geleceğinin adamı; ama düğünlerini iptal etmeye gidiyordu.

Somerset Valley Four'u durdurdu, eyerden kayıp yola indi. Gözyaşları dünyayı bulanıklaştırırken Felix'e doğru koştu. "Özür dilerim, özür dilerim!" diye seslendi.

Felix atını durdurdu, dizginleri elinde tutarak attan indi. Yüzü perişan görünüyordu, gözleri kıpkırmızıydı. Bunu ona o yapmıştı.

Bu korkunç hatayı telafi etmek zorundaydı. "Lütfen, Felix, çok ama çok üzgünüm. Düğünü iptal etmek istersen bunu anlarım ama ne olur henüz etme. Seni seviyorum. Gerçekten seviyorum ve bunu sonunda söylemek öyle güzel hissettiriyor ki. Ne büyük aptallık ettim ve ben..."

Felix, Hannibal'ı sokaktaki su oluğuna bağladı, sonra ona uzanıp Estelle'i sıkıca kucakladı.

"Sevgili Estelle'im, bana bunun bir kâbus olmadığını ve gerçekten burada olduğunu söyle."

"Buradayım ve çok üzgünüm."

"Her şey yolunda mı?" Yüzünü ellerinin arasına alıp baktı. "Nasıl... hayır, bunu sormayacağım."

Estelle burnunu çekti, gözyaşlarının arasından gülümsedi. "Az önce bana nasıl yardım edebileceğini soracaktın, değil mi?"

"Suçumu kabul ediyorum," dedi utangaç bir gülümsemeyle.

"Lütfen düğünü iptal etme. Ben seninle evlenmek istiyorum, Felix, eğer sen de hâlâ benimle evlenmek istiyorsan. Çünkü seni seviyorum ve bunu artık fark ediyorum. Kız kardeşlerim etrafımı sarıp ne kadar aptal olduğumu görmeme yardım ettiler. Bir de seni kontrolü ele almakla suçlayarak ne kadar korkunç davrandığımı fark ettim. Öyle yapmıyordun, hiç yapmıyordun. Gerçekten yardım ediyordun. Ediyorsun. Sanırım bana bu kadar çok yardım etmiş olmana kendime öfkelenmiştim. Belki her şeyi tek başıma yapabileceğimi sanıyordum; ama bir yandan kız kardeşlerimin de sorumluluk alıp yardım etmelerine izin vermiyordum. Onlar artık çocuk değil, yetişkin kadınlar ve onlar adına karar vermeyi bırakmam gerekiyor..."

Felix'in dudakları onun dudaklarına indi; kabaran duyguları ve sel gibi akan gözyaşları yüzünden bu öpücük, önceki öpüşmelerinden biraz daha az nazikti ama bir o kadar da duyguluydu.

"Sevgili Estelle'im," dedi.

Bu sözleri duymak yüreğini şarkı söyletiyormuş gibi hissettirdi. "Seni seviyorum, Felix."

Başka bir şey söylemedi; St John Kilisesi'nin dışında, apaçık skandal bir biçimde onu yeniden öptü.

Nihayet öpüşmeyi bıraktıklarında Estelle, "Sen kiliseye varmadan önce sana yetişebildiğim için öyle rahatladım ki," dedi.

Felix'in kaşları çatıldı. "Ben kiliseye gitmiyordum. Senin gittiğini sanmıştım."

"Ben sana geliyordum."

Güldü ve onu yeniden öptü. "Ben de sana geliyordum; af dilemek, bize bir şans daha vermeni istemek için. Nerede yaşadığımızın umurumda olmadığını söylemek için. Benim için önemli olan tek şey, seninle birlikte yaşamak."

Gülüp bir kez daha öpüştüler ve birbirlerine sarıldılar.

"Ferndale Hall'da seninle yaşamak istiyorum," dedi Estelle; sözcükleri ağzından çıkarken bunların gerçekten doğru olduğunu fark ediyordu. "Kız kardeşlerim bize ihtiyaç duyarsa oradan da pekâlâ yardım edebiliriz, ama haklısın. En başından beri Hall'ın hanımı olmama ihtiyaç duyduğunu bana gerçekten açıkça söylemiştin— büyükbaban da öyle!—ve ben adil davranmıyordum. Bunu istiyorum ve sanırım bunda iyi de olabilirim."

Felix başını sallayarak yarı güldü. "Bunda olağanüstü olacaksın; bunu senden başka herkes zaten çoktan biliyor."

"Bir de annenle tanışmak için İrlanda'ya gitmek istiyorum. Bir gemiyle yolculuk yapmak istiyorum, hatta belki bir gün Yunanistan'ı bile görmek... ama o kadar uzak bir yolculuk için babam eve dönene kadar beklemek istediğimi gerçekten düşünüyorum."

"Gayet anlaşılır!" Felix'in içi sevinçle doldu. "Düğünü ertelemek ister misin?" diye sordu, son derece ciddi bir sesle. "Elbette düğün gününde babanın orada olmasını istersin. Ne kadar uzun sürerse sürsün, seni beklemekten mutlu olurum."

Canım, biricik adam. Estelle başını salladı. "Hayır. Babamın dönmesi aylar, hatta bir yıl sürebilir. Seninle evlenmek için o kadar uzun beklemek istemiyorum. Hem Louise, onun için sipariş ettiğin dört yeni kitap presiyle benim odamı devralmayı planlıyor." Gülümseyerek onun kolunu hafifçe çimdikledi. "Fazla cömertsin."

Felix, hâlâ şaşkınca sırıtarak başını salladı ve onu yeniden öptü.

Estelle etrafına bakınca bir şeyi fark etti. "Somerset Valley Four ortada yok."

"Ne?"

"Kiraladığım at. Aklım öyle dağılmıştı ki onu bağlamayı unuttum."

Felix göğsünü kabartıp kolunu ona uzattı. "Öyleyse sevgilim, sanırım o başıboş atı bulup evine geri götürmek bizim görevimiz."

Hannibal'ı alıp Red Lion'a doğru geri yürüdüler; kiralık atın da kendi başına avluya döneceğini varsaydılar.

"Benim de senden özür dilemem gerekiyor," dedi Felix. "Fazla ileri gittim. Seni etkilemek için gereğinden çok uğraştım ve haddimi aştım. Sana danışmadan kararlar vermek yerine seninle birlikte hareket etmeliydim. Varsaymak yerine daha çok dinlemeliydim."

Bu sözleri duymak öyle iyi gelmişti ki, her şeyi bu kadar berbat etmiş olmaktan ayrıca suçluluk duyuyordu. "Ortalığı fena karıştırdık, değil mi?"

"Onları kendi hızımızda ağır ağır düzene sokabiliriz. İrlanda konusunda heyecanlandım ve önce sana sormak yerine hemen harekete geçtim. Kendimin o yanı üzerinde gerçekten çalışmam gerek. Ben mantıksız davrandığımda lütfen beni aklı başında tut."

Estelle bir gözyaşını daha sildi; bu kez mutluluktandı. "En çok ihtiyaç duyulduğu anda neşe getiriyorsun. Lütfen hiç değişme."

Yeniden öpüştüler; Estelle kendini öylesine sevilen, öylesine kıymet verilen biri gibi hissetti ki. Nefes nefese ayrıldıklarında, "Seni çok seviyorum, Felix Yates," dedi. "Hayat bizi ne zaman zor duruma düşürse, sen bir şekilde yine neşe getirmeyi başarırsın; bunu biliyorum."

Felix şakayla, "Sanırım zamanımızın epey büyük bir kısmını başıboş hayvanların peşinde koşarak geçireceğiz," dedi.

"En azından bunun hamile kalma ihtimali yok. Bir kere erkek, üstelik kısırlaştırılmış."

Kiralık atı aramayı sürdürürlerken kıkırdadılar ve el ele yürüdüler. Köşeyi döndüklerinde, atın Red Lion'ın arkasındaki evine açılan kemerden içeri girdiğini gördüler.

"Ah, akıllı at," dedi Estelle. "Yön duygularının çok güçlü olduğunu ve yollarını hep eve bulduklarını duymuştum."

"Tıpkı benim de, neresi olursa olsun, yolumu hep sana—evime— bulacak olmam gibi, sevgilim."

Yüreğine daha fazla sevgi sığmaz sanıyordu, ama Felix yine de bunu başarmanın bir yolunu bulmuştu.

"Seni gerçekten çok seviyorum," dedi Estelle, ellerini kendi ellerinin içine alıp bir öpücük daha vermek için ona yaklaşarak. "Bir daha hiç tartışmayalım."

Felix onu öylesine yumuşak ama tutkulu öptü ki Estelle'in aklı başından gitti. Felix geri çekildiğinde, "Buna asla bir sebebimiz olmaması için elimden geleni yapacağım," dedi.

Arkalarından öfkeli bir erkek sesi yükseldi: "Bu yakışıksız manzaraya derhâl son verin!"

Estelle derin bir iç çekti.

Felix Joshua'ya baktı, sonra kaşını kaldırıp sorgular bir bakışla Estelle'e döndü.

İşte o anda ne yaptığını anladı; araya girip yardım etmeden önce ondan izin istiyordu.

Ne güzel adam. Estelle ona gülümsedi ve fısıldadı, "Buyurun."

"Ah, Kuzen Joshua," diye bağırdı Felix. "Zamanlamanız kusursuz. Hemen geliyorum. Bizi kitapçının içinde bekleyin."

Joshua'nın ağzı bir karış açıldı ama hemen kapattı. Estelle onu hiç bu kadar nutku tutulmuş görmemişti.

Felix, Hannibal'ı ahır seyisine teslim edip ona bir madeni para verdi; sonra dirseğini Estelle'e uzattı ve birlikte, bir başka tamamen gereksiz yüzleşmeye doğru, dükkâna girdiler.

"Biz bir ekibiz," dedi Estelle kararlılıkla. "Bununla başa çıkabiliriz."

BÖLÜM 21

Düğün Çanları

Dükkân kapısını kapatır kapatmaz Joshua önlerinde bir aşağı bir yukarı yürümeye başladı ve dolgun parmağını yüzlerine doğru sallayarak bağırdı. Phoebe bir yanda, kitap raflarından birine yaslanmış, bayılacakmış gibi duruyordu.

Estelle'in kız kardeşleri yorgun ifadelerle tezgâhın arkasında kalmışlardı. Joshua açıkça onlara zor anlar yaşatmıştı ve onunla yalnız başa çıkmak zorunda kalmışlardı. Aslında yalnız değil, üçü birlikteydi ama onsuz başa çıkmışlardı. Hâlâ ayaktaydılar, kitapçı hâlâ ayaktaydı.

Sonra fark etti; gerçekten onunla başa çıkmışlardı. Birlikte. Ve üçü de dik duruyordu, birleşik bir cephe oluşturarak. Kendinden emin, olgun kadınlar olarak bu zorbanın karşısında dik durabiliyorlardı.

Joshua Estelle'e bağırdı: "Bizi çok fazla rezil ettin. Bu böyle olmaz!"

Felix önce Estelle'e baktı, devreye girip yardım etmesinden memnun olup olmadığından emin olmak için.

Estelle ona ışıl ışıl gülümsedi ve başını salladı: "Evet lütfen."

"Yakında evlenecek bir çiftin sevgisini göstermesini yasaklayan herhangi bir kamu yasasından haberdar değilim," dedi Felix, sesi soğuktu.

"Sen değil," diye bağırdı Joshua, sonra parmağını Estelle'in yüzüne doğru salladı. "O!"

O kadar yakındı ki son yemeğinden dişlerinin arasına sıkışmış bir şeyi görebiliyordu.

Felix boğazını temizledi, Joshua ile Estelle'in arasına girdi ve sesini tehlikeli derecede alçak tuttu. "Gelecekteki Bayan Yates ve Barones Ferndale'e bu şekilde konuşmayacaksınız." Bana kalsaydı, ton fark etmeksizin hiçbirimizle bir daha konuşma izniniz olmazdı. Siz, büyükbabamın kederinden yararlanarak kendinizi layık olmadığınız ve mizacınızın yetmediği bir konuma sokan bir ukala, bir... kör bir eşeğin bile daha yetkin yapabileceği işi beceremeyen birisiniz."

Şok olmuş ama açıkça Felix'e bağırmanın aptallığını fark etmiş olan Joshua çenesini sıktı ve bir şeyler mırıldandı.

Felix ekledi: "Gelecekteki karıma saygıyla davranacaksınız, yoksa büyükbabama hesap vereceksiniz... ve bana hesap vereceksiniz. Ona bir daha bağırmaya cüret ederseniz yumruğumu suratınızda bulacaksınız."

Estelle elini Felix'in pazısına dokundu ve gömleğinin altındaki gücü takdir etti. Felix ona döndü ve pişman bir sesle dedi: "Yine çok ileri gittim, değil mi?"

Estelle düşünceli bir şekilde başını eğdi, sonra dedi, "Bence tam yerindeydin." Sonra kendi omuzlarını dikleştirdi ve Joshua'yla yüzleşmek için Felix'in gücünden biraz ödünç aldı, tonunu bal gibi tatlı yaptı. Sopa ve havuç, diye düşündü; Felix tehditler savurmuştu ve şimdi o Joshua'ya zarif bir çıkış yolu sunabilirdi. Soğuk bir tonla, pek de örtülü olmayan bir tehdit savurdu: "Ferndale Hall'daki düğün kutlamalarından kapı dışarı edilmek, hem sizin hem Bayan Baxter için büyük bir yazık ve utanç kaynağı olurdu."

Kuzenine daha önce hiç böyle konuşmamıştı. Sinirleri gerilmiş, kalbi hızla atıyordu. Yanında Felix olması ona neredeyse her şeyi başarma cesareti veriyordu. Ama Joshua'ya söylemesi gereken başka önemli bir şey daha vardı.

"Babamın yokluğunda Baxter ailesinin reisi olarak beni gelin yolunda mutlaka yürüteceksiniz." Zamanında olacaksınız ve son derece iyi davranacaksınız. Anlaşıldı mı?"

Ağzını büzdü, sanki ona yeniden sözlü saldırıda bulunmak istiyormuş gibi, ama Felix öne çıktı, yumrukları yanlarında sıkılıyordu ve Joshua aceleyle tek bir "Peki" diye kekeledi.

Felix geri çekildi, Estelle'in elini tuttu.

"Ama keyif almayacağım," dedi Joshua, açıkça son sözü söylemek isteyerek.

Estelle'den bir kahkaha kaçtı. Kuzenine verebileceği pek çok yanıt vardı ama buna değmezdi. Joshua'nın keyif aldığı o kadar az şey vardı ki —Estelle ve kız kardeşlerine bağırmak dışında— neredeyse ona acıdı. Konuşma boyunca tek kelime etmeyen Phoebe'ye baktı.

"Peki siz ekleyecek bir şeyiniz var mı, hanımefendi?" diye sordu Estelle. "Öyle sanmıyorum," dedi Estelle, Phoebe hızla başını salladığında. "Bayan Yates komitelerine katılmam için çok istekli ve anladığım kadarıyla siz de onlara davet edilmeye çalışıyorsunuz. Neden kimsenin sizi davet etmeyi düşünmediğine dair hiçbir fikrim yok, gerçekten. Toplantılara ev sahipliği yapmakta çok iyi olurdunuz. Sizinle çalışmayı dört gözle bekliyorum, Phoebe."

Louise bir kahkaha attı.

Phoebe surat ekşitmiş gibiydi ama kendini zorlayarak gülümseme takındı ve başını salladı. "Elbette, Estelle," dedi.

"Artık gidebilirsiniz," dedi Estelle, onları dışarı çıkarmak için sokak kapısını açarak.

Estelle onların gidişini izledi, Felix'le birlikte kuzenlerin ardından kapıyı kapattılar.

Felix ona sıcak bir gülümsemeyle baktı ve dedi, "Mükemmel bir takım oluşturuyoruz."

"Gerçekten de," diye onayladı Estelle ve muhteşem bir öpücük için kollarını ona sardı.

Kız kardeşleri onları tezgâhın arkasından tezahüratla destekledi. Ayrıldıklarında üç genç kadın öne koştu ve ikisini de içten bir kucaklamayla sardı.

"Düğün yeniden mi başlıyor?" diye sordu Louise.

"Evet," dedi Estelle. "Ve aklımı başıma getirmeme yardım ettiğiniz için teşekkür ederim."

Kulakları "Şükürler olsun!" nidaları ve çığlıklarla doldu.

O çok uzun ve duygusal Cumartesi gününün sonunda Felix, personelinin arabaya binmesine yardım etti. Louise, hizmetçilere takdir işareti olarak ödünç verme raflarından birkaç Minerva kitabı verdi.

Bernadette Felix'e Lord Ferndale için tonikten bir şişe daha verdi. "İrlanda'dayken onu ziyaret edeceğim, sağlığından emin olmak için."

"Çok iyisiniz Bernadette, aklımı rahatlattınız," dedi ve sevgiyle yanağından öptü. "Yarın kilisede görüşürüz, lütfen hepiniz Ferndale sırasına katılın. Bayan Poole da, başka meşguliyetiniz yoksa."

Bayan Poole özellikle anıldığı için yüzü kızardı.

Estelle Felix'e veda öpücüğünü kitapçının içinde vermişti, böylece kendini kaptırıp kamuoyu önünde yeni bir gösteri yaratmazdı. Yine de Hannibal'a binmek üzereyken ona doğru bir çekim hissetti. "Teşekkürlerimi sunuyorum," dedi, sonra sesini alçalttı ki sadece ikisi duysun. "Ve kalbimi."

"Seni her zaman bir hazine gibi koruyacağım," dedi ve ata binmeden önce ona yumuşak bir öpücük verdi.

Kız kardeşler Felix'i uğurladı ve kitapçıya geri dönmek için döndüler.

Estelle ayak bileklerinin arasından dışarı sızmaya çalışan Crafty'yi yakaladı.

"Ah, hayır yapmayacaksınız, hanımefendi! Bunların hepsi için çok geç zaten, yanılmıyorsam. Ne kadar tombullaştığını fark ettiniz mi?"

"Ağustos sonunda yavrular olacak, sanırım," dedi Bernadette anlayışlı bir tavırla. "İrlanda'da olacaksın!"

"Yokluğunda karşımıza çıkan her şeyle başa çıktığımız gibi yavrularla da başa çıkacağız," dedi Louise, kolunu Estelle'in omzuna atarak.

Mutlulukla iç çekti ve dedi, "Felix onlara ev bulmaya yardım edeceğine söz vermişti..."

"Crafty öyle iyi bir fare avcısı ki yavrularına talep hiç eksik olmuyor," dedi Marie. "Gerçi belki Lord Ferndale ve Bayan Yates Hall için bir tane isterler? Orada bir kedi gördün mü, Estelle?"

"Görmedim. Bir yavru isteyip istemediklerini mutlaka soracağım," diye söz verdi Estelle, Ferndale Hall'a taşındığında Crafty'nin yanında olmamasını özleyeceğini düşünerek. Bir yavru güzel olurdu, tabii annesinin yarısı boşaltılmış fare hediyelerini uygunsuz yerlere bırakma huyunu miras almazsa!

Estelle'in Felix'le düğün günü olan cuma sabahı, parlak güneş ve gökyüzündeki birkaç ince bulutla doğdu.

Joshua, yüzü kapkara olmuş halde, ayaklarını yere vura vura ve yol boyunca homurdanıp söylenerek onu sunağa kadar götürdü. Dişlerinin arasından, "Sen İrlanda'dayken kız kardeşlerini korumak için burada olamayacaksın," dedi.

Estelle gülümsedi ve kilisede oturan kalabalık cemaatin selamını kabul etti. Hatfield'ın dört bir yanından dostlar ve son büyük aile buluşmasından beri görmedikleri uzak akrabalar gelmişti. Birçoğu, onun adına duydukları sevinçten gözlerini siliyordu. Estelle, gülümsemeyi sürdürerek Joshua'ya, "Kız kardeşlerim sana fazlasıyla yeter," dedi.

Joshua ne derse desin, Estelle'in keyfini kaçıramazdı. Elinden geleni yapsa da, bu en görkemli günde hiçbir şey Estelle'i üzemezdi.

Sunağın önünde Felix ve Lord Ferndale duruyordu. Gelecekteki kocasının yakışıklı olduğunu düşünmüştü, ama yüzündeki hayranlık ifadesi ona öylesine ilahi bir ışıltı veriyordu ki sanki cennetten inmiş gibiydi. Lord Ferndale, Joshua'ya doğru bir kaşını kaldırdı; adam da homurdanmayı kesti.

Az sonra Joshua, Estelle'i Felix'in ellerine teslim etti ve Estelle'in ruhu adeta yükseldi.

İhtiyar Brimstone'un bitmek bilmeyen vaazı bile sevinçlerini azaltamadı. Felix ona küçük şeylerde sevinç bulmayı öğretmişti. Bunu ne kadar çok yaparlarsa, o kadar çok sevinç buluyorlardı.

Bir ara Rahip Millings, bir eşin her konuda kocasına boyun eğmesinin ve her meselede onunla aynı fikirde olmasının görevi olduğuna gürleyerek değinmeye başlayınca Felix gülüşünü bastırmaya çalıştı. Estelle de kendini kıkırdamaktan zor alıkoyduğundan başka tarafa bakmak zorunda kaldı. Dikkatini dağıtacak bir şey ararken, gözleri kilisenin ön tarafında, Ferndale locasında oturan kız kardeşlerine, Bayan Yates'e ve Bayan Poole'a ilişti; hepsi gülümsüyor, yanaklarındaki yaşları siliyordu. Babaları yolculuklarına çıktığından beri kız kardeşlerinin ne kadar olgunlaştığını görmek onu gururla doldurdu. Babaları burada olmayabilirdi ama kalplerinde ve düşüncelerinde hep vardı.

Papaz, Felix'e evlilik yeminlerini kabul edip etmediğini sorduğunda, Felix'in sesi duygudan kalınlaşmıştı. "Evet," dedi.

Sıra Estelle'e geldiğinde hiç tereddüt etmedi, ama mutluluktan içine sığamayarak sesi biraz titredi ve o da, "Evet," dedi.

Bu gidişle ikisi de sevinçten ağlayabilirdi. Evli hayatlarına tam da istedikleri gibi başlayacaklardı: kusursuz bir uyum içinde, bütünüyle ve tamamen mutlu.

Karı koca olarak ilk öpücüklerini paylaştıklarında düğün davetlileri alkışlarla sevince boğuldu. Kilisenin dışında, Phoebe ve Joshua hariç herkesin iyi dilekleri ve tebrikleri arasında adeta boğuldular; o ikisi ise epey geride durdu.

Çok geçmeden onları düğün kahvaltısı için Ferndale Hall'a

götürecek arabaya bindiler; birkaç gün sonra da İrlanda'ya doğru yola çıkacaklardı.

Araba hareket edip Estelle toplanan kalabalığa el sallarken Felix ona, "Ne zaman ihtiyaç duyarsan kitapçıya dönebilirsin," dedi.

"Teşekkür ederim." Estelle onun elini sıktı; bunu gerçekten kastettiğini biliyordu. Gösterdiği anlayış için minnettardı. "Ama sanırım yeni evimi seveceğim."

Felix onu hafifçe dürttü. "Evimiz mi?"

"Evet," dedi Estelle; sevinçten ışıldıyor, onu bir kez daha öpüyordu. "Evimiz."

⁂

Bir hafta sonra, Bayan Marie Baxter, iki kız kardeşi Louise ve Bernadette'le birlikte, Bayan Poole'un da eşliğinde, en büyük ve haddinden fazla mutlu kız kardeşleri Estelle'i ve yeni kocasını İrlanda yolculuklarına uğurladı.

Arabaları gözden kaybolduğunda Marie iç çekti; kitapçının sessizliğini dört gözle bekliyordu.

Bunca kargaşadan sonra biraz huzur ve sessizlik kulağına çok hoş geliyordu. Yeniden toparlanmak için biraz yalnız kalmaya ihtiyacı vardı. Çok fazla insan ve fazla heyecan, onun dengesini bozuyordu. Tam da ihtiyacı olan şey, yeniden toparlanmaktı.

Yarın temizlik günü olacaktı; dolayısıyla endişelenecek müşteri de, uğraşacak fazladan insan da olmayacaktı.

Talih yüzlerine gülerse bugün de dükkânda işler sakin geçebilirdi.

İnsan biraz hayal kurabilir, değil mi?

Yazışmaları artık ön tezgâhta, her zamanki hesapları ve muhasebe işleriyle birlikte yürütüyordu. Estelle'in endişelenecek hiçbir şeyi yoktu, çünkü Marie müşteri aralarında evrak işlerini yürütmekte son derece iyiydi; Ruth da dükkâna biri girdiğinde müşterilere nasıl yardımcı olacağını hızla öğreniyordu ve çoğu zaman Marie'yi yalnızca bir satışın tamamlanması gerektiğinde bölüyordu.

Louise de, sağ olsun, Crafty'nin tırmalama direğiyle ilgileniyor ve her sabah tezgâhın arkasında bağırsak var mı diye kontrol ediyordu. Bu, hiçbirinin üstlenmek istemediği bir görevdi. Sonunda adaleti sağlamak için Bayan Poole onlara kura çektirmişti.

Marie mektubun mührünü söküp pencereye geçti ve örümcek ağı gibi dağınık el yazısını okumaya çalıştı. Kâğıda gözlerini kısarak baktı, gözlüğünü burnunun üstünde biraz yukarı itti, kelimeleri çözebilmek için sayfayı bir o yana bir bu yana çevirdi. Hayret doğrusu, sanki yayları bozuk bir arabada yolculuk ederken yazılmış gibiydi.

"Şu küstahlığa bakın!" diye ortaya seslendi.

Bernadette başını dükkândan içeri uzattı. "Her şey yolunda mı?"

Marie gözlüğünün üzerinden Bernadette'e baktı ve mektubu ona doğru salladı. "Şunu bir oku. Bazı müşterilerin küstahlığı! İnanılır gibi değil."

"Ne olmuş?" dedi Bernadette; sayfayı hızla gözden geçirip ardından, "Aa!" dedi.

"Evet, aa! Bu adamın kitaplarını bizzat teslim etmek için ta Cumbria'ya kadar gitmeyeceğim, bir kont olsa bile!" Marie mektubu geri alıp masanın üstüne bırakarak başını salladı. "Ne kadar saçma bir fikir!"

⁂

Umarız Estelle ile Felix'in aşk hikâyesinden büyük keyif almışsınızdır. Kitapçı Güzelleri serisinin 2. kitabı Marie'nin Neşeli Beyefendisi önsözünü okumak için sayfayı çevirin.

Marie'nin Neşeli Beyefendisi

ÖNSÖZ

BAXTER'S FİNE BOOKS, HATFİELD, İNGİLTERE

AĞUSTOS 1814

"Cumbria. Ne kadar da saçma bir fikir!"

Hatfield, Hertfordshire'daki Baxter's Bookshop'un dört Baxter kızının yaşça ikinci büyüğü ve kesinlikle en hassası olan Marie Baxter, elindeki mektuba baktı ve hayal kırıklığıyla iç geçirdi.

Bu yazışmayı kaleme alan kişi bir kont olabilirdi, ama Marie'nin kalkıp Cumbria'ya kadar giderek iki kitabı teslim etmeye hiç niyeti yoktu. Ne kadar değerli olursa olsunlar. Kalemini kaldırdı ve öfkesinin etkisiyle ucunu kâğıda bastıra bastıra bir cevap notu yazdı.

> *İki kitabı teslim etmek için neredeyse iki haftanın büyük kısmını, posta arabasına tıkış tıkış doluşmuş her türlü insanla yolculuk yapmak için ne vaktim var ne de buna en ufak bir hevesim. Hatfield'da bu işi pekâlâ üstlenebilecek, güvendiğim insanlar var; ben de bu sırada kitapçıda kalıp listenizdeki diğer eserleri kollamayı sürdürürüm.*
>
> *Saygılarımla, M. Baxter."*

Bu adam kitapları neden bir haberciyle göndermiyordu? Kendini ayrıcalıklı görmesinin sınırı yoktu! Marie mektubun üzerine kum serpti, ardından katlayıp Great North Road'a çıkacak bir sonraki posta arabasıyla gönderilmesi için doğruca yandaki Red Lion'a götürdü. Akşamüstü serinlemişti; ısınmak için şalını omuzlarına ve kulaklarının üzerine iyice sardı.

Yeniden kitapçıya girdiğinde kapı çanı şıngırdadı. Marie'nin beklediğinin aksine, Crafty kedi kapıya fırlamadı. Şimdi düşününce, tombul kara kediyi bir süredir görmemişti. Ya kimse fark etmezken sıvışmıştı ya da çok yakında doğacak yavruları için yuva yapacağı bir köşe bulmuştu.

EYLÜL 1814

Konttan gelen bir sonraki mektup daha iyi değildi.

"Bu kitapları sizden başka kimsenin teslim etmesine güvenmem. Araya giren üçüncü kişiler işe yaramaz olmanın da ötesindedir; dikkatsizdirler. Kitaplar yerine ulaşabilir, ama ne halde? Yalnızca sizin kadar engin bilgi ve tecrübeye sahip biri, onların yalnızca parasal değerini değil, edebiyat dünyası için taşıdıkları simgesel ve son derece asli değeri de anlayabilir. İşte bu yüzden kitapları bana siz ve yalnızca siz teslim etmelisiniz. Vaktinizin ve çektiğiniz zahmetin karşılığı size layıkıyla ödenecektir. İlk başta rica ettiğim şeyi yapmış olsaydınız, şimdiye dek çoktan buraya varmış ve dönüş yoluna çıkmış olurdunuz."

Marie gözlerini devirdi. Bunlar rica falan değildi; apaçık talepti ve üstelik giderek daha buyurganlaşıyordu.

*"Şimdiye dek işimizi çoktan bitirmiş olurduk. Artık daha fazla gecikme olmasın. Kitaplarımı bana getirin.
Renwick."*

Mektubu, yeni bir tekne dolusu iğrenç kokulu tutkalı karıştırıp sonra sırtını esneten kız kardeşi Louise'e gösterdi. Serin sonbahar rüzgârı pencerelerden uluyarak içeri doluyor, enselerini ısırıyordu; ama o korkunç kokuyu dışarı atmanın tek yolu pencereleri açık tutmaktı.

Crafty'nin minik yavruları, tüylü kara boşluklar gibi, kitapçının içinde oradan oraya fıldır fıldır kaçışıyordu. İkisi yuvarlanıp birlikte oynamaya başlayınca, bir yavrunun nerede bitip ötekinin nerede başladığını seçmek imkânsızlaşıyordu.

"Ne kadar da sevimliler," dedi Louise, sarkan bir çizme bağının üstüne atlayan yavrulardan birine gülerek.

"Gerçekten öyleler; ama onlara çok yakında yuva bulmamız gerekecek."

"Neden birini bizde tutup Crafty'ye arkadaş etmiyoruz?"

"Çünkü erkek olursa büyüyünce kitapların üstüne koku salıp her yeri işaretler. Dişi olursa da büyük ihtimalle annesi kadar yaramaz çıkar. O zaman da er geç kendimizi iki ayrı yavru grubuna birden yuva ararken buluruz," dedi Marie, son derece aklıselim bir tavırla. Birinin ayağı yere basması gerekiyordu.

"Öyleyse ben de küçük ve sevimliyken keyiflerini çıkarırım," dedi Louise; yanından geçen bir yavruyu kapıp yumuşacık küçücük bedenini yüzüne bastırdı. "Sen de en iyisi şu Buyurgan Kont'a bir mektup yazıp taleplerini nereye koyacağını söyle."

"Daha nazik olmalıyım! The Times'a her ilan verişimizde bir mektup daha gönderip siparişe daha fazla kitap eklememizi istiyor. Şimdiye kadar toplam neredeyse yüz sterlini buldu."

Louise, hanımefendiye hiç yakışmayacak bir edayla dişlerinin arasından ıslık çaldı. "Belki de sen gitmelisin. Estelle kesin giderdi."

Bu doğru tespit Marie'nin içini sızlattı. En büyük ablalarına, Estelle yokken kitapçıyı gayet iyi idare edebileceklerine içtenlikle söz vermişti.

Baxter kardeşlerin dördü de, babaları yokken zaten kitapçıyı çekip çeviriyordu. Sonra Estelle sevgili Bay Yates'le evlenmiş, şu sıralar da onun annesini ziyaret etmek için İrlanda'daydı.

Louise haklıydı: Estelle çoktan Cumbria'ya doğru yola çıkmış, bu seyahati bir macera saymış olurdu. Marie ise bunu bir kâbus olarak görüyordu. Hayatında Londra'dan daha uzağa gitmemişti; o yolculukta da hem seyahatten hem şehirden nefret etmişti. Şehrin gürültüsü başının içinde delip geçiyor, ona dayanılmaz baş ağrıları yaşatıyordu. En son isteyeceği şey, tıklım tıklım dolu, havasız bir posta arabasında bir hafta, belki her bir yönde daha da uzun süre boyunca, buradan neredeyse İskoçya'ya dek yolun her çukurunda sarsıla sarsıla gitmekti!

Marie buna karşı mükemmel bir itiraz buldu. "Estelle kitapları götürür, geri döner, sonra da derhâl daha fazla kitap siparişiyle karşı karşıya kalırdı," diye belirtti.

Louise başını salladı. "Haklısın. Yine de onu ikna etmenin bir yolunu bulman gerekecek, Marie. Yüz pound küçümsenecek bir meblağ değil!" Yavru kediyi bir kez daha öpüp onun itiraz dolu ciyaklamasına sebep olduktan sonra yere bıraktı ve yeniden yukarı çıktı.

Marie cevabını kaleme aldı ve olabildiğince kibar olmaya çalıştı; buna son paragraf da dâhildi:

"Şu sıralar yardımcı sıkıntısı çekiyoruz ve kitapçıyı bırakıp gidemem. Lütfen tercih ettiğiniz teslimat yöntemini yeniden gözden geçirin.
Saygılarımla, M Baxter."

EKİM 1814

"Neredesiniz ve kitaplarım nerede? Noel'den önce burada olmaları gerekiyor!"

Buyurgan tavırlı Kont'tan gelen bu son mektup Marie'yi iyice çileden çıkardı. Babaları ve Estelle olmadan da işleri idare ediyorlardı, ama son zamanlarda iş yükleri artmıştı. Genç Ruth Millings ile kuzenleri Brutus Baxter'ın dükkânda yardım etmesi büyük şanstı. Brutus tutkal kokusundan da rahatsız olmuyor, kitap onarma ve ciltleme işini öğrenmekten sahiden heyecan duyuyor gibiydi; Louise için hevesli ve becerikli bir çırak olduğunu kanıtlamıştı. Böylece bir haftada onarıp ciltleyebildikleri kitap sayısını artırabiliyorlardı; bu da kitapçının gelirine son derece sevindirici bir katkı sağlıyordu.

Üstelik peş peşe iki sandık kitap gelmiş, gelen kitaplar da büyük rağbet görmüştü. Satmaları kolay olmuş, ayrıca babalarının devasa banka borcunu kapatmak için para biriktirmelerine de yardım etmişti.

Kitaplardan bile daha sevindirici olan, Papa'dan kısa bir not bulmalarıydı; bu muazzam bir rahatlama olmuştu. Ne var ki tarihsizdi ve bu can sıkıcıydı. Tarihe dair ipucunu, Papa'nın aceleyle karalanmış notunda zekice fark eden Louise oldu.

"Yine Tours'dayım. Şiddetli sonbahar yağmurları kuzeye giden yolları berbat etmiş, en iyi hâliyle bile."

"Aha!" dedi Louise. "Bir önceki notta Tours'a vardığını yazıyordu. O notta tarih de vardı. Demek ki bunda Tours'da yine olduğunu söylüyorsa, bu not öncekinden sonra yazılmış." Zaten neredeyse öyle olmak zorundaydı, çünkü o not yaklaşık üç ay önce gelmişti; ama bunu doğrulamak yine de iyi olmuştu.

"Sen bir dahisin!" dedi Bernadette.

"Arada bir parlak fikirlerim olur." Louise, bilmeceyi çözmüş olmanın keyfiyle sırıtıverdi.

Marie hafifçe gülerek, "Belli ki haddinden fazla eğleniyor," dedi. Louise'in bunu bu kadar çabuk çözmüş olması büyük rahatlıktı. İyi bir ekiptiler.

Ama Marie seyahate çıkmak için Hatfield'dan ayrılırsa, daha önce dört kız kardeşin omuzladığı iş yükü, o yokken yalnızca iki çift omza binecekti. Evde kalan en büyük kardeş oydu.

Gidemezdi. Kesinlikle gidemezdi.

Kont'un istediği iki ek kitapla toplam siparişin yüz on sterline çıkmış olması bile fikrini değiştirmiyordu.

Bu, kesinlikle mümkün değildi.

Marie'nin Neşeli Beyefendisi'ni okumaya devam etmek için buraya tıklayın.

Kitapçı Güzelleri

Estelle'e Vurgun Beyefendi

Marie'nin Neşeli Beyefendisi

Louise'in Kış Kahramanı

Bernadette'in Zeki Doktoru

Matthew'un Cesur Dulu — Ekstra Kısa Roman

Matthew'un Cesur Dulu — *Ekstra Kısa Roman*

Bülten abonelerine özel!

Aziz George'un Su Aygırıyla Sınavı

Shenanigans Press'in tüm yayınları hakkında daha fazlasını öğrenmek için web sitemizi ziyaret edin! (https://www.shenaniganspress. com/TR)

Ya da sosyal medyada bizi takip edin; Facebook ve Instagram'dayız (ShenanigansPressTR).

Yeni çıkanlar, indirimler, çekilişler ve daha fazlasından haberdar olmak için bültenimize abone olmayı unutmayın!